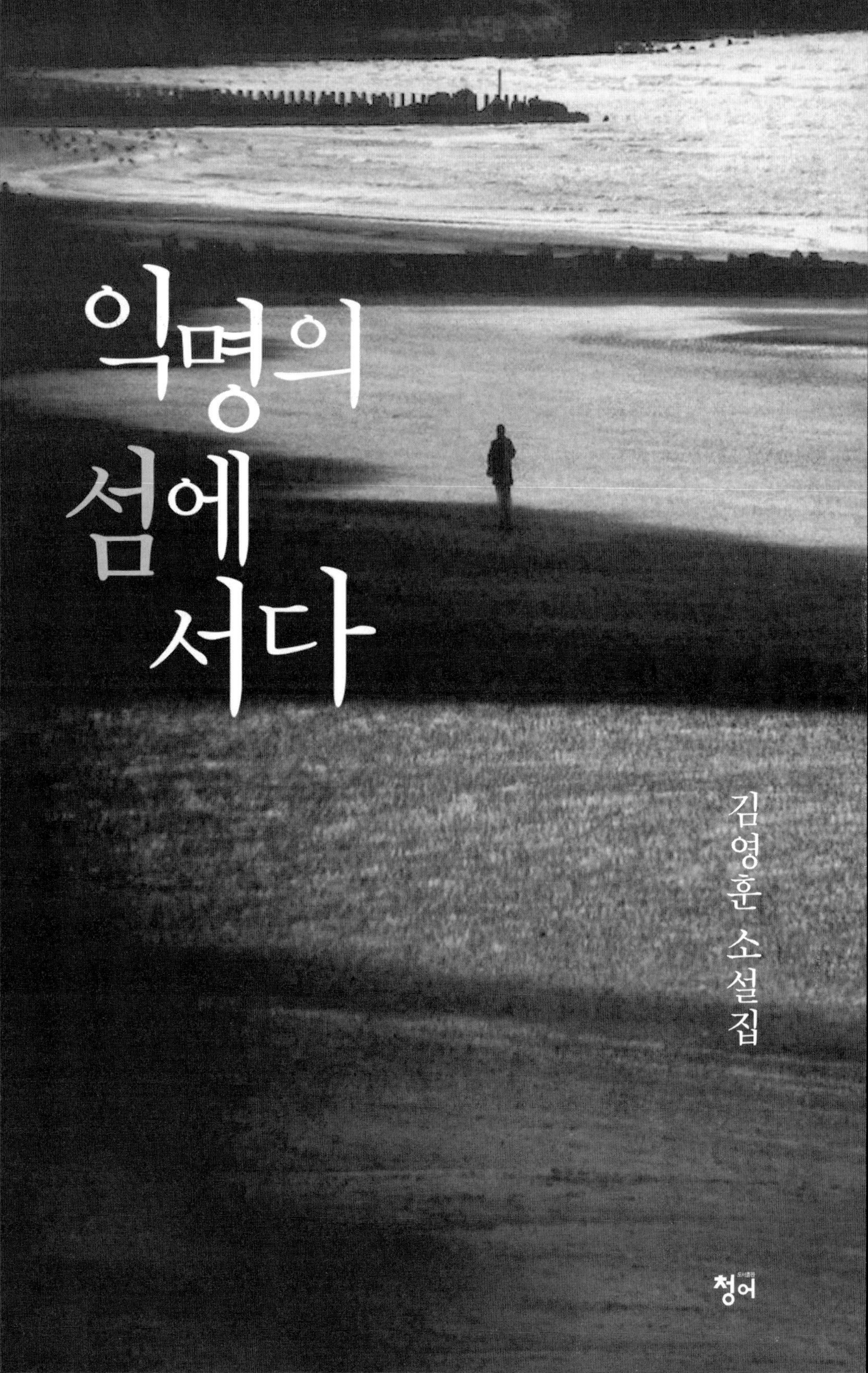

익명의
섬에
서다
김영훈 소설집
청어

익명의 섬에 서다

김영훈 지음

발행처 · 도서출판 청어
발행인 · 이영철
영 업 · 이동호
홍 보 · 최윤영
기 획 · 천성래 | 이용회 | 김홍순
편 집 · 방세화 | 이서윤
디자인 · 김바라 | 서경아
제작부장 · 공병한
인 쇄 · 두리터

등 록 · 1999년 5월 3일(제22-1541호)

1판 1쇄 인쇄 · 2014년 4월 1일
1판 1쇄 발행 · 2014년 4월 10일

주소 · 서울 서초구 효령로55길 45-8
대표전화 · 586-0477
팩시밀리 · 586-0478

홈페이지 · www.chungeobook.com
E-mail · ppi20@hanmail.net
ISBN · 979-11-85482-21-7 (03810)

이 도서의 국립중앙도서관 출판시도서목록(CIP)은 서지정보유통지원시스템 홈페이지
(http://seoji.nl.go.kr)와 국가자료공동목록시스템(http://www.nl.go.kr/kolisnet)에서
이용하실 수 있습니다.(CIP제어번호: CIP2014009575)

익명의 섬에 서다

내 영혼을 소설에 담아보고 싶은 마음으로

나의 문학 공부의 첫 시작은 소설이었다. 나는 청소년 시절 소설 쓰기로 오랜 세월 동안 습작기를 보냈다. 그러면서 지금까지 소설과 함께 아동소설, 청소년소설, 동화 등 서사구조가 확실한 글들을 써왔다. 간헐적으로는 여타 장르의 글 영역도 기웃거렸지만 주로 서사 짙은 허구의 세계를 빚어내는 데 힘썼다.

소설과 동화는 모두 서사구조가 확실해야 하고, 조직력이 있어야 독자를 감동시킬 수 있는 글이다. 진실보다 오히려 더 감동적인 허구의 세계를 창조해내는 글의 유형이 바로 동화요, 소설이다. 물론 소재 선택이나 주제 설정, 또는 표현상의 특성과 함께 읽는 대상이 어린이와 성인이라는 측면 때문에 차별화되어야 하겠지만 문학이라는 본질적 속성은 다르지 않다.

나는 요즈음 들어 부쩍 내 영혼을 소설에 담아보고 싶은 마음으로 충일되어 있다. 혼신의 힘을 다하여 좋은 소설을 꼭 한 편은 써보고 싶었다. 소설 쓰기에 대한 습작기의 향수가 강하게 되살아나고 있어서가 아닌가 한다.

돌이켜보면 나는, 청소년 시절에 읽은 몇 편의 단편소설을 통해 문학의 길을 걷자고 다짐하면서 시작한 창작의 길을 부단하게 걸어왔다. 앞으로도 이

길을 내 삶의 축으로 삼아 걸어가고 싶다. 그래서 난 소설 쓰기가 '나를 나답게, 나의 문학을 나의 문학답게' 지탱해 주는 지렛대의 역할을 해줄 것이라고 스스로에게 각인시키고 있는 중이다.

지금 이 글을 쓰면서 나는 「포인트」의 작가 최상규 교수님을 떠올린다. 대학 재학시절 나를 '소설을 쓸 수 있는 사람'으로 인정해주신 스승이다. 지금은 이 세상에 계시지 않지만 마냥 그이가 그립다.

그이를 떠올리며 앞으로도 나는 동화와 함께 소설을 쓰는 일에 불을 지피고 싶다. 그 마음을 담아 작품 몇 편을 선정하여 『익명의 섬에 서다』라는 이름으로 첫 소설집을 내놓는다.

소설집 『익명의 섬에 서다』 안에는 순교자의 삶 등 상실감을 안고 현대를 살아가는 여러 유형의 인물이 등장한다. 하지만 이러한 여러 유형의 주인공들을 중심으로 하는 이야기의 펼쳐짐이, 아직은 소설로서는 좀 부족하다는 지적을 받을까봐 두렵다. 그러면서도 다른 한편으로는 독자들의 지지를 받고 싶은 것도 솔직한 심정이다.

끝으로 소설집 『익명의 섬에 서다』를 출간해준 청어출판사 대표 이영철 소설가와 서평을 써준 김현진 소설가에게 깊은 감사를 드린다. 소설을 더욱 잘 쓰라고 상을 준 『호서문학』에게도 감사한다. 아울러 글쓰기에만 평생 동안 골똘하고 있는 나를 묵묵히 바라봐주고 있는 아내 이기순에게도 고마움을 표한다.

따뜻한 봄날 솔뫼마을에서

김영훈

익명의
섬에
서다

차례

오르라의
왕초

나는 왕초의 눈빛을 보면 무얼 원하는 지 바로 알 수 있을 만큼 그동안 그의 수족이 되어 헌신해왔다. 왕초가 최후까지 날 자기 곁에 남겨둘 만큼 신뢰하고 있다고 굳게 믿어온 것이다. 그런데 그가 얼마 전부터 날 내치려 하고 있을지도 모른다는 생각을 하기 시작했다.

나는 오늘도 그렇게 했지만, 그동안 5년간을 새벽같이 일어나 오르라 사육장 이곳저곳을 둘러보는 것이 나의 일과의 첫 시작이었다. 그다음에는 철망 안으로 들어가서 꿩과 오골계 그리고 청둥오리와 참새들에게 모이를 뿌려준 후, 출근하는 왕초를 맞이했다. 그때마다 나는 왕초를 경외하는 눈빛으로 바라본다. 지금도 난 그를 사장보다 왕초라고 부르고 있다. 왕초로 부를 때가 더 많다. 가끔은 사장이란 칭호를 쓰지만 말이다.

그는 지금 나눔 공동체 '오르라'의 왕초가 아닌 사육장 '오르라'를 경영하는 사장이다. 하지만 그는 요즘도 내가 왕초라고 부르는 것을 허용한다. 그의 마음 바탕에는 아직도 과거가 살아 있다. 그에겐 삶의 밑바닥에 질펀하게 깔린 나눔 공동체의 추억이 남아 있는 것이 분명하다. 그렇게 보면 그는 사업가라기보다 나눔 공동체의 인자한 왕초가 더 제격이다.

나는 왕초의 눈빛을 보면 무얼 원하는 지 바로 알 수 있을 만큼 그동안 그의 수족이 되어 헌신해왔다. 왕초가 최후까지 날 자기 곁에 남겨둘 만큼 신뢰하고 있다고 굳게 믿어온 것이다. 그런데 그가 얼마 전부터 날 내치려 하고 있을지도 모른다는 생각을 하기 시작했다.

사업운이 있어 지난 5년 동안 돈을 모을 만큼 모은 왕초다.

'왕초가 정말 이쯤에서 나를 내치려고 하는 걸까? 그러고는 뜻하는 바가 있어 사육장을 참새구이 집 영묵이에게 맡기고 어디론가 떠나려고 하는 걸까?'

요즈음 나는 그 낌새를 어렴풋이 느끼고 있다. 그런데 왜 왕초는 나에게 그 말을 절제하고 있는지 모르겠다. 속내를 털어놓지 않으니까 자꾸 그에게 의심이 간다.

이런 의심은 그냥 기우가 아니다. 분명한 이유가 있다. 얼마 전과는 달리, 지금은 그의 눈빛부터가 다르다. 예사롭지 않다. 처음 이 사업을 시작할 때의 돈을 모으고 싶다는 눈빛이 아니다. 오히려 나눔 공동체를 운영할 때 식구들에게 던져주던 그 눈빛이다. 다정다감하게 누군가를 배려하는 순한 얼굴이다. 헌데 지금은 그 이완된 눈빛이 오히려 나를 더 긴장시키고 있다.

난 이런 모습의 왕초라면 오르라 사육장의 사장으로는 마땅치 않은 사람이라고 단정한다. 그가 갈 길은 사업이 아닌 딴 길이라고 생각한다는 말이다. 그렇게 생각할수록 마음이 불안하다. 왕초가 사육장 철망 안에 가뒀다가 이때다 싶으면 음식점에 꿩, 오골계, 청둥오리 그리고 참새들을 내다 팔 듯이, 그동안 자기 목적대로 붙들어 둔 나를 내치고, 의도한 대로 자기 길을 찾아갈지도 모르기 때문이다.

맞다. 왕초는 지금 예전의 공동체 '나눔의 집, 오르라'에서 우리 식구들을 보살피며 미래에 대한 기대와 소망으로 가득하던 그 눈빛으로 다시 돌아가고 있다. 그때보다는 오히려 열망에 찬 눈빛이다. 그래서 그런지 요즈음 들어 왕초는 하늘을 바라볼 때가 많다. 가로

등, 네온사인, 교회의 첨탑의 명멸하는 불들이 어울려 만든 도시의 휘황찬란한 야경에 가려 이미 오래 전에 퇴색한 별빛인데 지금 왕초는 애써 그 별들을 찾고 있는 것이 분명하다.

왕초가 그러면 그럴수록 나는 그가 하늘을 바라보는 진짜 이유를 알고 싶다. 그는 사육장에 매달리면서부터 돈을 모으려는 욕심을 부리느라 하늘을 향해 이렇게 갈망하는듯한 눈빛을 쏘지 않았었다. 식구들을 하나하나 독립시키고 나서 마지막 남은 나와 함께 벌써 5년을, 꿩과 오골계에 칠면조와 참새, 청둥오리까지 사육해 돈을 모으는 재미에만 골똘했었던 그였다.

왕초는 도시의 끝인 변두리에서 나눔 공동체를 해체하고 '오르라' 건물을 개조한 사육장에서 가금류를 키우기 시작했다. 그때, 나는 부푼 기대를 가지고 그를 받아들였다. 그에게 다른 면이 있다는 걸 발견했고, 또 이 사업은 내 기질하고도 잘 맞아 떨어졌다. 우선은 나를 끝까지 붙잡아 준 것이 고마웠고, 새로운 사업에 꿈과 희망을 가질 수 있어서 신 났었다.

그러나 그가 제날대로 번식하는 텃새인 참새까지 붙잡아 들이겠다는 발상을 할 때는 좀 황당했다. 나눔 공동체에서 왕초로 살 때의 그가 아니었기 때문이다. 물론 그가 처음부터 참새까지 사육하려고 했던 것은 아니었다.

그 왕초가 어느 날인가부터 오르라 사육장 철망 안으로 날아 들어와 사료를 훔쳐 먹는 참새를 일부러 가두기 시작했다. 참새는 인공적으로 부화시킬 필요도 없었다. 게다가 사육장 주변에는 참새가 억수로 많았다. 사육장 안으로 들어오는 놈을 포획하기만 되었다. 나는 그 참새를 따로 선별해 별동에 부설된 사육장에 넣고 모이를 주었다.

참새는 하루에도 십여 마리씩 잘도 들어왔다. 어느 날은 신통하게도 수십 마리가 한꺼번에 들어올 때도 있었다. 참새는 모이를 찾아 사육장 철망 꼭대기 벌어진 틈으로 들어온다. 그러면 끝이다. 용머리 탑이 길게 자리해 뻗어 오른 상단부는 성긴 편이지만 그 이하부터는 철망이 촘촘하다. 한 번 들어오면 빠져나가기가 아주 어렵다. 왕초와 나는 그렇게 힘도 들이지 않고 참새를 포획할 수 있었다. 불로소득이다.

거기다 왕초에게 운이 터준 것은 이 도시에서 가난한 시절에 즐겼다던 참새구이에 대한 향수가 진하게 되살아나고 있다는 점이다. 그만큼 참새의 수요가 많아진 셈이다. 그러니 사업은 성공할 수밖에 없었고, 밤마다 도시에서는 참새구이를 즐기는 이들이 도미노 현상을 일으켰다.

더구나 가을철로 접어들면서 일몰이 빨라져 일찍 어둠이 내리면, 익명성이 보장되는 도시의 밤은 갑자기 현란해진다. 날씨까지 쌀랑해지면 참새 수요는 더욱 많아지기 마련이다. 연인과 둘이서 그리고 친구와 삼삼오오 짝을 지어 참새구이 집을 찾는다. 그때부터 왕초는 대박을 터뜨릴 수 있었다. 참새구이를 즐기는 이들은 도시의 술꾼들이었지만, 엄청난 수지를 맞출 수 있는 이는 왕초였다.

나는 처음 왕초가 참새를 잡아들일 때만 해도 조금은 불만스러운 사람이었다. 집을 뛰쳐나와 세상을 비아냥대며 살다가 왕초의 '오르라'를 알고부터 그의 수하가 된 나였지만, 나눔 공동체를 청산하는 마당에 꿩과 오골계만 사육하면 됐지, 가엾은 참새까지 포획하려는 그가 마음에 들진 않았다. 참새 포획, 이건 왕초답지 않다. 아무래도 쫀쫀하다. 이런 불로소득으로 애써 돈을 벌겠다며 삶의 패턴으로 전환한 왕초의 사고방식은 나를 설득할 수 없었다. 기발한 착상이라고도 볼 수 없었다.

하지만 나는 그 마음을 드러내지 않았다. 그에게 저항하는 내 속마음을 조금이라도 내비친다면 나에 대한 그의 신뢰를 저버리는 것으로 생각했기 때문이다. 나는 그동안 늘 그에게 순종하며 살아왔다. 그의 가족 구성원이 되면서부터 그것을 나의 숙명처럼 받아들였다. 처음에는 왕초와 지금처럼 언로가 통하지도 않았지만, 처음부터 나는 오로지 그에게 순종하는 것이 당연하다고만 믿으며 살아왔다.

오늘도 나는 느즈막하게 출근하는 왕초를 경외하는 눈빛으로 바라본다. 다행히도 지금 왕초의 눈빛은 예리하지 않다. 왕초의 본 모습 그대로다. 날개를 퍼덕거리는 참새를 쥐어 잡으며, 어린 시절 치기가 가득한 웃음을 흘리며 파안했던 그의 유년 시절 그 모습 그대로일 거라고 나는 유추해본다.

다른 한편으로는 왕초가 돈을 모아서 어디에 쓰려고 하는 것일까를 다시 곰곰이 생각한다. 그것은 비단 어제오늘 일만은 아니다. 내내 궁금했던 사항이다. 왕초는 지난 5년 동안 한 번도 번 돈을 어떻게 쓸지 그 용도를 내게 말한 적이 없다. 다만 돈을 헤프게 쓰지 않았을 뿐이다. 그의 금고는 벙어리저금통처럼 꽉 닫혀버렸고, 은행 계좌에 차곡차곡 쌓아 놓기만 했다. 나는 그의 사업 총책이라서 누구보다 재정 현황에 대해서는 잘 알고 있다. 그런데도 왕초는 끝내 그 말만은 아끼고 있었다.

며칠 전이었다. 왕초가 심각한 표정으로 창가에 서 있는 나를 향해 문득 결의에 찬 시선을 던진 적이 있었다. 나는 그의 입에서 무슨 굉장한 말이 나오는 것은 아닐까 하며 긴장했다. 그런데 왕초는 갑자기 벌떡 일어나 자판기 커피를 한 잔 뽑아들면서 그 결의에 찼던 시선을 순간적으로 누그러뜨렸다. 왕초의 입가에서 잔잔한 미소가 일었다. 의외였다. 나에게 불안을 떨어버리라는 메시지일지도 모른다고 생각했다. 미소가 얼굴 전체로 번졌다. 나도 그 미소를 받아들이며 살며시 웃었다. 그 미소는 일단 나를 포용하면서 안심시키려는 제스처라고 생각했다. 하지만 나는 아직까지 그 속마음을 정확하게 알아차릴 수 없었다.

지금도 점심을 마친 왕초가 커피 한 잔을 뽑아들며 나를 향해 웃음을 던진다. 좀 풀어진 모습이다. 나도 그를 따라서 웃는다. 이럴 때는 왕초의 얼굴을 편한 마음으로 바라봐도 좋다. 그렇지만 속으로는 여전히 그의 입에 주목한다. 요즈음 들어 나는 그의 입을 주시하면서 계속 긴장하는 버릇이 생긴 셈이다. 역시 나는 왕초의 영향력 안에 들어있는 아기 참새에 불과했다.

그런데 갑자기, 왕초의 눈에서 순간적으로 서기가 인다. 불꽃이 튄다. 나는 다시 긴장한다. 어떤 중대 발언을 하려는 것이 틀림없다. 잠시 전까지만 해도 난 그의 미소 속에 어떤 복선이 깔렸을 거라고 생각하지는 않았다. 섬뜩해진다.

'그는 정말 나를 내치려는 걸까?'

나는 다시 긴장한다.

난 왕초의 주위를 나눔 공동체 '오르라' 시절부터 지금까지 맴돌면서 살아왔지만 그가 구축해 놓은 성을 누가 넘보려니 생각한 적은 없었다. 더구나 왕초 자신이 직접 설계해 만든 '조류 공화국'의 일부를 카스텔라 빵 조각을 떼어내어 주듯이 누군가에게 쉽게 나눠주면서 허물 것이라 생각하지도 않았다. 그만큼 왕초는 심지가 굳은 사람이었다. 또 진솔하다. 맛깔스럽지는 않은 사람이지만 잔머리를 굴리는 사람은 절대 아니라고 믿었기에 나는 그를 주인으로 모시면서 지금까지 순종해왔다.

그때 마침 바람이 인다. 회오리바람이다. 나는 휴— 하고 한숨을 쉰다. 바람이 나의 긴장감을 이완시킨다. 잠시 동안의 불안에서 벗어날 수 있겠다. 이렇게 긴장하고 있을 때, 바람이 불어 준다는 것은 일종의 행운이다. 그 바람은 분명 미풍이 아니다. 옷깃을 파고드는 기류가 팍팍 느껴진다. 참새들도 움직이는 기류를 인지했는지 짹짹거린다. 수백 마리 아니, 어쩜 지금 기천 마리는 될 성싶은 참새들이 깃털을 날리며 짹짹거리기 시작한다. 자기들끼리 만나 알을 깨고, 그래서 방금 부화해 나온 새끼부터 아직까지 운 좋게 참새구이 집으로 가지 않은 어미 참새들이 함께 짹짹거린다. 꿩과 오골계, 칠면조보다 포르르 포르르 나는 참새들의 날갯짓이 하늘을 가로막는다.

하지만 하늘이 다 가려진 것은 아니다. 비좁은 참새들의 날개 틈으로 쪽빛 하늘이 다가든다. 하늘의 색깔이 분명해지는 걸 보면 역시 가을로 접어드는 것이 확실하다. 나는 참새들에게 모이를 주고 싶어진다. 저들도 점심을 먹어야 한다. 마실 물도 문득 따라주고 싶다. 나는 벌떡 일어난다. 왕초를 놔두고 사육장으로 간다. 참새들이 나를 향해 날아든다. 미물인 참새들도 안다. 내가 그들의 생육권을 쥐고 있음을 안다. 참새들은 내가 사람으로 보이지 않나 보다. 그들에게는 내가 모이로 보이나 보다. 그러니까 저렇게들 나를 반기지. 나는 참새들에게 모이를 뿌려준다. 참새들이 내가 뿌려 준 모이를 정신없이 쪼아 먹는다.

나는 아예 왕초에게서 눈길을 돌린다. 완전히 몸을 등진 채로 한동안 바람을 쐬면서 철망에 기대선 채로 모이를 쪼는 참새들을 향해 애정 어린 시선을 던진다. 나의 머리카락이 바람에 파르르 흔들린다. 그때, 왕초가 내 뒤로 다가온다. 왕초가 다가오니 다시 긴장된다.

'왕초는 내게 무슨 선언을 하려고 다가서는 것일까?'

오늘은 아무래도 심상치 않다.

그런데 또다시 바람이 인다. 신통하다. 그때마다 타이밍을 맞춰 바람이 불다니……. 가을로 가는 환절기를 알리는 바람이 분명했다. 칠면조의 깃털이 파르르 날리듯이 나의 머리칼도 잘게 흔들린다. 왕초의 머리칼도 바람에 흩날릴 것이 분명하다. 그렇다. 바람 때문에 긴장된 마음이 다시 또 누그러들고 있다. 하지만 나는 바로 뒤에 서 있는 왕초를 의식하면서 흐트러지려는 마음만은 단단히 붙들어 맨다.

그리곤 이제부터 나는 왕초의 뜻을 거스를 수도 있다고 생각한다. 전에는 감히 생각도 못한 일이다. 그동안 나는 한 번도 왕초에게 거스른 적은 없었다. 늘 왕초를 향해 미소를 흘렸다. 왕초에게 포용 당한 채로 안주하려 했다. 그가 식구들을 다 내보내고 나만 자기 곁에 둔 것에 대한 신의를 지키고 싶었기 때문이다. 더구나 왕초가 나를 내친다는 상상은 한 번도 해본 적이 없었다. 적어도 영묵이를 사육장으로 데려오려고 한다는 낌새를 느끼기 전까지 나는 한 번도 그에게 저항하려 한 적도 없었고, 그럴 필요도 없었다. 하지만 그가 나를 내치려고 한다면 지금부터는 다르다. 전혀 다른 상황이다. 그렇다면 도전을 할 수도 있다.

나는 그동안 왕초를 도와 꿩과 오골계 그리고 칠면조를 열심히 길렀다. 그러는 사이에 나도 모르게 참새를 새 중에 새라고 믿게 되었지만······. 처음에 왕초가 참새를 포획하여 사육하려했을 때만 해도 정말 탐탁하게 여기지 않았었지. 하지만 참새에 대한 왕초의 추억을 더듬을 수 있게 되면서부터 생각을 바꿨다. 왕초의 참새에 대한 유년 시절 기억은 아주 각별했다. 유년 시절 참새구이를 먹어댔던 왕초의 가난한 추억이 오히려 나 스스로에게 자꾸 가엾은 참새를 속박할 수 없었다. 그래서 난 참새 사육을 수용하는 의사 결정을 하기가 쉽지 않았다. 하지만 참새는 왕초, 그의 가슴에 각인되어 있는 새였다.

"김 상무, 참새고기 먹어 본 적 있어?"

그는 내게 상무라는 직함을 5년 전에 주었다. 명함도 한 다발을 찍어다 주었다. 처음에는 그 명함이 아주 낯설었지만 지금은 익숙하다.

"아뇨."

나는 그의 앞에서 상무가 되어 대답했다. 그랬다. 왕초 앞에서 나는 성실한, 그리고 능력 있는 상무가 되어 조류 사육 업무의 기획부터 판로에 이르기까지 전천후로 뛰어왔다.

"정말 참새고기의 고소한 맛을 몰라? 이 참새들로 가난했던 시절을 회상하는 사람들의 입맛에 맞추면 틀림없이 돈이 된대두."

"……."

왕초는 참새 포획을 시작할 무렵부터 내게 몇 번이나 그렇게 확신을 주고 있었다. 그때마다 나는 고개를 설레설레 흔들었다. 그 후, 그를 도와 참새를 잡아들였지만 지금까지도 나는 그 참새구이를 먹어본 적이 없다. 나에게 참새는 그냥 참새일 뿐 참새구이는 아니었다. 참새고기를 먹어본 왕초가 간직하고 있는 유년의 추억일 뿐이라고 단정 지었을 뿐이다. 그러나 왕초의 유년으로 흐르는 강 속에는 참새가 한두 마리가 아니었다. 그득하다. 왕초의 막내 삼촌이 처마 밑에서 잡아주었다던 참새였다.

"막내 삼촌은 나에게, 배고픈 나에게, 언제나 참새구이를 해 주었지. 몸통 살은 그대로 한 입이었어. 다리 살은 반입이고, 다리가 둘이니 합해서 한 입이었지. 한 마리를 다 먹어도 간이 차지 않는단 말이야. 늘 입만 놀랬지. 그래서 난 매일 삼촌을 졸라대며 참새를 있는 대로 다 구워먹었지만. 그래도 언제나 갈증이 왔거든. 나와 같은 추억을 가진 이들에게 던지는 참새 사업은 틀림없이 대박일 거야, 대박!"

왕초는 그렇게 까마득한 기억을 불러들이며 상무라는 직함을 준 나에게 자신의 가난한 유년을 추억하면서 사업에 대한 포부를 밝혔었다.

바로 그 왕초가 지금 마침내 무엇인가 결정적인 선언을 하려고 한다.

그의 선언은 잠시 후 내 피부를 찌르며, 가슴속으로 파고들 것이다. 결국 올 것이 온 셈이다. 긴장감이 감돌던 눈빛이 강력한 말폭탄으로 바뀌면서 결국 내 귀에 돌직구로 날아와 꽂히고 있었다.

"김 상무, 며칠 후면 영묵이가 사육장으로 온다. 그렇게 알고 준비해."

"예? 영묵이가요?"

그럴 거라 예상하고 있었는데도 나는 놀란다. 내 예상이 사실로 확정되는 순간이다. 예감은 정확했다. 역시 영묵이었다. 낭떠러지로 떨어지는 기분이다. 왕초의 말은 나의 믿음을 허물어뜨리고 있었다. 자기 수하라면 한 마디 상의도 없이 그렇게 의사 결정이 끝난 후에 일방적으로 통고할 수는 없다. 황당하다. 정말 속상하다. 지금까지 나는 그동안 왕초의 확실한 수하라고 믿었고, 조류 사육은 거의 내 일이었다.

그런데도 그렇게 중요한 결정을 내게 한 마디도 의논하지 않았다는 것은 확실히 나를 경시하거나 소외시킨 것이다. 한참 잘못된 거였다. 오르라 사육장의 가금류 사육은 나 혼자서도 충분하다. 청소하는 아주머니도 있고, 경리를 보는 미숙이도 있다. 그 둘도 이제는 조류 사육에 매우 익숙해져 있었다. 그러니 왕초까지 합해 넷이 하면 먹이를 주는 것도, 참새구이 집에 배달하는 것도 그렇게 어려운 일이 아니다. 아니 어렵지 않다기보다는 손에 익었다고 해야 맞다. 정히 필요하면 그때마다 잠시 놉을 얻으면 된다. 지금까지도 그렇게 잘해왔다. 그런데도 군이 참새구이 집을 차려 독립해 나간 영묵이를 다시 불러들인다고 한다.

나는 그 말을 듣는 순간 내 위상이 취약해짐을 느낀다. 하지만 겉으로는 태연해야 한다. 난 마음의 흔들림을 아주 미세한 부분까지 감춘다. 그래야 내 입지가 좁아지지 않는다고 믿고 있기 때문이다. 처음에는 영묵이가 내 일자리를 넘보는 경쟁 상대가 된다고 생각하지도 않았다. 왕초는 영묵이가 참새구이 집 금순이와 눈이 맞은 것을 확인한 후에 일찍이 독립시켰다. 영묵이는 왕초라는 백그라운드가 있다. 또 참새를 무한정 공급해줄 수 있는 오르라 사육장이 있어 탄탄대로였다.

뿐만 아니라 나 역시도 오르라 사육장을 총괄하는 상무로서 위치가 탄탄하다고 굳게 믿어왔다. 그만큼 꿩과 오골계 그리고 칠면조와 청둥오리, 참새사육은 내 몫이었다. 그리고 하루에 들어오는 참새가 한결같았고, 팔려나가는 거래도 거의 일정했다. 정말 영묵이를 불러들일 필요는 없다고 나는 판단한다.

참새구이 집에서 일하는 영묵이를 나는 잘 알고 있다. 영묵이는 왕초의 휘하에 있을 때도 평소 잔꾀를 더러 부렸었다. 그렇다면 강직하고 늘 신념에 차 있는 왕초의 머리로, 오르라 사육장을 영묵이에게 맡기려고 한다기보다는 영묵이가 스스로 굴러 들어오려고 하는 것이 분명했다. 나와 영묵이는 한때 왕초를 꼰대로 모시고 똘마니 노릇을 한 적이 있었다. 영묵이라고 해서 사육장으로 오지 말라는 법은 없다. 하지만 지금 그에겐 그의 일터인 참새구이 집이 있고, 또 금순이가 있잖은가.

그에 비해 나는 나대로 오르라 사육장이 일터였다. 그런데 갑자기 영묵이가 내 몫을 빼앗으려고 사육장으로 온다는 것이다. 명목상으로는 왕초가 사육장 사업을 확장한다는 것일 테지만 나를 밀고 들어오려고 하는지도 모른다. 그러니 불안할 수밖에 없다.

나는 왕초의 말을 듣는 순간 영묵이가 오르라 사육장에서 일하는 것이 소원일 거라고 스스로 단정을 짓는다. 그렇다면 영묵이가 포장마차 참새구이 집에서의 일에 만족하지 않는다고 보아야 한다. 조금은 금순이에게도 불만이 있거나 틈이 벌어진 것으로도 해석해야 한다. 참새구이 집은 밤 열시나 되어야 손님이 모여든다. 그리고 새벽 세 시나 네 시까지 고스란히 밤을 지새워야 한다. 그에 비해 내가 일하는 사육장은 밤일이 없다. 밤에는 새들도 잠을 자기 때문이다. 참새구이 집처럼 낮과 밤이 바뀔 필요가 없다. 그걸 알고 내 틈을 비집고 들어오려고 하는 것이 약삭빠른 영묵일 거라고도 나는 유추해 본다.

"왕초, 영묵이가 없어도 참새를 기르는 데는 별 어려움이 없거든요. 꿩이나 오골계, 칠면조까지 아니 참새랑 청둥오리까지도 미숙이랑 청소하는 아주머니가 잘 돌보잖아요?"

나는 왕초의 통고를 받은 후, 한참을 참담해진 심정을 가다듬고 있다가 어렵게 한 마디를 했다. 벼랑으로 떨어지는 기분이었다. 하지만 왕초는 아주 냉소적이었다. 아니, 나에겐 그렇게 느껴졌다.

"그건 알지. 김 상무의 능력이 대단하지. 그러나 나는 참새를 좀 더 길러야 하거든. 꿩과 오골계도 대폭 늘릴 참이야. 우리가 살고 있는 이 도시의 참새구이 집은 물론 오리사냥 체인점과도 다 터야 하거든. 그뿐만 아니라 꿩 샤브샤브가 요즈음 인기가 대단하니 그들과도 거래를 터야지."

"그들과 거래를 터요?"

"그래, 거래를 터야지. 그렇지. 그래야 자금원이 확보되는 거야. 확실한 자금원이 필요해. 그러려면 영묵이를 얼른 데려와야겠어. 우리 사업을 확장해야 하니까. 그보다도 나는……."

역시 내가 예측한 대로였다. 그러나 왕초가 말끝을 흐리는 바람에 그의 속내까지 다 짚어낼 수는 없었다. 왕초의 말에 나는 실망만 했다. 그러면서도 기정사실로 받아들일 수밖에 없었다. 이미 왕초의 마음은 정해져 있는 것이다. 그렇다. 왕초의 마음이 이미 영묵이에게 가 있다. 이 상황에서 왕초의 뜻을 반전시키려면 난 용기를 내야한다. 반란을 꾀해야 한다. 그래야 참새구이 집 금순이도 영묵이에게 배신당하지 않고, 나 스스로도 보호받을 수 있다.

왕초의 선언이 있었던 이틀 후, 나는 참담한 심정으로 영묵이를 찾아갔다. 밤 12시경이었다. 참새와 오골계를 배달하는 것이 일차적 목적이지만 진짜 방문 목적은 따로 있었다. 다른 때 같으면 초저녁에 다 했을 일을 일부러 자정 시각으로 정했다. 영묵이와 조용히 담판을 하는 데는 아무래도 깊은 밤이라야 할 것 같았기 때문이다.

영묵이는 번개탄을 불쏘시개로 하여 화덕 불을 지피고 있었다. 포장마차 안에는 손님 네 팀이 앉아서 소주잔을 기울이고 있었고……. 영묵이는 나를 향해 힐끔 눈길을 주더니 이내 본체만체하면서 그냥 하던 일에 열중했다.

물론 참새 배달을 하러 왔겠거니 했겠지만, 지은 죄가 있어 애써 태연한 척하고 있는 것으로 생각하니 그가 더욱 미웠다. 나는 안주 인인 금순이에게 참새와 오골계를 인계한 후에 영묵이에게 다가갔 다. 그런데도 영묵이는 아예 내게 눈길도 주지 않고 불을 피우는 일 에만 열중하고 있었다.

"영묵이 말여, 나는 자네에게 할 말이 있는 걸."

"할말?"

영묵이는 의외라는 듯이, 아니 생뚱맞다는 듯이 코를 씰룩거리며 내게 다가왔다.

"그려. 할 말이 있구먼."

나는 영묵이에게 계속 불만스런 얼굴을 했다. 그러면서 속으로는 그의 행동거지를 찬찬히 살폈다. 내 말에 영묵이는 힐끔 나를 바라 보며 볼멘소리로 되물었다.

"무슨 말을 하려고 이 한밤에 일부러 참새를 가지고 온 거여? 오 늘은 오골계까지 가져온 거여? 그랬구먼."

나는 영묵이가 일부러 딴청을 피우고 있다고 생각했다. 그는 내가 찾아온 이유를 빤히 알면서도 일손을 놓지 않는다고 생각했다. 그게 화가 났다. 하지만 나는 참기로 했다. 그러면서 스스로 마음을 곧추 세웠다. 그래야 정작 내 뜻을 전달할 수 있다고 믿었기 때문이다.

"영묵이 자네 나와 이야길 할 수 있겠는감?"

나는 목소리를 내리깔았다. 애써 태연한 척하면서 일단은 그에게 저자세로 다가들었다. 영묵이에게 사육장 일을 내주지 않으려면 내 마음을 엿보게 해서는 안 된다고 판단했다. 그러나 영묵이는 여전히 냉담했다.

"말하지 않아도 네가 찾아온 이유를 내가 잘 알 듯도 하구먼."

"그래? 알고 있었어? 아, 그럼 잘 됐네. 나는 말여, 자네가 굳이 오르라 사육장으로 온다는 이유를 알고 싶구먼."

영묵이의 말에 나는 피가 끓어올랐다. 굳이 우회적인 수법으로 주변을 두드릴 필요가 없었다. 그래서 단칼로 베듯이 직설적으로 말했다. 그러자 영묵이는 기다렸다는 듯이 내뱉었다.

"그렇다면 넌 여길 잘못 왔는데……?"

"……?"

난 영묵이의 말에 어리둥절할 수밖에 없었다. 전혀 예상치도 못했던 대답이 그의 입에서 튀어나왔다. 투박했던 말투도 바뀌고 있었다. 날카로워지고 있었다.

"나는 왕초와 어떤 말도 나눈 적이 없거든. 그려, 그러니까 왕초에게 날 그곳으로 불러 달라고 말한 적이 없단 말이여. 너 말여. 왕초와 늘 붙어사는 네 놈이 왕초의 뜻을 모르는데 내가 어떻게 알었어? 너 같이 가방끈이 길어 세상 볼 줄 안다는 놈이 아직도 그걸 눈치를 채지 못혀? 오히려 나는 내가 소환 당하는 이유를 네게 물어볼 참이었구먼."

"소환을 당혀?"

나는 영묵이의 말에 벼랑에서 떨어지듯이 낭패감만 엄습해옴을 느꼈다. 잔꾀를 잘 부리고 술수에 능한 영묵이지만 허튼 소리를 하는 것 같지는 않았다. 진지했다. 그는 다시 입을 열었다.

"함께 있으면서 왕초의 뜻을 눈치 못 챈 건 네 잘못이지. 그러고도 나를 찾아오다니……. 음, 내 생각에는 말여. 내가 왕초에게 가고 싶다기보다는 왕초가 날 필요로 하는 거여. 그게 왕초의 뜻일 거고.”

영묵이는 전혀 예상 밖의 말을 하고 있었다. 나는 어리둥절할 수밖에 없었다. 그렇지만 그 말은 나에게 공감을 주었다. 영묵이는 그 특유의 치기가 느껴지는 백치미를 동반한 미소까지 내게 던졌다. 그러면서 팔소매로 콧등을 쓱 훔쳤다. 그는 내 손을 덥석 잡았다. 그의 팔소매에는 비릿한 참새 냄새가 배어 있었다. 나는 문득 그와 한솥밥을 먹을 때를 떠올렸다. 나는 고개를 끄덕였다. 적어도 영묵이 그의 이중성에 대해 오해를 하지는 말아야겠다는 생각이 순간적으로 드는 것이다.

“다시 우리가 약속의 땅으로 모인다는 거여? 그럼 땅벌도, 옵빠시도 그리고 찐빵도……?”

“그건 몰라. 그러나 우리가 그의 수하에 다시 모일 수 있다면 그야말로 기분 좋은 일이잖여.”

영묵이가 오히려 설득력 있게 말하고 있었다. 우리가 5년 전 독립할 때 왕초는 다시 모이자고 한 적은 없었다. 다 제각기 흩어지지만 이제부터는 한 번 사람같이 잘 살아보자고 했을 뿐이다. 그 당시 대장의 수하에 있던 졸개들 중에 나는 왕초의 일급 참모였다. 오르라 식구 모두가 인정한 바이다. 영묵이 말대로라면 내가 왕초의 식구 중에 가방 끈이 제일 길었다. 어쩜 왕초를 포함해 부모 중 적어도 하나는 결손 상태의 빈곤한 프롤레타리아였고, 나만 양부모가 생존해 있는 그리고 조금은 가정형편이 넉넉한 부르좌지였다.

그런데도 난 여기 참새구이 집에 오기까지 단순하게 영묵이가 나를 몰아내려는 음모를 제거하겠다는 외골수에 빠져 있었다. 그래서 나는 왕초의 속뜻을 눈치를 챌 수 없었다. 그렇다면 오히려 지금은 아둔한 내가 1급 참모가 아니고 영묵이가 내 몫을 하고 있다고 봐야 한다.

나는 영묵이에게 그 말을 듣는 순간 망치로 뒤통수를 맞는 기분이었다. 아찔했다. 그랬다. 역시 대장은 옛날의 꼰대가 되어 우리를 다시 수하로 두고 싶은지도 모른다.

'그 이유는 무엇일까?'

왕초가 우리 모두를 스스로의 길을 가도록 풀어주고, 이제 5년 만에 다시 모이게 하는 이유를 나는 알 수 없었다. 그런데 영묵이는 벌써 눈치를 챘다는 말이 된다.

나는 그 길로 급히 서둘러 사육장으로 돌아왔다. 그리고 왕초를 찾았다. 영묵이에게는 더는 할 말이 없었고, 대신에 영묵이 말의 진의를 왕초에게 확인해야겠다고 생각했기 때문이었다. 물론 오르라에 왕초는 없었다. 새벽에 그가 있을 리가 없다. 그러나 왕초는 날이 밝아도 출근하지 않았다. 그 후 나는 왕초를 지금까지 만 이틀 동안 만나지 못하고 있다. 난 오늘도 새벽부터 왕초를 기다리고 있는 중이다. 물론 어제 하루 내내 그리고 지난밤 동안도 왕초를 기다렸다.

하지만 지금까지 왕초는 나타나지 않았다. 그렇다고 왕초의 종적을 찾을 길이 없었다. 내게 아무 소리도 하지 않고 이틀이나 사육장 '오르라'에 출근하지 않고 있는 것이다. 전화 한 통 없다. 그건 말도 안 되는 일이다. 그러니까 난 영묵이에게 들은 이야기로 부아가 나 있었는데도, 부재 상태의 왕초에게 따지지도 못하고 이틀을 뒤틀린

28

마음으로 지난 셈이다. 하지만 난 왕초에게 따지듯이 먼저 전화를 할 수는 없다. 그냥 기가 죽을 뿐이지 경외하는 왕초에게 먼저 다이얼을 돌릴 수는 없다.

　그렇다고 난 조류 사육의 책임을 멈춰서도 안 되었다. 그건 있을 수 없는 일이다. 오늘도 어둠이 가시도 않는 새벽에 일찍 일어나 내내 청소를 했다. 습관대로 모이를 다 주고나서 빈속인데도 자판기에서 커피 한잔을 빼 들고는 그 커피를 홀짝홀짝 마시고 있는 중이다. 그리고 사육장 앞에서 새들을 바라보며 내내 왕초를 기다리고 있다. 그건 나의 의무이자, 왕초에게 명을 받은 임무이다. 다행히도 가을을 재촉하던 찬바람이 멈추어 이른 아침인데도 춥지 않았다. 모이를 쪼던 조류들도 포만감을 느껴서인지 잠시 전보다 조용하다. 거위도 꽥꽥거리지 않고, 참새도 짹짹거리지 않는다. 나의 기분에 맞추듯이 사육장은 고요하게 적막이 흐르고 있다.

　바로 그때였다. 새벽의 여명을 뚫고 차 한 대가 미끄러지듯이 사육장 마당으로 들어오고 있었다. 멀리서 바라봐도 틀림없이 왕초의 차였다. 내심 반가웠다. 한 편으로는 긴장되었다. 그러나 일단 나는 겉으로 왕초에게 냉정함을 보여주고 싶었다. 그렇게 생각하면서도 그동안 하던 습관이 있어 그냥 있을 수 없는 나였다. 얼른 몸을 돌려 사육장 부속사 쪽으로 향했다. 하지만 왕초는 내가 가기도 전에 먼저 차에서 내려 어느새 부속사 안으로 뚜벅뚜벅 걸어 들어가고 있었다. 그의 뒤를 따라 나도 허둥지둥 안으로 들어섰다. 역시 그 앞에서 나는 길들여진 양임을 자인할 수밖에 없었다.

그는 들어오자마자 습관처럼 자판기 커피를 빼서 손에 들고는 나에게 몸을 돌린다. 서둘러서 뒤따라 들어왔지만 나는 말을 잃고 일단 그의 앞에 멍하니 서 있을 수밖에 없다. 잠시 후 마음을 다지면서, 아니 숨고르기를 하면서 조심조심 자판기 쪽으로 다가간다. 왕초를 관찰한다. 우선 얼굴부터 살핀다. 그러자 왕초는 오히려 웬일이냐는 듯이 나를 향해 눈을 껌벅인다. 어정쩡한 내 모습이 이상하다는 표정이었다. 그런 왕초가 먼저 내게 인사를 한다.

　"김 상무, 이틀 동안 잘 있었나? 오골계랑 칠면조는 평안하고?"

　"예, 참새들도 꿩도 평안합니다."

　단단히 벼르고 있었는데 왕초가 이른 새벽 불쑥 나타나 인사말을 건네자 긴장이 금방 해소되면서 내 마음이 누그러든다.

　'단단히 벼르고 있었는데……'

　왕초 앞에 서니 나는 역시 작아지고 있었다. 영묵이를 데려와서는 안 된다고, 나를 배신하며 내치는 것은 너무 하다고 말하고 싶었다. 그런데도 그 말은 입에서 얼른 나오지 않았다. 입안에서만 뱅뱅 돈다. 주저할 수밖에 없었다. 그 낌새를 느꼈는지 이번에도 왕초가 먼저 입을 연다.

　"내게 무슨 할 말이 있는 거여?"

　왕초는 눈을 껌벅이면서 나를 응시한다. 얼굴이 평안하다. 그 왕초가 커피를 다시 한 잔 뽑아들더니 내게 권한다. 왕초의 온화한 얼굴은 나의 마음을 안정시킨다. 그의 시선은 마치 나의 마음을 가라앉히는 안정제와도 같았다. 역시 나는 왕초의 휘하에서 갇혀 있는 졸개였다. 방금 마셨다는 말을 못하고 왕초가 주는 커피를 또 받는다. 그러나 마음만은 단단하게 동여맨다. 결코 그냥 있어서는 안 되겠다고 생각한다. 드디어 난 입을 연다.

"왕초, 왕초의 확실한 속뜻을 말해주시오."

나는 커피를 받으며 볼멘소리로 중얼거린다. 함께 있는 나에게 어떤 지시도 아니, 작은 암시도 없이 독립시킨 수하들을 불러들인다는 것 자체가 아무래도 나는 불만이었다.

"속뜻? 그게 무슨 말이야? 갑자기?"

왕초가 다시 눈을 껌벅여댄다. 그러나 나는 왕초가 내 이야기의 본질을 흐리려고 하는 행동이라고 판단하며 대들듯이 그에게 다가선다.

"왕초는 제 살림 차려 나간 영묵이를 왜 새삼스럽게 다시 불러들이는 거요? 금순이는 어떻게 하고요?"

나는 여전히 입이 부은 채로 왕초에게 마침내 불만을 토했다. 왕초는 눈을 지그시 감는다. 그리고 빙그레 웃으며 무겁게, 아주 무겁게 입을 연다.

"아! 영묵이? 그 말이었군. 그 말을 하고 싶었군. 헌데 김 상무, 김 상무는 이제 우리가 다시 뜻을 펼 때가 되었다고 생각하지 않나?"

"예……? 때요? 무슨 때요?"

"그래. 맞아. 난 말이야, 지금까지 이 순간만을 기다려 왔어. 지금이 바로 그때인 것 같아. 나는 김 상무도 내 속뜻을 짐작하고 있는 줄 알았는데?"

"……?"

나는 왕초의 말에 어리벙벙하고 있었다. 그러나 왕초는 놀란 나에게 마음 쓰지 않는 듯 무심한 표정으로 남은 커피만을 마시고 있었다. 그런 그를 머쓱한 표정으로 바라보며 나는 시선을 아래로 떨어뜨렸다.

난 그동안 왕초에게 신뢰를 잃은 것 같아 많이 화가 났다. 영묵이를 만날 때만 해도 왕초에게 거센 항의를 하고 싶었다. 그러나 왕초의 진의를 확실하게 눈치 채지 못했다는 자책감도 있어 기가 조금 죽어 있을 수밖에 없었다. 하지만 그게 내 탓은 아니다. 왕초의 탓이다. 왕초가 지금까지 속마음을 열지 않았기 때문이다.

"우리가 다시 모여 살 때가 되었다는 말이지."

그 생각에 몰두하고 있는데 왕초의 말이 이어진다.

"때가 오다니요? 애써 독립을 시키고는 다시 모인다는 말씀이세요? 그럼 영묵이의 말이 정말 현실이 된다는 거예요?"

나는 어젯밤 영묵이의 말을 상기하면서 물었다.

"아니야. 자네들과 모이는 것이 아니라 나를 필요로 하는 가족들과 다시 모인다고 말하는 거지."

"우리가 아니고요?"

전혀 예상 밖이었다. 다시 뒤통수를 맞은 기분이었다. 나는 왕초의 뜻을 이해할 수가 없었다. 그렇다면 왕초가 지금 불쑥 내뱉은 그 말의 의미를 짚어보아야 한다. 왕초와 함께 한 세월에 갑자기 이질 감이 생긴다. 그런데도 왕초는 여전히 나에게 무얼 말하고 싶은지를 직설적으로 내뱉지 않는다.

"김 상무는 어린 시절 망망한 밤하늘에 뜬 별을 바라 본 적이 없지?"

"예? 예……. 아뇨. 저는 도시에서 자랐기 때문에 별에 대한 추억이 없어요. 가로 등에 별빛들이 다 가려버렸었거든요. 그보다도 전……."

나는 그제야 대장의 말이 무엇을 뜻하는지, 그의 질문의 진의를 파악할 수 있을 것 같은 기분으로 주저거리며 대답했다.

"맞아. 외롭게 아니, 서럽게 울면서 별을 바라보며 유년을 보내지 않은 사람은 나와 공감대를 세워 이야기할 수가 없지. 고독이 무엇인지 정말 가슴이 아프고 쓰린 게 뭔지 모를 테니까. 지금도 우리의 어린 시절과는 다른 의미가 되겠지만 유년을 외로움과 슬픔 속에서 가엾게 지내는 사람들이 있다는 사실을 김 상무는 아나? 그것도 가난 속에서……."

"……?"

왕초는 혼자 말을 하듯 한참을 중얼거렸다. 하지만 나는 그의 말을 이제는 알아들을 수 있을 것 같았다. 나라고 주위에서 기아(棄兒)는 물론 간헐적으로 가정이 붕괴되어 고아가 생기고, 또한 이웃 중에 어려움을 겪는 이들이 있음을 인식하지 못하는 것은 아니었다. 더구나 그때 나눔 공동체 오르라에서는 그런 이들이, 부지기수였었다. 다만 나는 그가 다시 5년 전 나눔 공동체의 왕초로 돌아가 우리가 아닌 새 식구들을 찾고 있다는 것에 대해서는 고개를 갸우뚱할 수밖에 없다.

"나는 이곳을 떠난다."

"그들에게로요?"

점점 더 왕초의 행동과 말이 기정사실화 하고 있었다. 왕초가 가면 나도 가야 한다. 나와 왕초는 바늘과 실이고, 빛과 그림자다. 왕초가 나만 놔두고 떠난다는 것은 형벌이다. 나 혼자 남을 수는 없다. 생각에 젖어 있는 내게 왕초가 대답한다.

"그래. 맞아. 나는 다시 별을 찾아 떠나야지. 아니, 별을 그리워하는 이들을 찾아 떠나는 거라고 말해야 될까?"

왕초는 아주 담담한 표정으로 미소 짓고 있었다. 그러고는 얼마 전부터 생긴 버릇이지만 그는 다시 하늘을 바라본다. 그냥 바라보는 것이 아니고 아주 엄숙하게 응시한다.

"그럼, 왕초는 별을 그리워하는 이들을 찾아 이곳을 아주 떠난다는 거요?"

"아녀. 아주 떠나는 것은 아니야. 그들이 마음 놓고 유년 시절에 별을 바라볼 수 있는, 한가하고도 청정한 지역으로 갈 때가 되었단 말이지. 이제 자주 이곳을 비울 수밖에 없으니 내 자리를 맡게나. 그래, 김 상무 자네가 사장이 되어 영묵이와 함께 지켜줘야 하겠어. 세상이 잘살게 된 것 같지만 우리의 손이 필요한 이들이 많아. 지금 이렇게 내가 떠날 수 있는 것은 다 김 상무가 열심히 일해준 덕이지만……."

"……."

왕초는 아주 침착했다. 나는 할 말을 잃었다. 그는 나의 손을 덥석 잡았다. 그의 손은 따뜻했다. 나도 그의 손을 잡았다.

'그렇게도 재원이 필요하다더니…….'

왕초는 이제 자금이 다 마련된 건지, 아니면 이 상태에서 마음 놓고 소외된 이들에게 별을 헤아릴 수 있도록 하고 싶다는 건지 나는 얼른 이해가 가지 않았다. 하지만 나는 경외하는 왕초를 그냥 한동안 바라봐도 될 것 같은 기분이 들었다. 난 왕초를 조용히 올려다보며 입을 열었다.

"그러나 이건 너무 갑작스러워요. 그럼 어제께도 거길 다녀온 건가요?"

"그래. 맞아. 하지만 이건 벌써 5년 전부터 예정된 거였어. 김 상무, 아니 지금 부터는 김 사장이라고 불러야 하겠구먼. 구체화되지 않아 말을 하지 않은 것뿐이야. 내가 이곳에서 너무 오래 머물고 있었던 거지. 이제 이곳은 내가 없어도 김 상무가 사장이 되어 영묵이의 도움을 받으면 잘 꾸려나갈 수 있을 거야. 그래야 앞으로도 내가 자네들에게 손을 벌리면 또 날 도울 수 있지 않나. 김 사장, 이 세상에 나를 필요로 하는 이들이 아직도 남아 있다는 것이 고마운 일 아닌감."

나는 왕초의 말을 들으면서 침묵에 빠진다. 왕초의 깊은 심연으로 함께 빠져든다. 그러면서도 한편으로는 조금 당황스럽다. 왕초는 5년간의 준비가 있었다고 말하지만 난 갑작스러웠기 때문이다.

"왕초, 왕초가 그들에게 별을 바라보게 할 곳이 어딘가요?"

나는 드디어 왕초에게 동의한다.

"아, 거기는 막내 숙부께서 사시는 곳이지. 그곳에서 얼마 전부터 나눔 공동체가 결성되는 중이었어. 그래서 어저께도 잠깐 다녀온 거고……. 그래서 이틀 동안 이곳을 비운 거야. 본의 아니게도……."

"그럼 저도 여기 일은 영묵이에게 맡기고 왕초를 따라가고 싶어요."

그건 나의 진심이었다.

"아냐. 김 사장, 자네는 이 일이 적성에 맞아. 나만 가도 돼. 그곳에서는 날 도울 사람이 따로 있기도 하고……. 어떻든 그곳에는 날 기다리는 사람들이 많아. 우리가 각자 독립하던 5년 전과는 또 다른 색깔과 의미를 담은 사람들이 그곳에 많이 있거든. 그러니 김 사장은 여기에 남아 꿩과 오골계 그리고 참새를 사육하게나."

왕초는 졸라대는 나를 애써 설득하고 있었다. 우리가 그렇게 실랑이를 하고 있는 사이, 멀리 동쪽 산마루에 해님이 삐죽이 고개를 내밀고 있었다. 일출은 가을이 오는 걸 알리겠다는 듯이 새벽부터 빗살무늬 모양의 흰 구름 덩이를 온통 붉은 기운이 돋게 물들이고 있었다.

화해론

"아니에요. 아버지, 잘 생각하셨어요. 이제는 혼란을 겪지 마세요. 일단 닫혔던 마음도 여시고, 모두를 용서하세요. 북쪽도 용서하시고, 좌파도 용서하시고……. 특히 지금 마음속으로 남 참봉 댁하고도 화해하세요. 그리고 저와 함께 밤하늘의 저 별들이나 바라보세요."

오늘은 내가 고향 석촌 마을로 귀향한 지 사흘째 되는 날이다. 나는 귀향한 그날부터 지금까지 아버지를 지속적으로 관찰하고 있는 중이다. 아주 찬찬히 아버지의 행동거지를 살피고 있다. 어머니 말씀으로는 아버지가 요즈음 들어 부쩍 동구 밖 느티나무 밑으로 나간다는 것이다. 나는 그 말을 확인이나 하듯이 귀향하면서부터 지금껏 아버지의 행동반경을 추적하고 있다. 역시 어머니의 말씀이 틀림없었다. 아침을 드신 아버지는 집에 잠깐 머물다가 새참 때쯤 느티나무 밑으로 나갔다.

　　아버지는 흙바닥 위로 솟아오른 느티나무 뿌리가 자연스럽게 앉을 자리로 만들어 준 그루터기 위에 앉는다. 그는 거의 온종일을 그곳에서 머물고 있었다. 나는 지금 아버지가 그렇게도 일생 동안을 가고 싶지 않았던 곳, 느티나무 밑 금단의 땅으로 가서 앉는 이유를 분명히 알고 싶다. 아버지는 거의 하루를 넋을 내놓은 듯이 그 곳에 앉아서는 안산 쪽을 하염없이 바라보고 있었다. 아버지의 아버지이자, 나에게는 조부인 묘 쪽을 향해 시선을 집중하고 있는 것이다.

　　하지만 아버지는 조부의 묘만을 바라보고 있는 것은 아니다. 어쩌면 그는 지금 일곱 살 때의 아픈 기억을 더듬고 있을 것이다. 내가 어렸을 때 앉아 고누를 두었던 바로 그 자리에서 말이다. 난 지금부터는 아버지의 미세한 표정까지를 면밀히 관찰하려고 한다. 그러기 위해 나는 귀향했다. 앞으로도 고향에 머무는 동안을 아버지 행동 하나하나에 촉각을 세우며 내 여력을 다 소진하려고 작정한다. 휴가를 피서지에서 보내자고 약속했던 아내에게는 좀 미안했지만 어쩔 수 없다.

그러니까 내가 급히 고향으로 내려 온 이유는 아버지의 행동거지가 점점 예사롭지 않아 걱정스럽다는 전갈을 어머니로부터 들었기 때문이다. 난 서둘러 귀향을 결심했다. 피서지를 찾아 즐길 여름휴가도 아버지에게 반납을 한 셈이다. 물론 아내도 동의는 했다. 그래서 피서 대신에 세 살짜리 아들 녀석과 함께 귀향했다. 역시 어머니 말씀대로 내가 도착한 그날도 아버지는 거의 하루를 느티나무 밑으로 나가 소일하고 있었다. 내가 봐도 아버지는 더위를 피하려고 그 늘을 찾아 느티나무 밑으로 나가는 것 같지만은 않았다. 마을 어른들과도 별 대화도 없이 그냥 혼자였다.

어쩌면 아버지는 지금 자신의 임종이 머지않은 것을 예감하고 있는 지도 모른다. 그는 죽음의 그림자가 드리우고 있는 걸 무의식 속에서 인지하고 있는 것이다. 그렇지 않고야 저럴 수는 없다. 젊은 시절부터의 그 지긋지긋한 해소에다가 기관지 천식이, 이제는 폐암까지 덮쳐 중병이 든 아버지다. 아버지는 이미 향후 6개월의 시한부 삶이 예고되어 있었다.

이건 너무 야속한 일이다. 아버지는 지금 그대로 임종해서는 안 된다. 자신의 의식에 갇혀 있는 이념의 늪에서 빠져 나와야 한다. 아버지는 자신이 일생동안 처해 있던 암울한 상황에서 주목받는 자로서 고통을 감내하며 살아온 분이다. 거기에서 해방되려면 시간이 좀더 필요하다. 6개월 가지고는 많이 부족하다. 아쉽다. 나도 더 많은 시간을 두고 대화를 하면서 아버지의 심적 고통을 나누고 싶다.

어머니 말씀에 의하면 아버지는 내가 귀향하기 사흘 전부터 종일 토록 나를 기다렸다고 한다. 그건 어머니의 말씀이 맞는 것 같다. 하지만 사립문을 들어서면서 예상보다는 아버지의 건강이 퍽 악화된 것은 아닌 것으로 판단했다. 병색이 짙은 모습이었지만 생각보다 아버지는 많이 야윈 얼굴도 아니었다. 죽음을 직전에 둔 사람처럼 혈색이 아주 창백하지도 않았다. 그런 모습의 아버지가 눈빛을 빛내며 나의 귀향을 그 어느 때보다 반겼다.

"우리 한 교수, 잘 왔네."

사흘 전, 아버지는 귀향하는 나의 손을 덥석 잡았다. 아버지는 내가 학위를 받으면서, 아니다. 내 기억으로는 아주 어렸을 때부터 한 번도 나의 이름을 함부로 부른 적이 없었다. 늘 한 박사였다. 아니면 한 장군이었다. 어느 때는 북극성이라고도 했다. 태몽에서 북극성을 보고 얻은 아들이라고 추켜세워도 주었다. 자성 예언으로 성취동기를 심어주기 위해서인 걸 나중에서야 알았지만, 지금까지도 아버지에게는 내가 그냥 영원한 박사였고, 늘 소중한 존재였다. 그래서 내내 의미 있는 호칭으로 부르고 싶어 했다.

천신만고 끝에 지방 인문사회과학 대학 교수로 임용된 내가 아버지에게는 하늘과 같은 존재였다. 아버지는 삼십 대 초반에 학위를 받은 후, 전임강사로 교편을 잡게 된 아들이 자랑스러운 게 틀림없었다. 자신의 일생의 삶을 회상할 때 아버지 입장에서 보면, 그 사실은 아주 눈물겨운 일이었다. 그만큼 자신의 삶을 나에게 몽땅 이양시킨 분이다. 뿐만 아니라 스물여섯에 역사의 소용돌이 속에서 그냥 이름 없이 스러져간 자신의 아버지의 생애까지도 다 내게 함유시키려 했다. 그래서 차마 내 이름을 가볍게 부르지도 않았던 아버지였다.

그랬던 아버지가 지금 갑자기 무얼 생각하며 느티나무 그루터기에 와 앉기 시작한 것인지 그게 나는 매우 궁금했다. 강인한 체력을 가졌던 아버지였지만 이제는 암까지 번진 상태에서 생애를 마감하려는 직전에 와 있는 것은 사실이다. 나는 안다. 해마다 찬바람이 불기 시작하면 숨이 끊길 듯이 자지러지는 아버지의 해소 기침이, 아버지를 얼마나 아프게 했는지를 나는 아주 잘 안다. 아버지는 해소와 기관지 천식을 일생 동안 짊어지고 살았다. 해방되던 해, 백일해에서 비롯되었다는 기관지 천식, 거기다 해소기침은 그의 운명과 함께 한 업보였다.

아버지는 얼마 전 폐암으로 판명이 났다. 그렇다면 진단 결과를 당신에게 통고하지 않았는데도 스스로 자신의 삶을 정리하기 위해 이 금단의 땅인 느티나무 밑으로 나온 것일까? 그렇다. 하느님으로부터 폐암으로 인해 생애를 마감하라는 계시를 받았는지도 모른다. 그래서 아버지는 유언이라도 하고 싶어 자신 생애의 전부인 나를 골똘히 기다린 건지도 모른다.

그러나 내가 이틀 동안 관찰한 바에 의하면 역시 아버지의 임종이 바로 올 것 같지는 않았다. 아버지가 꼿꼿한 모습으로 느티나무 밑 그루터기에 앉아서 거의 하루 종일을 명상하고 있는 걸 보면 말이다.

어머니는 그런 아버지를 생뚱맞다고 오늘 아침에도 핀잔을 해댔었다. 평생을 무너진 가슴으로 살아왔는데 이제 와서 엉뚱한 모습을 보이는 아버지가 새삼스럽다는 것이다. 어머니는 아버지의 사유의 세계나 이념보다는 그의 건강을 훨씬 염려했다. 어머니로서는 당연하다.

그렇지만 아버지가 예전과 전혀 다른 태도로 변해 있는 것은 사실이었다. 몸이 쇠잔해지면서도 지금까지 어머니의 말씀을 듣지 않았었는데 이제는 많이 의지를 한다는 것이다. 나는 아버지 몸의 쇠약해짐과 함께 심경의 변화가 온 까닭을 곰곰이 생각해야 한다. 아무래도 예사롭지 않다. 난 아버지의 가슴을 열고 싶다. 아버지는 적어도 나한테만은 가슴속을 다 헤치고 내밀한 속살을 보여 줄 분이다. 그래서 아버지가 나를 기다린 것으로 판단해도 틀리지 않는다.

그동안 아버지는 내가 알고 있었던 것처럼 허허로운 가슴으로 빈 마당에 서서, 잦은 기침을 해대며 별을 헤아렸을망정 동구 밖 느티나무 밑에는 결코 나가지 않았던 분이다. 여름밤 감나무 밑에 앉아 저 별은 할아버지 별, 저 별은 네 아버지 별, 저 별은 우리 한 박사 별 하며 별을 세었을망정 느티나무 밑에는 결코 나가지 않을 분이었다. 두레를 열었을 때나, 칠월칠석 마을 잔칫날도 누가 볼세라 서둘러 돌아왔던 아버지였다. 일생을 굴절된 삶이 빚은 질곡 속에서도 숱한 아픔을 참아온 아버지였다.

나는 지금 아버지를 연민의 정으로 바라보고 있다. 집나이로 예순셋, 만으로는 예순 둘이 된 아버지다. 아버지가 태어난 것은 광복이 되기 두 해 전이었다. 그는 축복 속에서 부농의 집안에서 둘째 아들로 태어났다. 그러나 이승의 삶이 그에게 결코 평탄하지만은 않았다. 해방의 기쁨도 잠시였고, 6·25사변이라는 남북전쟁은 남들도 다 그랬지만 특히 아버지의 유년을 몽땅 앗아갔다. 아버지는 전쟁 이후부터 계속 연좌제의 틀 속에서 소년기를 몸살하며 시달려야 했다.

"너희 아버지는 사과 빨갱이였어? 수박 빨갱이였어? 그렇지 않으면 토마토 빨갱이였어?"

난리통에 피를 튀기며 서로 맞섰던 집안인 남 참봉 집 손자들이, 그리고 아랫마을 또래 아이들이 아버지를 그렇게 몰아붙였다고 한다. 따라서 아버지는 전후에도 오랫동안 전쟁의 그늘에서 가슴에 상처를 안고 살아야 했다. 그만큼 아버지가 유년을 살면서 가졌던 인식의 세계는 늘 좌우 이념이 그림자가 되어 업보로 진하게 따라붙었었다. 그 뿐만이 아니다. 아버지의 작은아버지, 그러니까 나에게는 종조부가 아버지를 늘 옥죄었다.

"너 말여, 내 말 잘 들어야 혀. 내가 널 너의 아버지가 한 때 몸담았던 경찰이 되게 하겠냐? 그렇지 않으면 별 달린 군인이 되게 하겠냐? 그렇다고 고시를 패스하여 고급 공무원이 될 수가 있냐? 이게 다 우리 집안의 운명이여. 세상 잘못 만난 운명이라니께. 운명의 수레바퀴가 돌아가는 동안에는 어이없게 깔려 죽는 사람들이 좀 많은 감. 그 중에 네 아버지가 포함된 거여."

"……."

작은 할아버지는 틈이 있을 때마다 말을 잃은 채 대답조차 못하고 우울한 사춘기를 보내는 아버지였는데도 압박을 가하면서 지속적으로 설득했다고 한다.

"넌 절대로 세상에 나갈 생각은 말어. 이곳에 깊숙이 파묻혀서 그냥 땅을 파는 거여. 땅은 우리를 속이지도 배반하지도 않으니께. 땅에는 사상도 좌우 이념도 없다는 걸 너도 알게 될 거여. 콩 심은 데 콩 나고, 팥 심은 데 팥 나지 않는감. 땅은 진실한 거여. 우리가 흙을 파며 진실 속에 산다는데 누가 누굴 잡아갈 건감. 그러니께 말여. 우린 그냥 사는 거여."

아버지 말씀대로라면 종조부는 전쟁을 겪으며 살아남는 지혜를 나름대로 터득한 셈이었다. 이념의 대립 속에서는 서로가 서로에게 냉엄했다. 그러니 아버지는 종조부의 말씀을 운명으로 받아들일 수밖에 없었다. 아버지는 종조부의 말씀에 순종하면서 이곳에서 중학교까지 졸업하고 난 후, 잠깐 예산에 나가 농업고등학교에 다니느라 3년을 보낸 것 말고는 이곳 석촌에서 일생 동안을 땅만 파고 산 셈이다. 하지만 아버지는 자식인 나에게만은 이 아픈 삶을 대물림해 주려고 하지 않은 것이 분명했다. 종조부와는 전혀 상반되었다.

"우리 한 박사 말여, 대처에 나가 살아야 혀. 이곳은 우리에게 약속된 땅은 아니여. 조선조 중엽에 임금에게 반역한 무리와 연루되어 궁지에 몰리다가 낙향한 조상 할아버지 이후, 대대로 350년을 대물림하며 살아온 역사는 자네 할아버지가 철퇴를 맞은 것으로 끝내야 혀. 그 슬픔을 끌어 앉는 것은 자네 아버지인 나로 충분하다니께. 알았는감?"

내가 대학교에 입학했을 무렵만 해도 나는 아버지의 좌파에 대한

편견과 사상적인 피해의식에 같이 할 수는 없었다. 그래서인지 나는 아버지의 슬픔에 함유될 수 없었다. 오히려 나는 그때 백제의 마지막 부흥군이 둥지를 틀었던 임존성의 영향으로, 그리고 금강 유역과 이웃한 지방에서 성장한 탓으로 인해 선사 유적이며, 백제 유물의 출토를 자주 접했기 때문에 오히려 역사를 연구하는 학자가 되고 싶었다. 그래서 그 쪽에 정열을 쏟았다. 이념에 치우치거나, 한 시대 상황에 대항하는 참여와 운동에 동참하고 싶은 생각은 전혀 없었다.

나는 조부님 형제가 꿈꾸어 오던 사상과 이념으로 이 세상을 평정하고 싶은 생각은 정말 없었다. 내가 추구하는 것은 현실을 바라보며 개혁하고 자유를 찾는다든지 소득을 재분배하기 위한 것이 아니었다. 평등 사회 구현을 위해 가진 자로부터 뭔가를 탈취하고, 또 쟁취하는 것보다는 과거를 살펴보고 인식하면서 오늘을 직시하여 내일의 삶의 방향을 설정해야 한다는 역사의식이 강하게 자리 잡고 있었다.

그랬던 내가 아버지의 참담한 가슴을 헤아리기 시작한 것은 더 성장한 후였다. 아버지의 일생 중에 일곱 살 그 가슴을 할퀴고 간 상처가 평생을 짓누르고 있는 것이 확실하며, 그 때문에 큰 고통을 겪고 있다는 걸 안 것도 실상은 성장 후 훨씬 뒤였다. 그러니까 내가 대학을 휴학하고, 군에 입대할 무렵이었다. 그때 종조부는 당시의 상황을 자세히 알려 주었다. 아버지도 그때서야 마지못해 내게 부연 설명을 해 주었다.

아버지는 그날 자식인 나와 대화를 나누는 동안 내가 자신의 아픈 삶을 대물림하려 하지 않고 있음을 알고는 다행스러워 했다. 그러나 얼마 후 나는 군복무를 마치고서야 아버지의 아픔과, 그 아프게 산 아버지의 세월에 대해 마침내 동의할 수 있었다. 그래서 제대 후에 나는 더욱 아버지가 원하는 삶에 푯대를 맞추기로 했다. 바로 역사학자가 되기로 한 것이다. 하지만 정작 아버지 자신은 아직도 확 바뀐 세상을 수용하지 못하고 있었다. 지금 아버지는 좌파가 득세하는 세상을 맞으면서도 여전히 혼란에 빠져 있는 것이 분명했다.

"한 박사 말여, 북녘의 동포는 한 핏줄이란 말은 맞지. 그렇지? 그들을 감싸 안아야 한다는 거여. 미제는 물러가야 하고, 주체사상은 포용해야 한다는 걸 자네는 인정할 수 있겠어?"

"⋯⋯."

나 역시 예전의 아버지가 종조부에게 그랬듯이 언제나 아버지 말씀에 침묵했다. 그러면 아버지는 더욱 나를 설득하기 위한 논리를 폈다. 다른 이들에게는 진부한 넋두리였지만 아버지에게는 한 맺힌 피울음이었다.

"맞어. 굶어 죽는 북녘동포들을 그냥 보고만 있어서는 안 된다는 거지. 하지만 소 떼를 몰고 가고, 쌀을 주고, 돈을 주어 그걸로 핵을 만들어도 괜찮다는 거여? 하기사 나는 좌파의 아들이니까 그걸 쌍수를 들어 환영하고 수용해야 허겠구먼. 허허허. 누가 그런 신통한 생각을 해냈을까? 신기헌디⋯⋯. 그런데 말여. 좌파의 아들인 내가 얼른 동의할 수 없으니 어쩌지? 수용이 안 되니, 이게 문제구먼. 왜 그렇지? 이 애빈 억울한 거여. 그 이념의 틀에 빠지지 않았었다면 자네 할아버지는 천명을 다 하시며 사셨을 거 아녀? 안 그려? 내 생각이 근시안적인가?"

아버지는 여전히 혼돈에 빠지고 있었다. 아버지는 또래 아이들의 놀림대로 수박 빨갱이가 되고, 사과 빨갱이도 되고, 토마토 빨갱이의 자식이 되면서 살아온 지난날이 서러운 것이다. 그게 아버지의 슬픔이고, 아버지를 혼란에 빠지게 하는 것이다. 그러면서도 한 편으로 아버지는 지금까지 자신이 산 세상과는 너무 궤적이 다르다는 걸 이제야 확실히 인식하고 있는 것 같았다.

내가 생각해도 아버지는 지금 얼마 남지 않은 생애의 마지막 무렵에서 갑자기 당하는 혼란을 여전히 수용하지 못하는 게 분명했다. 그는 그동안 계속 '너는 좌파의 아들'이라는 환청에 시달리며 피해의식 속에서 살아온 사람이었다. 하지만 나는 아버지의 귀청을 두드리는 그 소리, 그것은 지금 여전히 아버지에게도 환청이어야 한다고 생각한다. 사실이라면 참혹하다. 헌데도 그 환청은 환청이 아니고 아버지에게는 엄연한 현실이었다. 국민학교(현 초등학교) 때, 유년의 가슴을 할퀴고 간 엄청나게 아픈 현실이었다.

그동안 이렇게 아버지의 가슴이 수천 번 무너진 걸 인식하게 되면서부터 나 역시도 오래도록 괴로워했었다. 나는 유년 이후 밤하늘에 수없이 떠 있는 별을 보고 그리워했다는 아버지의 아버지에 대한 회상을 알고, 그 아픈 추억을 알고는 나도 한 때 별을 예사로 바라볼 수가 없었던 적이 있었다. 아버지가 외로운 아이였을 때, 밤마다 자기 아버지별을 찾으며 헤아렸던 적이 과연 몇 번이었을까? 유년 시절 아버지 품에 안기어 별을 헤아린 적이 나 역시도 참 많았으니까.

"너 말여, 네 성의 세상이 왔는데 언제까지 그대로 있는 거여? 우리 집안의 대를 이어갈 대주인 네 성이 억울하게 갔잖여. 어이구 억울혀. 이 원수를 안 갚고 너는 무얼 하는 거여? 네가 지금도 순경이여? 성을 잡아가던 순사가 그리도 좋은 겨? 그건 애당초 너의 성이 말렸었던 일이었잖여?"

그건 그랬다. 나의 증조모가 전쟁 당시 조부에게 토해냈다는 그 말이 아버지 당신의, 그 유년의 가슴을 할퀴고 또 할퀴고 있었던 것이다. 증조모 입장에서 보면 그 외침은 그 당시 붉은 사상이 장악을 한 상황에서 당연히 외칠 만한 부르짖음이었다. 세상이 확 바뀌었으니까. 맏자식을 이념의 대립으로 앗긴 슬픔을 가진 한 여인네의 울부짖음이지만, 그러나 그 말은 역시 개인의 것만은 아니었다. 당시 시대적 상황이었다. 하지만 아버지의 유년에 각인 된 기억으로는 내내 아픈 추억이 되어 큰 멍울로 남아 있었을 그 말들의 편린들이, 지금 분명 내 가슴에까지 닿아 아픔으로 기억되고 있다.

아버지의 아버지는 몽둥이를 들고 나간다. 당시 조부도 자기 형의 세상이 온 걸로 확신했을까? 어머니의 성화에 못 이겨서였을까? 자신의 자유 의지 때문이었을까? 남 참봉 네 둘째 아들 남원형을 개 패듯이 팬 것이⋯⋯?

역시 그랬다. 그때부터였다. 지금까지 반세기가 넘게 동구 밖 느티나무 밑에서 새빨간 피가 흐르는 역사가 시작된 것은 바로 그때부터였다. 몽둥이를 들고 정자나무 밑에서, 한 때 시냇가에서 함께 멱을 감았던 유년 시절의 동무인 남 참봉집의 아들을 무참하게 개 패듯이 때려서 시뻘건 피가 흐르게 했던 이의 아들이 바로 나의 아버지이다. 하지만 그건 남 참봉 집의 아들도 마찬가지가 아닌가? 아버지의 아버지 형, 그러니까 나에게는 큰할아버지를 똑같은 방법으로 이 느티나무 밑에서 개 패듯 팬 후, 당국에 고발했으니…….

결국 조부 형제의 이념이 살의로까지 연결되는 그 피 흐름의 역사를, 머리와 가슴에 담아둔 그 기억은 나의 아버지 한상운 씨의 유년의 아픈 상처였다. 나는 지금 당시의 상황을 머릿속으로 상상하며 몸서리를 친다. 그건 확실히 가슴을 도려내는 아픔이었다. 그 아픈 아버지의 유년을, 내가 원죄로 안고 있어 지금도 그 원죄는 내 핏줄로 흐르고 있다. 그 몽둥이를 들었던 이의 아들의 아들이 나니까. 그게 바로 서른네 살의 나니까. 육군 병장으로 대한민국의 체제수호를 위해 공군 특수 정보부대 임무를 수행한 나였으니까 말이다. 평양에서, 신의주에서, 원산에서 뜨는 비행기를 추적하며 복무해 온 나의 현역 시절의 임무는 조부의 이념과는 상반된다. 그러면서도 나는 그 이후부터 오히려 나의 아버지의 일곱 살의 아픔을 이해하게 되었고, 그에게 역성을 들어 줄 수 있는 연민의 정도 가질 수 있었다. 그건 아이러니였다.

나는 지금 아버지의 옆모습을 찬찬히 바라본다. 석 달 전에 내려왔을 때보다도 마을 정자인 느티나무 밑에 앉아 있는 아버지는 확실히 더 늙어 있었다. 병색도 짙어 보였다. 그러나 아직도 암세포가 폐 깊은 곳에서 자라고 있는 걸 알지 못하는 아버지이다. 그는 그저 해소와 기관지 천식에게 일생을 시달려서 그런 줄로 안다. 나는 그것 역시 속상하다. 초등학교 동기인 옆집 병직이 아버지는 아버지와 동갑인데도 건장하다. 아버지보다 열 살은 더 젊어 보일 만큼 생기가

50

돈다. 그이는 청년 같은 장년이지 노인이 아니다. 그런데 아버지는 쇠락해 있다. 소싯적 장이 서던 닷새장날 장터에서 난장판 씨름을 할 때는 병직이 아버지쯤은 너끈히 이겼던 아버지였다고 한다.

피바다가 되었던 이 느티나무 밑에서의 추억을 외면하느라 움츠리며 일생을 산 아버지였지만, 그는 그동안 분명 근육질이 단단한 사내였다. 해소기침과 기관지 천식에 시달리면서도……. 그랬던 아버지였는데 지금은 병직이 아버지에 비해 팍 늙어버렸다. 그 아버지가 마침내 금기시했던 금단의 땅, 이 곳 느티나무 밑으로 나오기 시작한 것이다. 정말 예사롭지 않다. 아버지는 올 겨울쯤에는 정말 고단한 삶에 종말을 고할 수밖에 없는 분이다. 그래서 아버지의 심경에 변화가 온 걸까? 나는 다시 안타깝다. 그리고 겁이 난다. 그렇게 겁이 나면서도 나는 지금 아버지가 이곳 느티나무 밑으로 나온 것은 잘한 일이라고 생각한다.

아버지는 향리에서 농사를 지으면서 한 평생을 살았기 때문에 '천하대장군 지하여장군'이 마을의 수호신이 되어 지켜주던 장승이 서 있던 이곳을 드나들지 않을 수 없었다. 두레도 하고, 품앗이를 하면서 습관적으로 낮잠을 한 숨씩 자야 할 판에 이 정자나무인 느티나무 그늘을 피한다는 것은 엄청난 고통이었을 것이다. 더구나 예산 시절 3년을 빼고는 한 평생 이 평촌마을을 떠나본 적도 없었던 아버지가 마을의 쉼터요, 그늘막이 되어주던 이곳에 나와 머물지 못하는 것은 고난일 수밖에 없었다.

마을 사람들 중에서도 나이가 든 이들은, 아버지가 이곳 느티나무 밑에 오는 걸 스스로 금기시하고 있다는 걸 잘 안다. 아버지가 상처를 받을까봐 말을 하지 않았을 뿐이다. 그랬는데 얼마 전부터인가 아버지가 느닷없이 느티나무 밑으로 스스로 나가더니 요즈음 들어서는 그 횟수가 더욱 잦아졌다는 어머니 말씀에, 이를 내가 지금 확인하고 있는 중이다.

내가 귀향을 한 지 이틀째가 되는 날은 남북이산가족 화상 상봉이 이루어지고 있었다. 바로 어제였다. 그러나 아버지는 그 화면을 보지 않고 느티나무 밑으로 나갔다. 북측의 8·15 경축 사절단이 남쪽 이곳저곳을 기활 좋게 다니면서 판을 치던 날도 아버지는 무성하게 자라나 검푸르러진 느티나무 이파리들을 향해 시선을 던진 채로 우두커니가 되어 있었다.

그 아버지가 지금 이 느티나무 밑, 내 앞에서 눈물을 흘린다. 그동안 무던히도 참았던 눈물을 나에게 보인다. 지금까지 나는 아버지의 눈물을 본 적이 없었다. 아버지는 그렇게 강인한 분이었다. 그는 가슴으로 울었을망정 눈물을 내게 직접 보이지는 않았었다. 그런 아버지가 나에게 눈물을 보였다. 그것만으로도 아버지는 머지않아 삶을 마감할 것이 확실하다.

"한 교수 말여, 내 말을 듣게나. 스물여섯 살에 세상을 등진 자네 조부보다 이 애비는 지금 예순 셋이니 한참을 더 산 셈이지. 그렇지 않은감?"

아버지는 다시 눈물을 흘리고 있다. 전에도 그 말만은 자주 한 편이었다. 그만큼 젊은 나이에 불행한 시대의 희생물이 된 조부를, 아버지는 애석해 하고 있다는 증좌였다.

나는 지금 아버지로부터 그 말을 들으며 아버지가 마을 정자가 서

52

있는, 아니 마을 수호신이 서있는, 이 느티나무 밑에 나온 진짜 이유를 적어도 오늘 중에는 이야기하려고 한다는 걸 알아차렸다. 아버지는 내가 군복무를 마치고 돌아오던 날도 이 느티나무 밑으로 나를 데리고 와서 시뻘건 피가 흐를 수밖에 없었던 그 사연의 자초지종을 밝혔었다. 아버지에게 당시 상황을 확인한 후에 난 많은 충격을 받았다. 그때서야 아버지의 고뇌를 이해할 수도 있었지만 말이다.

하지만 나는 어린 시절 성장을 하면서 아버지와는 달리 오래도록 느티나무 밑을 놀이터로 삼았었던 것은 사실이었다. 물론 그때, 느티나무 밑에서의 시뻘건 피 흐름의 역사를 알 리는 없었다. 유년 시절 내내 마을 아이들과 함께 나무 밑에서 신나게 놀았을 뿐이다. 고누를 두기도 하고 계집아이들과 어울려 공기놀이도 했다. 더러는 사방치기도 했다. 아버지는 나까지 그곳, 느티나무 밑으로 나가 놀지 못하게 하지는 않았다. 그렇기 때문에 나에게는 이 느티나무 밑은 마냥 즐거운 곳이었다. 그러했던 내게 지금 증조모의 목소리가 환청이 되어 귓속으로 파고든다.

"이 세상이 뒤집혔어. 이 사람아, 네 성의 원수를 갚아야 할 거 아녀?"

내가 역사라는 걸 인식하고부터 증조모가 할아버지에게 했다는 이 목소리는 내게 큰 아픔이 되어 다가왔다. 하지만 아버지에게는 아예 처음부터 좌절이었다. 내가 대전지방법원 홍성지원에서 어렵게 재판 자료를 수집한 것은 군대를 제대한 후, 석 달이 지났던 여름이었다. 그 무렵이었던가? 제대 직전에 군부대에서 지시받았던 허 중령의 목소리도 함께 들려온 것이……

"너희들의 임무는 실로 막중하다. 정보. 그래 맞다. 너희들이 수집하는 정보는 대한민국의 존립을 좌우한다. 알겠나?"

허윤 중령은 버릇처럼 나의 혁대 쪽을 지휘봉으로 툭 건드린다. 중령의 지휘봉은 나의 혁대 바로 위 배꼽 밑 부분 삼겹살에 찡하게 꽂힌다. 예리한 지휘봉 끝이 나의 뱃살을 아프게 건드린 것이다. 아리다. 통증이 왔다. 바로 그 아린 느낌을 다시 확인하라는 듯이 아니, 북녘의 비행기 행방을 추적하라는 듯이 다시 강하게 명한다.

"북한 전역의 비행기가 어떤 목적으로 그리고 행선지는 어디로 향하는지를 인지하기 위한 정보 수집이 너희의 임무다. 국외로 뜨는 민간 항공기까지도 인지해야 한다. 수집된 이 정보는 곧바로 펜타곤으로 간다는 사실을 분명히 인식하기 바란다. 좌파가 득세하는 듯하지만 이 나라 뒤에는 여전히 자유를 수호하는 미국이 있다는 사실을 알아라. 자, 오늘은 이만 끝이다."

내가 학업 중 휴학을 하고는 서둘러 군 복무를 마치기 위해 최전방에 배치를 받았을 때, 지시하던 허윤 중령의 말이 지금도 나의 귀를 두드린다. 그 말은 증조모의 말씀처럼 환청이 아니다. 내가 직접 들었던 실체이다. 그 후, 제대하고 나서 느티나무 밑에서 아버지에게서 시뻘건 피 흐름의 역사를 확인한 후 한 때는 그 중령의 말에 나 스스로도 좌우 이념에 갇혀 버린 적도 있었다.

당시 조부에 대한 죄목은 대전지방법원 홍성 지원 재판기록에 자세하게 기록되어 있었다. 조부인 한 봉수는 우익 청년인 남원형을 마을 동구 밖 느티나무 밑에서 몽둥이로 때렸다. 그때, 느티나무 밑에는 우익 청년인 남원형이 흘린 피가 흥건했었다. 물론 직전에 남참봉 집의 아들 남원형에 의해 큰 종조부가 고발된 걸 앙갚음하려 했다는 조부의 진술이 자세하게 기록된 내용도 함께 있었다. 기록상으로만 보아도 차마 눈뜨고는 바라볼 수 없었던 피바다의 상황이 연출되고 있었다. 조부는 유년 시절 내내 진달래꽃을 함께 꺾으러 다녔던 추억을 공유한 친구를 형의 원수라면서 두들겨 팼다. 함께 황새보 안에서 멱을 감고 다슬기를 잡았던 유년 시절의 그 친구를 세상이 바뀐 걸로 확신하고 두들겨 팼다. 그건 나의 조부 한봉수의 죄목이었다.

하지만 조부의 병보석 판결문은 엉뚱했다. 서류상에는 폐결핵으로 인해 병보석 판정을 받고 가석방된 것으로 나타나고 있었다. 그렇다면 아버지의 폐암 판정도 조부로부터 대물림되는 건가? 나는 퍼뜩 놀란다. 조부는 병보석 당시 이미 죽음이 예약되어 있었다. 그러나 병보석 출감이라고 해서 마을 사람들에게 느티나무 밑의 피 흐름의 죄상이 감형된 것은 아니었다. 여전히 느티나무 밑에서는 붉은 피가 흐를 뿐이었다. 그 피 흐름 속에서 결국 조부는 병보석으로 출옥한 지 2개월 만에 운명을 한다.

"아버지, 이제 그만 집으로 들어가시지요?"

나는 아버지를 향해 조심스럽게 입을 열었다. 이제 해가 지고 이내 어둠이 내리면, 서러운 가슴이 더욱 서럽게 내려앉을 거 같아서 나는 아버지에게 집으로 들어갈 것을 권했다. 물론 쇠락해가는 아버지의 건강도 염려되었다. 그러나 아버지는 아무 말도 없이 나를 응시할 뿐이다. 다만 나를 향하는 아버지의 그 시선은 어느 때보다도 따뜻했다. 그 눈길에서 나는 내가 여전히 아버지 삶의 전부임을 다시 한 번 느낀다. 아버지는 지금도 변함없이 나에게 전 생애를 걸고 있는 것이다. 아버지는 갑자기 나의 손을 덥석 잡는다. 손아귀 힘이 엄청나다. 아버지의 손. 이게 얼마 만인가! 참으로 오랜만이다. 그렇게 감격하고 있는 나에게 아버지는 문득 입을 열었다.

"우리 말여, 소주 한잔 할까?"

"소주요? 소주는 좀……."

아버지의 제안은 참 엉뚱했다. 전혀 예기치 않았던 제안이다. 나는 고개를 살래살래 흔들며 아버지 청을 거절한다. 아무래도 술은 안 될 것 같았다.

"그려?"

"예, 그건 안 됩니다."

그러자 아버지는 강경한 어투로 내게 명령이라도 하듯이 자기 뜻을 분명히 하며 지시한다.

"아녀. 괜찮여. 나 이승의 삶을 마감해도 괜찮은 사람이여. 한 교수, 어이 일어나서 한잔 하게 가져와."

나는 아버지의 말씀에 놀란다. 그렇다면 정말 아버지는 이승에서의 삶이 얼마 남지 않았다는 걸 알고 있는 것인가? 그래서 소주로 마지막 향연을 하자는 건가? 나는 또 아버지에게 연민의 정을 느낀다. 어제까지 꼿꼿했다고 느껴지던 아버지의 자세가 갑자기 와해되고 있는 듯한 모습으로 보였다.

"딱 한잔 만 할겨."

아버지가 재촉을 한다. 나는 아버지의 요청을 더는 거절하지 못하고 부스스 일어난다. 아버지의 의지를 읽었기 때문이다. 난 느티나무 옆 바로 동구 밖에 있는 농협구판장으로 가서 소주 한 병과 납작하게 누른 오징어포 한 마리를 급히 사온다. 일회용 컵을 곁들여 산 것은 물론이다. 아버지는 소주를 바라보며 빙그레 웃는다. 젊어서부터 농주로 마시던 끼가 있어 주량이 대단한 아버지임을 나는 이미 잘 알고 있다. 그러기 때문에 이번에는 오히려 술친구가 되어 대작을 하는 것도 아버지의 마지막 속마음임을 헤아릴 수 있을 거라고 생각한다. 술을 마시면 병이 더 악화될 수도 있다는 걸 감안하지 않은 것은 아니지만 말이다. 나는 아버지에게 술잔을 내민다. 아버지는 내가 내민 소주잔을 선뜻 받는다.

"자네도 한 잔 하지."

아버지는 나에게도 소주 한 잔을 권한다. 나는 황급히 아버지가 건네주는 소주잔을 받아든다. 그때 기울던 해가 완전히 서산으로 넘어가고 있었다. 소주잔에 비추는 황혼이 아름답다. 게다가 바람까지 분다. 해넘이와 함께 시냇가 쪽에서 바람이 불어온다. 그래서 아주 시원하다. 여름 같지가 않다. 문득 솔 내음까지 묻어온다. 아버지는 소주를 단숨에 들이마신다. 나도 소주를 한잔 입에 넣자마자 잔을 비운다. 오늘 같은 날은 소주가 좀 써야 할 텐데 달콤하다. 나는 소주잔을 비우면서 고개를 돌려 멀리 시냇물을 다가든다. 시냇물이 보인다. 흐르는 물소리가 들린다. 아버지도 안산 쪽으로 시선을 던진다. 둘이는 아무 말도 없다. 그러나 눈과 눈이 향하는 쪽은 조부의 묘가 있는 곳이다. 스물여섯의 나이에 세상을 하직하고 영면하신 그 자리가 아버지와 나의 눈높이와 딱 만나고 있는 곳이다.

아버지는 지금 겉으로는 자신의 부친의 묘소를 바라보고 있다. 그러면서 마음으로는 시대의 소용돌이 속에서 다시 조부가 이 느티나무 바닥을 피로 빨갛게 물들였던 자리에서, 좌파 정부가 들어서선 이후, 확 달라진 또 다른 세상을 바라보고 있음이 분명하다. 나는 그런 아버지의 모습을 바라보면서 가슴이 다시 무너지고 있음을 느낀다.

"한잔 더 하지."

아버지는 나의 일회용 컵에 소주를 가득 채운다. 나도 아버지 잔에 소주를 따른다. 그러나 여전히 조심스럽다. 마음이 조마조마하다.

"아버지, 아무래도 집으로 들어가셔야 하지 않겠어요."

나는 연민의 눈빛을 더하면서 아버지에게 간절히 말한다.

"그려? 내 건강이 염려되남?"

"예, 그래요. 아버지."

나는 정말 아버지 몸이 걱정이 되었다. 조부의 묘를 바라보다가 그냥 지금이라도 몸이 함몰될 것만 같은 위기감이 든다.

"나 괜찮다니께 자꾸 그러네. 나는 살만큼 산 사람이여. 한 교수, 그리고 말여. 설혹 나 이제 이승을 떠나도 원이 없어. 이렇게 오래 살았잖여. 이만하면 스물여섯 살에 생을 마감한 자네 조부의 명을 내가 조금은 더 이어드린 셈이니까. 나 예순셋이잖여?"

아버지는 또 버릇처럼 그 말씀을 하면서 엷은 미소를 머금는다. 나도 아버지를 가만히 올려다보며 따라 웃는다. 그런데, 그런데……. 웃던 모습의 아버지의 얼굴이 사라지고 순간 눈가에 패인 듯이 잡힌 주름살 사이로 다시 주르르 눈물이 흐른다.

"……."

나는 또다시 아버지가 가엾어진다. 눈시울이 뜨거워진다. 나도 모르게 두 줄기 눈물이 주르르 나의 양 볼을 타고 내린다.

"한 교수 말여, 오늘 밤은 우리 어렸을 때처럼 오랜만에 여기서 자네 조부님별을 찾아볼까나?"

아버지는 잔에 남은 소주를 비우면서 여유롭게 내게 다시 제안을 한다.

"할아버지별을요?"

나는 아버지가 집으로 들어갈 생각을 하기는커녕 갑작스런 제안을 하는데 다시 놀라 '할아버지별을요?' 하면서 외친다.

"그려, 그보다 말여. 한 교수, 내가 자네 오길 간절히 기다렸다는 걸 아남? 나는 오래 전부터 이곳에 나와서 자네와 함께 자네 할아버지별을 찾아보고 싶었거든. 자네는 어린 시절 내 품에서 별을 헤아리는 걸 참 좋아했잖여."

그렇게 말씀을 하는 아버지의 얼굴이 석양에 붉게 물든다. 활활 불탄다. 병색이 짙은 모습이지만 좀 전보다는 얼굴이 평온해 보인다. 술기운까지 퍼져 얼굴이 더 화색이 돈다. 그 얼굴을 찬찬히 바라보는 나는 이제 아버지의 속마음을 알 것 같았다.

"아버지, 정말 할아버지별을 찾고 싶으셨어요?"

나는 진정을 하면서 아버지를 향해 나지막한 소리로 물었다.

"아니여. 이제 와서 자네 할아버지별이 무슨 소용이여?"

아버지는 뜻밖에도 고개를 살래살래 내저었다. 조금 전과는 전혀 상반된 말씀이다. 나는 당황스러워진다. 그렇다면 아버지가 이 느티나무 밑으로 나오는 진짜 이유가 뭔가? 궁금하다. 나는 다시 혼란스럽다. 왜 아버지는 방금한 말을 부정하고 있는 걸까?

"아버지, 그럼 왜 할아버지별을 찾자고 하셨어요? 저는 조부님을 추억하고 싶어서 그런 제의를 하시는 걸로 생각했는데요?"

나는 아버지의 빈 잔에 소주를 따른다. 그러면서 겸연쩍은 웃음을 흘리면서 물었다. 그러나 아버지는 담담하게 대답한다.

"맞어. 지금까지는 자네 할아버지가 그리웠지. 아냐. 그런데 요즘은 오히려 그냥 자네가 더 그리웠다고나 할까나? 그래서 한 박사 자네하고 같이 이곳에 머물고 싶었던 거여. 아마 그런 나의 뜻을 자네 어머니가 알아차리고 자네에게 기별을 한 걸 거고 말여."

그때였다. 마침 땅거미가 찾아 드는 어둠에 별들이 선명하게 드러나고 있다. 사립문 옆 마당가에 서 있던 감나무 밑에서 유년 시절에 바라보던 바로 그 별들이다. 유·소년기를 지내면서 좌파의 아들이 된 죄목으로 인하여 아버지를 잃고 나서, 가슴에 그리움으로 찾던 내 아버지의 별들이었다.

"아! 아버지, 별을 찾았어요. 할아버지별이 보여요."

나는 의식적으로 오버 액션을 취하면서 남쪽으로 손을 쭉 뻗어 빛나기 시작하는 별을 가리킨다. 유년 시절에 아버지가 할아버지 별로 지목해 준 바로 그 별이다. 그러나 아버지는 별을 바라보지는 않았다. 그 대신에 잔에 든 소주를 들이마신다. 그러고는 의미심장하게 입을 연다.

"한 박사, 자네는 용서라는 걸 아남?"

"예? 용서요?"

아! 그거였다. 아버지가 마지막으로 남기고 싶은 말이었다. 아니다. 내가 아버지에게 부탁하고 싶은 말이었다. 순간 나는 긴장을 한다.

"그렇지. 용서 말여. 이제 와서 누가 누굴 미워하고 증오하겠남."

"……?"

아버지는 확실히 심경에 변화를 일으키고 있었다. 역시 마지막 말을 하려는 것이 확실하다. 닫힌 마음의 문이 열리고 있다. 이제야 아버지는 이념의 틀에서 벗어나려나보다.

"한 박사, 우리가 증오하며, 또 미워하고 산 세월이 얼마여? 이유야 어떻든 자네의 큰 종조부도 자네 조부도 역사의 수레바퀴에 깔려버렸지. 그래서 다 밉고 야속하지. 살아 있는 나도 연좌제에 걸려 좌파의 아들로 온갖 수모를 당했지만, 그걸 이제는 다 용서해야겠어. 용케도 그 와중에서도 그들 중에서는 득세한 놈도 여럿 있지만, 그건 다 그들 운이고……. 나는 이제 마음을 비울 거여. 그 말을 하고 싶어 자네를 불렀으면 했지."

아버지는 잠시 말을 쉬었다. 그리고는 반쯤 남은 소주잔을 입에 갖다 대면서 한 모금 입을 축였다.

"아버지, 잘 생각하셨어요."

나는 우선 그 말씀이 반가웠다. 아버지의 의식이 더는 혼란을 겪거나 추락하지 않는 것 같아 반가웠다.

"잘 생각했어? 아녀. 그건 아녀. 우린 북녘에 벌써 수년간을 용서와 화해라는 이름으로 쌀을 보내고, 비료를 보내고 있지만 말여. 난 그걸 용납할 수 없었거든. 그들은 내 아버지를 죽인 원수였으니께. 그들이 전쟁만 일으키지 않았더라면 자네 조부가 돌아가셨건남? 한 박사 자네는 학자로서 이 역사를 규명해줘야 혀. 나는 일단 용서하고 화해하는 마음으로 갈 거여. 이제 나는 마지막 삶을 정리해야 하겠지만 자넨 역사학자로서 이 세상을 바로 직시할 수 있어야 혀. 혹 내 생각이 잘못 되었으면 내 사후에 날 꾸짖게나."

아버지는 남은 술을 입에 톡 털어 넣듯이 들이마신다.

"아니에요. 아버지, 잘 생각하셨어요. 이제는 혼란을 겪지 마세요. 일단 닫혔던 마음도 여시고, 모두를 용서하세요. 북쪽도 용서하시고, 좌파도 용서하시고……. 특히 지금 마음속으로 남 참봉 댁하고도 화해하세요. 그리고 저와 함께 밤하늘의 저 별들이나 바라보세요."

난 다시 손을 번쩍 들어 할아버지별을 가리켰다.

"알았어. 전에는 그리움과 함께 원한과 미움으로 바라보며 자네 할아버지별을 찾았었지만 지금은 이 애비에게 불행을 주었던 자네 할아버지까지도 다 용서할겨."

아버지의 그 말에 나의 가슴이 다시 울컥해진다. 지금 나는 그런 채로 무수히 뜬 밤하늘의 별을 새삼스럽게 헤아리고 있는 중이다. 그러나 밤하늘엔 별똥별이 흐르지는 않았다. 유년 시절에 바라보았었던 그 밤하늘에서는 별똥별이 찬란하게 흐르곤 했었는데…….

달섬에
닻을
내린 배

우리를 향하여 차분차분 말하는 테레사 수녀님의 얼굴은 붉게 상기되어 있었다.
수녀님의 상기된 얼굴은 옅은 어둠을 물리치기에 충분했다. 우리는 아직껏 한 번도
수녀님의 얼굴이 그렇게 상기되는 모습을 본 적이 없었다.

1

요한 바오르 2세 교황께서 드디어 이 땅에 빛을 주시려고 발을 내 딛게 되는 이틀 전 날이었다. 그러니까 그날은 5월 초하룻날이다. 이곳 달섬 사람들은 모두 가슴이 설레고 있었다. 나도 다른 날보다 일찍 저녁을 먹고 집을 나섰다. 테레사 수녀님과의 약속을 지키려 고, 성당이 평화롭게 자리를 잡은 병사봉 쪽으로 향했다. 마침 바다 쪽에서 상쾌한 갯냄새를 가득 실은 바람이 살랑살랑 불어와 나의 양 볼을 스치며 지나갔다.

5월의 산들바람은 참으로 신선했다. 난 그 신선한 5월을 가슴에 안고 부지런히 병사봉으로 향했다. 병사봉은 우리 달섬에서 제일 높 은 언덕이다. 그렇다고 그리 높은 봉우리는 아니었다. 해묵은 전나 무가 군데군데 여러 그루 서 있는 둔덕이었다. 우리의 에스텔 님이 고이 잠든 묘소가 있는 둔덕을 마주 바라보며 빨간 벽돌로 탄탄하게 쌓아 올린 성당 건물이 서 있는 곳이다. 우리 달섬을 상징하는 가장 성스럽고 거룩한 곳이었다.

이곳은 내가 다니는 학교 다음으로 우리에게 중요한 곳이다. 학교

라야 전교생을 모두 합해 60명 남짓한 작은, 아주 작은 규모의 중학교였지만 그래도 그 학교 다음으로 성당은 우리가 늘 모여 놀고, 일요일이면 미사를 드리고 교리도 공부하며 더러는 개인적으로 신부님의 가르침도 받았다. 게다가 테레사 수녀님께 재미있는 이야기를 듣는 곳이기도 했다.

그 병사봉에 올라서면 동서남북 어느 쪽의 바다든 한눈에 바라볼 수 있어 상쾌했다. 철썩거리는 파도소리도 아주 가깝게 들려 기분이 좋았다. 그래서 우리는 바닷가에서 갯조개를 줍거나, 망둥이 낚시를 즐기거나, 게를 잡는 날이 아니면 곧잘 이곳에 올라왔다. 더구나 멀리 고기잡이를 떠난 아빠들이 동서남북 어느 방향에서건 만선의 깃발을 휘날리며 돌아오는 것을 기다리기에는 아주 안성맞춤인 곳이다. 저 멀리 바다에서 어선들이 들어오는 것을 한눈에 바라볼 수 있어 우리는 더욱 성당을 좋아했다.

"이번 조기잡이에서 한몫 단단히 붙잡아 볼 셈이구먼."

아버지는 고기잡이를 떠나던 날 엄마에게 너털웃음을 웃으며 아주 자신만만해했다.

"교황님이 다녀가시고 난 후에 바다에 나가면 안 될까요?"

신앙심이 깊은 어머니에게는 아무래도 교황님의 한국 방문이 마음에 걸리는 모양이었다. 하지만 아버지는 그게 아니었다.

"웬 소리여? 어저께 마을에서 풍어제까지 다 올린 터인데 한몫 잡아야 되잖여."

"그래도 천주님을 우리 마음속에 잘 모셔야 축복 받을 수 있으니

고기잡이도 잘될 거 아니에요?"

어머니는 늘 천주님을 가슴속에 모시고 사는 분이었다. 그러나 그렇게 말하는 어머니를 뒤로 하고 아버지는 마을 어른들과 함께 그대로 횡하니 어구를 챙겨 사립문을 나선 지 벌써 사흘이나 되었다. 그랬다. 나는 테레사 수녀님과의 약속 말고도, 그곳에서 아버지의 귀항을 편안하게 기다릴 수 있어 지금 병사봉으로 올라가고 있는 중이다. 그저 마냥 즐거운 기분으로……

병사봉 성당으로 향해 올라가는 길은 참으로 깨끗하게 잘 닦여져 있었다. 더구나 코스모스들이 얼마 전까지만 해도 길 양옆으로 아주 앙증스럽게 돋아나는가 싶더니 이제는 어느새 싱싱한 이파리가 실바람에 흔들리고 있었다. 벌써 5월이니 나무 이파리고, 풀 이파리고 싱그러울 수밖에 없었다. 그 싱그러운 풀냄새들이 짭짜름한 바닷바람에 실려 내 코끝을 간질이고는 남실거리는 푸른 바다 쪽으로 횡하니 내달았다.

내가 부지런히 걸어올라 성당의 육중한 대문을 밀었을 때 성당의 안뜰에는 벌써 여러 사람들이 모여 있었다. 어쩌면 고기잡이를 떠난 사람들 말고는 섬마을 사람들 전부라도 올라온 것 같은 느낌이었다. 당연히 남자들보다 여자들이 훨씬 많았다. 그들은 성당 안뜰의 한가운데 우뚝 서 있는 성모마리아상 앞에 대부분 모여 있었다. 또한 그 오른쪽으로 나란히 서 있는 에스텔 님과 요셉의 상 앞에도 꽤 여럿이 무릎을 꿇고 두 손을 조용히 모아 기도를 드리고 있었다.

나는 전에 보지 못했던 풍경에 놀라 어리둥절할 수밖에 없었다.

그동안도 교황님의 우리나라 방문이 발표되면서부터 달섬 사람들이 성당에 모이는 일이 잦아진 것은 사실이었다. 전에는 이맘때쯤 내 또래 아이들 몇이서 멀리 바다를 향해 아버지들을 기다리며 재잘거리는 소리가 뜰 안을 가득히 채워 버렸던 것이 고작이었다. 그런데 오늘은 황 신부님께서도 사람들과 함께 서 있었고, 테레사 수녀님도 이리저리 사람들 사이에서 돌아다니며 함께 어울리고 있었다.

나는 사람들 사이를 헤집으면서 테레사 수녀님 곁으로 다가갔다. 수녀님은 나를 바라보며 아주 반가운 미소를 지었다. 흰 이를 살짝 드러내 보이는 가벼운 웃음을 보이면서 내 손을 가만히 잡았다.

"정규야, 일찍 올라왔구나."

"예, 수녀님. 그런데 웬 마을 사람들이 이렇게 많이 모였나요? 교황님을 위한 특별 미사라도 드리는 건가요?"

"아니란다. 미사가 없는데도 내일 오실 교황님을 빈 마음으로 맞을 준비로 이렇게들 모이셨구나."

"그래요?"

"그렇단다. 교황님의 은총을 받은 우리지만 더 힘껏 애쓰고 목마르게 기다릴수록 천주님의 축복이 크게 내리겠지."

내가 보기에 수녀님도 조금은 격앙된 모습이었다. 나는 수녀님의 말씀을 들으며 둘레둘레 서 있는 마을 사람들을 찬찬히 바라보았다. 역시 다른 때와는 많이 다른 분위기였다. 아버지도 고기잡이를 뒤로 미루고 우리와 함께 교황님을 맞을 빈 마음이 되어 섬에 머물었으면 더 좋았을 텐데 하고 생각하니 나는 조금 아쉬웠다. 하지만 그 대신에 어머니가 이 싱그러운 바닷바람을 맞으며 가슴에 천주님을 안고,

어쩌면 내 뒤를 따라 금방이라도 이곳에 뒤쫓아 올라올 것이라 생각했다.

그러면서 나는 내 또래들이 많이 모여 있는 뜰아래 전나무 밑으로 향했다. 전나무 밑에는 꽤 여럿이 모여 있었다. 명호, 동수도 눈에 띄었다. 그들의 아버지들 역시 우리 아버지와 함께 고기잡이를 떠난 지 사흘이 되었으니 아이들의 마음도 나와 비슷하리라 생각했다.

"정규야, 먼저 가 있어. 여기서 어른들 좀 맞이하고 나서 곧 너희들에게 갈 테니."

나는 수녀님이 하는 말씀을 귓가로 흘리며 아이들 속으로 들어갔다. 시간이 지나면서 사람들이 점점 더 성당 뜰 안을 메우고 있었다. 교황님의 한국 방문이 하루 앞으로 다가오면서 우리 달섬은 확실히 술렁거렸다. 나도 마찬가지였지만 그들은 모두 교황님의 방문 중에 우리 달섬에 커다란 기적이 일어나길 바라고 있었다.

나는 150여 년 전에 우리의 에스텔 님이 맨 처음 베드로 신부님을 받아들여 천주님과 성모마리아를 모심으로써 우리 달섬이 열렸다는 소리를 이미 여러 번 들어 알고는 있었다. 그렇다고 이렇게 어른들이 기적을 바라면서 지나치게 들떠서 돌아다니는 것을 달갑지 않게 생각했다. 그러면서 어쩌면 우리 아버지처럼 묵묵히 고기를 잡으러 떠나는 편이 훨씬 나을지도 모른다고 생각하며 아버지의 풍어를 기원했다. 아들로서 아버지 입장을 변호하고 싶었기 때문이다. 하지만 어쨌든 요즘 달섬 사람들은 부둣가 어항에서나 고깃배 위에서나, 선술집에서나, 어디서든지 둘만 모이면 교황님에 대해서 말하고 있던 것은 사실이었다.

"이번에 에스텔 님은 성인의 반열에 오르지 못한다면서요?"

"그렇다나 봐요."

"우리 신부님께선 뭘 하시는 거지?"

"아, 신부님 힘으로 그게 되겠어요? 벌써 다 정해진 일인데……."

"그러니 이번에 에스텔 님에게 기적이 일어나야 한다고요."

"그러면 얼마나 좋겠어요."

달섬 사람들 중에는 교황이 오시는 날이 가까워질수록 아예 일손도 멈추고 고깃배도 타지 않는 이들도 있었다. 그 중에서 신앙심이 깊은 이들이 중심이 되어 하나 둘 성당으로 모이기 시작한 것이 이와 같이 성당 마당으로 가득이었다. 보통 때는 성당에 잘 나오지 않던 사람들도 덩달아 함께 자리를 같이 한 사람들도 있을 지경이었다. 그들은 모두 하늘의 영광이 이 달섬에 흠뻑 기쁨으로 내려주기를 간절히 기도하고 있었다.

2

내가 아이들 속으로 뛰어들어 재잘거리며 바다를 바라보고 있던 얼마 후, 테레사 수녀님은 어른들과 대화를 나누다가는 늦게서야 우리에게로 왔다. 수녀님께서는 우리를 향해 함박웃음을 던졌다. 그렇게 웃는 수녀님의 얼굴은 천사처럼 아름답고 인자하게 보였다. 우리는 수녀님 곁으로 우르르 몰려들었다. 수녀님은 우리를 맞이하자 더욱 활짝 웃었다.

그분은 우리에게만 다정한 천사가 아니었다. 억센 바닷바람에 찌들며 갯조개를 줍고, 김발을 매며 바위틈을 뒤져 굴을 따는 우리의 어머니들에게도 언제나 깨끗하고 밝은 미소를 던져 주는 분이었다. 그런 테레사 수녀님의 그늘에 묻힌 우리 달섬은 늘 포근했고, 부드러웠으며 사랑으로 가득 차 있어 더욱 행복한 섬이라 할 수 있었다.

"정규야, 아버님 아직 돌아오시지 않았지?"

자리를 잡고 잔디 위에 다소곳이 앉자마자 테레사 수녀님은 나에게 눈길을 던지며 아버지의 안부부터 물었다.

"예. 2, 3일은 더 기다려야 될 것 같아요. 만선이 되면 일찍 돌아오실 수 있겠지만……."

나는 금방이라도 저 북쪽 바다에서 만선의 깃발을 휘날리며 바닷물을 힘차게 가르면서 우리의 아버지들이 나타나 줄 것을 바라며 그렇게 대답했다. 나의 대답이 신호인 양 모여 있는 친구들 모두 눈길을 멀리 바다로 향하면서 간절한 마음으로 성호를 그었다. 테레사 수녀님도 우리를 따라 성호를 그으며 입을 열었다.

"그래, 우리 바다에 나가신 아버님들을 위해 먼저 천주님께 기도를 드리자."

테레사 수녀님의 말씀에 따라 우리는 눈을 모두 조용히 감았다. 그리고 아버지들이 무사히 만선의 기쁨으로 돌아오길 기도하기 시작했다. 누구도 입을 벌리지는 않았지만 우리의 마음은 모두 아버지에게 향해 있었고, 그 아버지들을 위해 기도했다.

교황께서 우리나라에 발을 내딛고 하느님의 은총을 내려 주시기로 한 며칠 동안 고기잡이를 미루자는 일부 마을 사람들의 만류를 뿌리치고 우리 아버지처럼 바다로 나간 분들을 위해서였다. 테레사 수녀님은 그들 하나하나를 위해 석양빛에 묻힌 채 눈을 감고 진심으로 기도를 드렸다. 하지만 나는 얼른 기도를 마치고 감았던 눈을 살그머니 떴다. 저 서쪽 수평선으로 떨어지는 해님으로 말미암아 바다는 황금처럼 반짝거렸고, 굴빛 노을이 달섬 모두를 삼켜버릴 듯이 혀를 날름거리고 있었다. 그래서 우리가 앉아 있는 병사봉은 더욱 아름다웠다. 그 노을 속에 묻혀 조용히 기도하고 있는 테레사 수녀님의 모습은 정말 거룩하게 보였다. 다른 아이들은 한동안 수녀님을 따라 간절히 기도를 드렸다. 나만 눈을 뜨고 있었다.

"철썩철썩."
나는 파도소리를 들으며 다시 멀리 수평선 너머 아버지들이 고기를 잡고 있을 그곳으로 눈길을 던지며 바다를 응시했다. 밀물이 막 밀려들기 시작하려는 바다였다. 바다는 밀려드는 파도에 깨끗한 모래사장을 향해 조금씩 스멀거리며 소리내기 시작해 주위를 더욱 신비롭기만 했다.
테레사 수녀님은 한참만에야 기도를 멈추고 조용히 눈을 뜨면서 이번에는 우리를 하나하나 살폈다. 그랬다. 나의 기도는 언제나 짧았기 때문에 그날도 일찌감치 감았던 눈을 뜨고 또리방한 두 눈을 빛내면서 테레사 수녀님만을 바라보고 있었기 때문에 그분의 행동을 일일이 살필 수 있었다.
"아버님들은 우리 성모마리아께서 그리고 에스텔께서도 지켜주고 계실거야. 하지만 너희도 아버님들이 무사하시기를 빌며 풍어를 기원하자. 그때까지 우리의 기도를 멈춰선 안될 거야."

그렇게 말하는 테레사 수녀님의 차분한 모습은 나의, 아니 우리가 아버지를 기다리는 마음을 눈 녹이듯이 달래 주었다. 그렇게 늘 마음의 위로를 받아서인지 우리는 물론 달섬의 어른들까지도 테레사 수녀님을 다시 나타나신 에스텔 님으로 믿고 따랐다. 에스텔 님에 의해서 열려진 달섬은 테레사 수녀님에 의해서 빛나고 있었기 때문이다.

"수녀님, 어서 에스텔 님 이야기를 해주셔요."

그때, 성질 급한 명호가 참지 못하고 입을 열었다.

"아, 그랬지. 오늘은 에스텔 님의 성스러운 이야기를 마무리 짓기로 한 날이었지. 해마다 부활절을 전후하여 너희 형들에게도 들려준 이야기지만 교황님이 오시는 때 에스텔 님의 순교에 대해서 말할 수 있어 더욱 뜻이 있구나. 너희들이 다 아는, 아니 달섬 사람들이라면 모두 자랑스럽게 여기고 가슴속에 간직하는 에스텔 님의 순교지만 내일 교황께서 이 땅에 오시는 것도 다 에스텔 님과 같은 분들이 성혈을 흘리셨기 때문이야."

테레사 수녀님의 목소리는 아주 낭랑하고 맑았지만 우리의 기분은 어른들과 마찬가지로 에스텔 님이 성인의 반열에 오르지 못해 푹 가라앉아 있었다. 그러면서도 우리는 수녀님의 눈망울이 저 높은 하늘을 향해 맑게 빛나고 있는 것을 조용히 바라보았다.

우리는 어느새 테레사 수녀님의 눈에서 흘러나오는 신비로운 눈빛에 홀리고 있었다. 전에도 늘 그랬던 것처럼 그 분의 입에서 나오는 말씀은, 말씀 그 자체가 한 줄기의 꿰미가 되어 우리의 간절한 마음을 하나하나 아가미를 벌려 고기를 꿰듯이 낚기 시작하고 있었다. 게다가 옅은 어둠 속에서 마지막으로 빛나는 노을은, 노을 그대로 우리의 마음을 낚아서 하늘로 감아 올린 후에 신비로운 어둠 속으로 끌어넣으려고 하는데 일조하고 있었다.

"철썩철썩."

어느새 달섬은 이미 황혼이 사라지고 어둠이 바다를 삼키고 있었다. 그 어둠 탓인지 조금 전보다 좀 더 가까운 소리로 파도가 밀려들고 있었지만 테레사 수녀님과 우리의 이야기는 이제부터가 시작이었다.

"에스텔 님께선 성인의 반열에 못 오르신다면서요?"

다시 그 분위기를 깬 것은 역시 성질이 팔팔한 명호였다. 그는 불만스러운 듯이 입을 실룩거리며 툭 내뱉듯이 말했다. 우리가 모두 품고 있던 불만을 명호는 털어 놓은 셈이었다.

"너희들도 그것이 불만이구나? 어른들만 그러시는 줄 알았는데……."

"그럼요. 우리 달섬에 사는 사람들이라면 누구든지 다 그렇게 생각할거예요."

다시 명호가 우리를 대변하듯이 응답했다. 물론 우리도 명호의 마음과 정말 꼭 같았다. 달섬 사람들은 어쩌면 에스텔 님이 성인의 반열에 늦게나마 함께 오를지도 모른다는 기대 때문에 섬 전체가 술렁거렸던 것도 사실이었고, 이렇게 성당에 모인지도 모른다.

수녀님은 우리의 얼굴을 찬찬히 살피기 시작했다. 모두 시무룩해 있는 얼굴을 훑으면서 또다시 가느다란 미소를 흘렸다. 그러고는 마지막으로 명호에게 눈길을 고정시키시며 입을 열었다.

"명호야."

"예."

"길가에 핀 아름다운 꽃을 본 적 있지?"

"예……? 우리 성당 뜰에도 예쁜 꽃들이 많이 피어 있지 않아요?"

"그래, 그렇다. 꽃은 아름답지. 그러나 그 꽃은 저 혼자 핀 것이 아니란다. 뿌리를 박을 수 있는 흙이 있어야 하고 수분과 자양분도 필요한 거야."

우리는 테레사 수녀님의 말씀을 얼른 알아들을 수 없었다. 수녀님은 모두 어정쩡한 모습으로 엉거주춤한 채 어리벙벙해하는 우리를 향해 다시 살짝 흰 이를 드러내며 말을 이었다.

"우리 에스텔 님은 아름다운 꽃이 아니라 숨겨진 밑거름으로 남으신 거야. 이 땅 위에 103송이의 꽃을 피우게 한 수분과 자양분으로 남아 하늘로 가신 후, 지금도 우리를 위해 기도해 주실 거야."

우리는 테레사 수녀님의 말씀에 다시 말을 잃었다. 다만 다가드는 어둠 속에 묻히면서 더욱 테레사 수녀님께로 바짝 다가앉았을 뿐이었다. 어느새 성급한 별님 몇이 하늘에서 반짝반짝 빛나기 시작했고, 그렇게 고요 속으로 치닫는 밤으로 가는 길목에서 앉아 있어서인지 예사로운 때보다 점점 더 바닷물의 철썩거림까지도 우리의 가슴속까지 파고들었다.

이제 성모마리아상과 에스텔 님 모녀상 앞에 둘레둘레 모여 있던 어른들도 하나 둘 성당 안으로 들어갔고, 더러는 마을 쪽으로 내려

가면서 병사봉 전나무 숲엔 테레사 수녀님과 우리만 남아 있었다.

"에스텔 님은 나타나려 하시는 분이 아니고, 겸손하게 꽃을 피우게 한 밑거름으로 남는 뜨거운 역할을 하셨지만 우리는 그분을 잊고 그대로 스쳐 지나가서는 안 되겠지요."

우리를 향하여 차분차분 말하는 테레사 수녀님의 얼굴은 붉게 상기되어 있었다. 수녀님의 상기된 얼굴은 옅은 어둠을 물리치기에 충분했다. 우리는 아직껏 한 번도 수녀님의 얼굴이 그렇게 상기되는 모습을 본 적이 없었다. 테레사 수녀님은 우리가 이 세상에 태어나기 훨씬 전, 이곳 달섬에서 20년 전부터 오로지 가난하고 고되게 살아가는 사람들의 영혼과 목마르고 슬프게 살아가는 이들의 마음속에서 늘 한편이 되어 주신 분이다.

테레사 수녀님은 섬마을 사람들과는 달리 교황님의 한국 방문에 대해서도 흥분한 속마음을 겉으로 드러내지는 않았다. 오늘은 좀 달라보였지만 내가 보기에는 적어도 어제까지는 소박하게 평상심으로 교황님을 받아들이려고 하는 분 같았다. 언제나 그대로 담담하고 평온한 가운데 빛이시고, 거울이고, 사랑으로 남기를 원하기 때문이 아닌가 생각하며 나는 수녀님의 이야기에 귀를 기울이기 시작했다.

"지금으로부터 백년보다 훨씬 전인 어느 해에 베드로 신부님께서 타고 오신 배가 달섬에 닻을 내린 것이 우리 달섬이 문을 연 시작이었고, 그때만 해도 이곳 달섬에서는 에스텔 님과 그의 아들은 요셉만이 외롭게 사셨지."

테레사 수녀님께서 전에도 더러 우리에게 교리를 가르쳐 주는 틈을 이용해서 에스텔 님 모자에 관한 성스러운 순교를 이야기를 했지만 오늘은 그 모두를 다 털어 놓겠다는 약속을 꼭 지키겠다는 마음가짐이었다. 테레사 수녀님은 섬 모퉁이에 서 있는 등대에 반짝 불이 켜지는 것을 바라보며 어둠 속에서 말씀을 계속했다.

이제 정말 어둠은 우리를 삼키고 있었고 별들만 초롱초롱 빛나고 있었다. 돌과 바위를 부서댈 듯 파도소리만이 아주 가깝게 들리면서 수녀님의 이야기를 한층 돋궈주는 효과음이 되고 있을 뿐이었다. 우리의 영혼은 이미 수녀님의 이야기 속으로 빠져 들고 있었고, 시간이 갈수록 하나하나 모두가 아예 테레사 수녀님이 말하는 그 에스텔 님 이야기의 속의 인물, 아니 주인공으로 변해 동일시되어 가고 있었다.

3

요즈음 아이들도 그렇지만 그즈음에도 뭍에서 사는 아이들은 툭하면 폐선이 다된 낡은 배를 끌고 나가 바다낚시를 즐기곤 했단다. 기껏 낑낑거리며 노를 저어 버둥거려 봤자 뭍에서 우리의 달섬까지 올 수 있으면 다행이었지만 말이야.

그러던 어느 날 용이네 마을 아이들이 폐선이 다된 낡은 낚시 배를 타고 나갔다가 아주 이상스러운 배를 발견했다는 소문이 이내 온 마을에 퍼졌지. 아이들은 엄청나게 큰 배가 텅텅거리며 달섬에 닻을 내리는 것을 보고는 그만 기겁을 하고 마을로 돌아왔다는 거야. 처음 어른들 몰래 폐선을 슬그머니 타고 바다에 나갈 때만 해도 그들은 달섬에 사는 용구를 만나 바다낚시로 망둥이나 갯장어 몇 마리를 낚아 보겠다는 욕심으로 바다에 나갔었단다.

그러나 그 엄청난 배를 보고 아이들은 기가 팍 죽어 돌아왔고, 얼마 후에 마을 어른들이 다시 나가 그 신비롭게 생긴 배를 확인하고 온 뒤부터 마을이 벌컥 뒤집혀 버릴 수밖에 없었지. 용이 아버지와 돌배 아버지, 칠성이 아버지 그리고 또 몇몇이 아이들의 말을 듣고, 마을에서 달섬 쪽으로 급히 배를 띄웠을 때만 해도 그들은 대수롭지 않게 생각했었단다.

그들은 뭔가 잘못 본 거라며 마음이 태평한 채 배 위에서 노닥거리다가 멀리 수평선 너머로 뱃머리가 조금씩 드러나면서 그것이 낯선 배인 것을 알고는 당황했단다. 그렇잖아도 그즈음에 몇 차례 인천 앞바다에 왜놈들의 배가 닻을 내렸다는 소문이 용이네 마을까지 파다하게 퍼져 있었던 참이라 모두 예삿일이 아니라고 생각하며, 용이네 사랑채로 모였지. 물론 아이들도 어른들 틈에서 호기심에 찬 눈동자를 굴리고 있었단다.

"아니, 왜놈들의 배 같던감?"

마을 사람들은 바다에 나갔다 들어온 사람들에게 걱정스러운 듯이 물었단다.

"글쎄, 모르겠어유. 배가 하도 엄청나게 크니께유."

아이들도 어른들의 말에 한몫 끼어들었단다.

"텅텅거리는 소리가 워찌 큰지유. 그리고 말유, 그 배가 휙 달섬 쪽으로 물살을 가르고 오는 바람에 우리가 탄 배가 하마터면 뒤집힐 뻔 했어유."

칠성이가 호들갑을 떨며 말하는 거야. 다른 때 같으면 폐선을 끌고 나갔다고 어른들에게 불호령이 떨어졌겠지만 지금은 그게 문제가 아니라서 모두 두려움으로 벌벌 떨 뿐이었단다.

"이거 큰일이구먼."

용이 할아버지가 혀끝을 차며 걱정을 했어.

"어떻게들 할 셈이여?"

"우선 원님께 빨리 알려야 되잖아유."

돌배 아버지의 말에 모두 그렇게 하자고 말했단다. 그때 마을 사람들은 말을 탈 줄 아는 덕만이 아버지를 뽑아 원님이 사는 고을로 파발을 보냈지.

"그러나 저러나 큰일이구먼. 우리 마을 쪽으로 대포를 들이대면 어떻게 하지유?"

"아따, 죄 없는 우리에게 무슨 원수진 일 있다고 대포를 쏠라구유."

파발을 보내고도 용이네 마을 사람들은 걱정이 되어 집으로 돌아갈 줄을 몰랐단다.

"달섬에 닻을 내린 것을 보면 오늘 떠나지는 않을 모양이잖여? 그러나 저러나 달섬 사는 용구네가 걱정이구먼."

용이네 할아버지가 제일 근심스러운 듯이 말했단다.

"글쎄 말이어유. 요즈음 조기가 한참 몰려올 철인디 이거 큰일 났구먼유."

"어젯밤에 가득히 만선을 한 꿈을 꾸었는디 다 글렀구먼유."

촌장격인 용이 할아버지를 둘러싼 마을 사람들도 모두 한숨만 쉴 뿐이었지, 대책을 세울 수는 없었어.

"그게 걱정이어유. 잘못하다가 한 식구 같은 용이네가 목숨이 날아갈 참인디."

용구 아버지와 배 타고 고기를 함께 잡다 용이 아버지를 끝내 바다에 남겨두고 겨우 혼자 돌아온 병삼이 아버지도 하늘을 바라보며 한숨을 쉴 뿐이었단다.

마을 사람들은 큰 배에 대한 두려움과 용구네 걱정으로 발만 동동거렸단다. 모두 땅이 꺼질 듯이 한숨만 쉬었지. 마을 사람들은 어찌할 줄 몰랐단다. 게다가 파발을 보낸 쪽에서는 기별도 없었고 말이야.

"자, 이러지들 말고 집으로 돌아가서 낫이랑 쇠스랑이랑 뭐든지 가지고 나와. 우리 마을이라도 지켜야 할 것 아녀?"

"그까짓 것 가지고 펑펑 쏴대는 대포를 당할 수가 있겠슈?"

"그럼 어쩔 겨? 이렇게 앉아만 있을 겨?"

마을 사람들은 용이 할아버지의 호통에 제각기들 집으로 가서 연장을 둘러메고 다시 모였단다. 날이 저물기 시작했는데도 파발을 떠나보낸 덕만이 아버지에게서는 아직까지 소식이 없었어. 마을 사람들은 모두 근심에 싸여 어쩔 줄 몰랐지.

"아니, 웬 불이여? 도깨비불이잖여?"

그때 사람들은 칠성이 아버지가 외치는 소리에 깜짝 놀라 달섬을 바라보았단다. 달섬 쪽에서 도깨비처럼 커다란 불이 갑자기 비치기 시작했지.

"아니, 낮에 닻을 내린 배에서 켜놓은 불이구먼."

"웬 불이 저렇게 큰 거여?"

사람들이 놀라 여기저기서 수군거렸단다. 용이도 아이들과 함께 달섬 쪽에서 비치는 불빛을 바라보면서 어른들의 근심 속에 묻혀 있을 수밖에 없었단다.

다그닥 다그닥.

그때 멀리서 말발굽 소리가 들려왔다. 사람들은 반가운 듯이 말발굽 소리가 나는 쪽을 바라보았지.

"원님께 고하고 돌아오는 모양이구먼."

용이 할아버지가 조금 마음이 놓이는지 벌떡 자리에서 일어나셨단다. 사람들도 따라 일어섰지. 덕만이 아버지는 혼자 오지 않고 원님과 함께 군사들을 데리고 왔단다.

"달섬에 이상한 배가 나타났다고?"

원님도 걱정이 되는지 말에서 내리자마자 앞에 선 용이 할아버지께 물으셨단다.

"저 달섬을 보셔유. 도깨비불처럼 빛나고 있잖아유."

"흐흠, 흠?"

원님은 불빛을 바라보며 큰 한숨을 쉴 수밖에 없었지. 밤이 깊었으나 마을 사람들은 잘 수도 없었단다. 원님은 사람들을 모두 마을 뒷산으로 가라고 했지. 그리고 큰 참나무를 두 개나 베어다가 모닥불을 피우고 둘러앉아 달섬의 배를 지켜봤단다. 아낙네들은 원님과 군사들의 밤참을 해서 대느라 더욱 바빴고 말이야. 물론 용이도 칠성이랑 덕배랑 그리고 모든 마을 아이들과 함께 산으로 올라갔단다.

마침 어른들은 원님과 함께 이 낯선 배를 어떻게 물리칠까를 의논하고 있었단다. 원님이 물었지.

"저 달섬에는 사람들이 몇 가구가 사는고?"

"용구네 라고 애비는 지난여름 바다에 나갔다가 태풍에 밀려 죽고, 어미와 둘이 사는 한 가구뿐이어요."

"흐흠, 그래. 그럼 이 밤을 틈타 달섬 쪽으로 가서 용구네와 연락하면 그 낯선 배의 사정을 알 수 있을 것 같구먼."

"예?"

마을 사람들 모두 깜짝 놀랐단다. 그러나 그 배의 사정을 알아내는 데는 원님의 말에 따르는 것이 좋겠다고 생각했단다. 하지만 선뜻 달섬으로 가겠다는 사람들은 나타나지 않았단다. 서로 얼굴만 바라볼 뿐이었지. 모두 무서워서 벌벌 떨기만 했단다.

"우리가 가면 안될까유?"

그때, 아이들이 불쑥 일어나서 자기들이 가겠다고 나섰단다.

"아니, 너희들이?"

원님과 마을 사람들은 모두 깜짝 놀랐지. 그즈음 일본이나 서양에서 들어오는 배는 무시무시한 대포를 달고 들어온다는 소문을 들어온 원님이었단다. 그래서 원님은 아이들을 말릴 수밖에 없었지.

"당치도 않은 소리다."

"아니어유. 용구는 우리 친구구유. 우린 배도 부릴 줄 알아유."

그러나 용이 할아버지도 펄쩍펄쩍 뛰면서 아이들을 보내는 것을 반대하였단다. 모두 어떻게 해야 할지를 몰랐지. 한참 후에야 원님이 결정을 내렸단다.

"그럼, 이렇게 하자. 아이 둘과 이 앞바다 물길을 잘 아는 어른 둘, 그리고 관군 둘, 이렇게 모두 여섯이 달섬에 가기로 하자."

사람들은 원님의 명령에 따르기로 했단다. 달섬에 닿아 용구와 만나기는 역시 아이들이 좋다고 생각했기 때문이었지. 그래서 용이와 칠성이, 용이 아빠와 덕만이 아빠, 관군 둘이 뽑혀 드디어 바다에 배를 띄웠단다.

달은 휘영청 밝았단다. 고요가 깔린 바다 위를 그들은 말을 잃은 채 노를 젓기 시작했지. 시커먼 바다 위를 삐거덕거리며 배는 낙엽처럼 떠가고 있었단다.

그들은 배를 달섬의 뒤편에 대기로 했단다. 앞쪽에는 그 낯선 배가 너무나 밝은 불을 비추고 있었기 때문이야. 용이와 칠성이보다 어른들이 훨씬 더 두려워하며 배를 저었단다. 다행히도 파도가 일지 않아 바다는 아주 잔잔했지.

"그들이 대포를 들이대면 어쩌지?"

관군 아저씨 중 한 명이 아무래도 마음이 내키지 않는지 용이 아버지에게 말을 했단다.

"염려 말어유. 우리가 아주 안전한 뒤편으로 배를 댈 테니께유."

"얼른 배의 형편만 알고 돌아오는 건디 별일 있겠슈."

덕만이 아버지도 두려움을 참으며 거들었단다. 용이와 칠성이도 달빛에 가려 희미하게 빛나는 별들을 바라보며 용구네 집에 어떻게 들어갈 것인가를 골똘히 생각했단다. 드디어 달섬의 뒤편에 배가 조용히 닿았단다.

"우리 넷이 얼른 용구네를 찾아가 배의 형편을 알아보고 올 테니

두 분은 여기 계셔유."

두려움에 떠는 관군 둘만을 배 위에 남기고 그들은 넷이서 달섬에 올라갔지. 내 집 드나들 듯 훤한 달섬의 지리였단다. 그들은 용구네 집에 가면 배에 탄 사람이라든지 무기 또는 이 섬에 닻을 내린 목적 등을 자세히 알 수 있으리라 생각하며 살금살금 기어갔단다. 섬은 생각보다 아무 일도 없는 듯 조용했단다.

그들은 드디어 불빛이 희미하게 비치는 용구네 집에 도착해서 사립문을 밀치고 조용히 마당에 들어섰지. 우선 용이와 칠성이가 살살 기듯 걸어 용구네 토방으로 갔단다. 뒤따라 용이 아버지랑 덕만이 아버지가 손에 긴 창을 든 채 가만가만 따라왔지.

"오시느라 얼마나 수고하셨어유?"

그들 넷은 방 안에서 도란도란 들리는 용구 엄마인 달섬댁의 다정한 말소리에 문득 굳어 버리듯이 토방에 섰단다. 다시 방 안에서 용구 어머니의 목소리가 들렸어.

"이번엔 어찌 우리 달섬까지 오셨어유?"

"성경 말씀을 조선말로 번역하여 가져왔습니다. 만나는 사람마다 전해 주셔요."

"알았어유."

생각지도 않았던 일이 방 안에서 벌어지고 있어 그들은 입만 벌렸단다. 그러다가 더는 참지 못하고 용이 아빠가 문을 화다닥 열었단다.

"꼼짝들 마시유. 움직이면 이 창이 가만히 있지 않을 거유."

방문 밖에서 덕만이 아버지가 소리를 쳤단다. 갑작스럽게 소리치자 방 안에서는 너무나 놀라 어쩔 줄을 몰라 했지.

"오우, 노노. 우리는 여러분의 적이 아닙니다. 여러분과 동무하러 왔습니다."

용이 아버지는 낯선 남자의 목소리에 긴 창을 다시 한 번 움켜쥐었단다.

"동무요? 당치도 않소. 빨리들 돌아가셔유. 뭍에서 날이 새면 관군들이 몰려올 거유."

"우리는 여러분과 동무하러 왔는데 왜 관군이 오나요?"

"동무?"

"나는 나쁜 사람이 아니고 여러분 나라에 야소 전하러 온 베드로 신부 입니다."

"야소?"

"예, 우리 죄를 대신해서 못 박히신 야소 전하러 왔습니다."

"아니! 야소? 야소라면 서양 귀신 아녀?"

용이 아버지와 덕만이 아버지는 후다닥 방으로 뛰어 들어갔단다. 짚신도 벗지 않은 채였지.

"오우, 노노. 이러지들 마시오."

마을에서 무서워 벌벌 떨며 원님까지도 근심스러워하며 두려워했던 그들은 뜻밖에도 갑옷이나 투구 같은 어떤 무기도 없는 아주 낯선 얼굴을 한 사람들이었단다. 코가 유난히 뾰족하고 눈은 쑥 들어간 데다, 눈빛은 파랬고 둘 중 하나는 머리가 금발이었단다. 정말 이상스럽게 생긴 사람들이었지. 그들은 용이 아버지와 덕만이 아버지가 들이댄 창에 잔뜩 겁을 먹었단다.

"이러지들 마시오. 우리는 여러분의 적이 아닙니다."

둘 중 하나는 너무나 우리말을 잘했단다.

"빨리 이곳을 떠나슈. 지금 뭍에선 관군이 와 있으니께. 그들이 이곳에 오면 당신들은 다 죽어요."

"알았습니다. 곧 떠납니다. 그러나 다시 오겠습니다. 이것은 야소의 말씀을 적은 책인데 여러분들께 선물하겠습니다."

그들은 수백 권도 넘는 책을 내려놓았단다. 그리고 초콜릿과 설탕이 든 보따리도 한 아름 내놓았단다.

"이 밤으로 달섬을 떠나슈."

용이 아버지가 그들에게 명령을 하듯 말했지. 지금 북쪽으로 올라가는 조기떼들을 놓치고 싶지도 않았으니까. 그러려면 빨리 이 서양사람들이 떠나야 했단다.

"뭘 꾸물거리고 있어유? 날이 밝으면 궁궐에서 상감님께서 보내시는 관군이 합세할지도 모르는디."

"예, 알았습니다. 그러나 우리 야소님이 여러분의 영혼을 구원해 주시기를 바랍니다."

그들이 일어서자 용구네 식구까지 모두 여섯은 배가 닻을 내린 곳까지 그들을 배웅하려고 따라 나갔단다. 두 사람이 배에 올라타고 얼마 후에, 그 크고 신기한 배는 서서히 움직이기 시작했지. 드디어 길게 뱃고동을 울리며 아주 평화스럽게 어두운 바다를 헤치며 사라져 가고 있었단다.

용이와 칠성이, 용구, 그리고 어른들도 함께 떠나는 배를 향하여 손을 흔들어 주었단다. 방금 용구네 집에 왔던 베드로 신부님도 갑판에 올라와 달섬을 향해 손을 흔들었지.

4

뱃고동 소리를 듣고 돛단배에 남아 있던 관군 둘이 뒤쫓아 온 것은 바로 그때였단다. 베드로 신부를 태운 배는 이미 저만큼 어둠 속으로 사라져 가고 있었지. 용구와 달섬댁이 배를 향해 손을 흔들어대고 있었고 말이야. 나머지 아이 둘, 어른 둘 그렇게 넷도 배를 향해 손을 흔들었단다.

"뭣 하는 거요?"

그때서야 섬으로 올라온 관군 중의 하나가 눈을 부라리며 말했지.

"그들은 떠났어유."

"떠나다니요?"

"제 나라로 돌아갔다는 말이유."

용이 아버지가 관군 둘에게 말했단다.

"그대로 그들을 놔줬단 말이요?"

관군 중의 또 하나가 불쑥 나서며 창을 곧추세우고 큰 소리로 을러댔단다. 마치 책임이라도 묻겠다는 듯이 사람들을 윽박질렀지. 배를 달섬에 댔을 때만 해도 겁에 질려 섬으로 오르지 않고 배를 지키겠다는 그들이였었는데 말이야.

"그들을 놓아준 책임을 면할 수 없을 것이오. 원님께서는 여러분들에게 책임을 물을 것이오."

관군들의 호통에 분위기는 갑자기 침울하게 가라앉았단다. 그렇게 어두운 기분으로 그들 여섯은 곧 달섬을 떠나 뭍으로 향했지. 뭍에서는 모닥불을 군데군데 피우고 달섬에서의 소식을 애타게 기다리고 있었단다.

삐그덕 삐그덕.

노를 젓는 소리가 가까이 들리자 마을 사람들과 관군들은 일제히 산에서부터 내려와 배로 우르르 달려들었단다. 용이 할아버지도 긴 한숨을 내쉬며 반가워했지. 그들은 배에서 내리는 이들을 얼싸안으며 기뻐했단다.

"모두 무사해서 다행히구먼. 배 떠나는 소리가 길게 나며 조용히 사라지기에 안심을 했지. 어서 원님께로 가자구."

용이 할아버지는 아들과 손자의 손을 잡으며 그들을 원님 앞으로 인도했단다. 그들은 많은 사람들을 헤치면서 원님 앞으로 갔지. 원님도 반가운 표정으로 그들을 맞이했단다.

"그 양놈들을 몰아내고 왔습니다."

같이 달섬에 갔던 관군 중의 하나가 사람들에게 들어보라는 듯이 떠벌리며 원님께 말했단다.

"그래 수고했구나. 그들이 순순히 물러나드냐?"

"예, 그들은 싸울 의사가 전혀 없었어요. 그들은 다만 야소를 전하러 왔다고 했어유."

용이 아버지가 조용히 고개를 숙여 섬에서 있었던 일을 처음부터 끝까지 낱낱이 고했단다.

"무엇이? 야소라고?"

순간 원님은 야소라는 말에 낯빛이 파래지며 벌떡 자리에서 일어섰단다.

"그들을 잡지 않고 그대로 돌려보냈단 말이오?"

"예, 그들은 양같이 순했고, 우리의 말에 잘 따랐어유."

그러나 원님은 용이 아버지의 말을 듣는 둥 마는 둥하며 눈길을 관군들에게 돌렸단다. 원님의 말에 때는 이때라는 듯이 달섬에서 눈을 부라리던 관군이 앞으로 불쑥 나섰지. 그리고 함께 배를 탔던 용이 아버지, 덕만이 아버지를 가리키며 말했단다.

"저들이 그들을 그대로 돌려보낸 줄 아옵니다."

"그렇다면 너희들은 무엇을 했는가?"

원님의 꾸중에 앞으로 나섰던 관군이 그대로 목을 움츠리면서 어찌할 바를 몰랐단다.

"원님, 참으셔유. 그들이 순순히 물러선 것이 불행 중 다행이어유."

용이 할아버지가 원님의 화를 가라앉히려고 조심스럽게 나섰단다.

"야소라면 서양 귀신이오. 서양 귀신에 홀리면 큰일이라서 지금 나라에서 법으로 금하고 있거늘⋯⋯. 아, 어찌 이곳까지 야소의 물결이 흘러드는고?"

원님은 땅이 꺼질 듯이 걱정하였단다.

"아무래도 달섬댁을 붙잡아 심문하는 것이 옳은 줄 아옵니다."

다시 관군 중 하나가 나섰단다.

"달섬댁?"

"예, 저 달섬에서 사는 용구 에미를 그렇게 부르는구먼유."

"아, 그렇다면 내일 당장 그 달섬댁을 동헌으로 불러들이도록 하여라."

원님은 아직도 겁에 질려 있었지. 하지만 걱정이 풀리지 않고 근심이 쌓인 채 그 밤으로 관군들을 데리고 일단은 돌아갔단다. 용이네 마을 사람들도 더는 큰 난리가 마을에서 나지 않았음을 참으로 다행스럽게 생각했지. 그러나 당장 달섬댁이 원님께 끌려가게 되어 안타까웠단다.

그 다음 날 용이 아버지는 달섬으로 들어가 달섬댁을 데리고 원님이 사는 관아로 향했지. 원님은 서슬이 파래가지고 동헌이 떠나가라 소리쳤단다.

"어찌하여 너는 국법으로 막는 서양 귀신을 불러들이느냐?"

그러나 달섬댁은 조금도 떨지 않고 차분하고 조용했단다.

"야소께선 귀신이 아니오라 온 백성의 죄를 대신하러 이 세상에 오신 하느님의 아들이어유."

"뭣이? 저 여인네가 무엇이라 말하느냐?"

원님은 펄펄 뛰면서 노발대발하였지.

"사또께서도 이 말씀을 읽고 천주님의 사랑으로 멱을 감으셔유."

달섬댁은 어젯밤 베드로 신부께 받은 성경을 내놓았단다.

"뭐라구? 저 발칙한 것, 너는 죽어도 좋단 말이냐? 서양 귀신을 불러들이는 자는 목숨을 부지하지 못하리라."

"하나의 밀알이 썩지 않고 어찌 많은 수확을 바라겠어유? 또한 저의 죽음이 헛되지 않는다면 어찌 죽음을 두려워 하겠어유."

"어허, 저것이 서양 귀신에 단단히 홀렸구나. 저것들을 하옥하거라."

원님은 달섬댁과 그 아들 용구를 감옥에 처넣었단다. 그리고 며칠

동안을 구슬리기도 하고 윽박지르기도 했지만 굽히지 않았단다. 원님은 자기 고을에 서양 배가 들어온 소식이 임금이 계신 한양에까지 전해지면 화를 면치 못할까봐 쉬쉬하면서 어떻게든 달섬댁을 달래어 마음을 돌려보려 했지만 이미 그의 마음은 돌같이 굳어져 있었지.

그러던 어느 날 원님은 직접 부하 하나만을 데리고는 감옥에 나왔단다.

"달섬댁과 용구는 이리로 나오너라. 사또님의 행차시다."

아직도 몸가짐과 마음가짐이 흐트러지지 않은 달섬댁은 고개를 들어 원님을 조용히 바라보았단다.

"달섬댁이라 부르지 말고 에스텔이라 부르셔유. 그리고 나의 아들은 요셉이어유."

"에스텔? 요셉? 어찌하여 너는 조상 대대로 물려받은 이름까지도 마다하느냐?"

"천주님 앞에서는 온 백성이 한 형제요, 한 자매유. 하오나 본래의 제 이름은 애당초 없었어요. 그냥 언년이라고 불렸거든요. 그 뿐더러 제 성을 버린 적도 없어유. 다만 야소 안에서 거듭난다는 뜻으로 다시 받은 영세명이어유."

"영세명? 아무래도 이 여인네가 미쳐도 단단히 미쳐버렸구나."

원님은 다시 그들 모자를 감옥에 몰아넣었단다. 원님은 고을의 모든 사람들에게 서양 배가 달섬에 닻을 내렸던 사실을 숨기도록 명령했지. 그리고 베드로 신부가 달섬에 전한 책과 초콜릿과 설탕을 모두 불살라 버렸단다. 그러나 밀씨가 하나 땅에 떨어지면 싹이 움트듯 용이네 마을에선 달섬댁이 원님에게 붙들려 가면서 일으킨 바람이 좀처럼 사라지지 않고 끈질기게 마을 주면을 맴돌았단다.

용이 아버지도 덕만이 아버지도 베드로 신부에게 받은 책을 한 줄씩 읽었고, 그 책 속의 진리는 머슴들의 사랑방에서도 길쌈을 하는 여자들의 베틀 위에서도 살아서 꿈틀거리기 시작했단다.

원님은 그 기미를 알아차리고는 더욱 어찌할 줄을 모르며 당황했지. 그대로 놔두면 자꾸자꾸 번져서 자신의 힘으로도 어쩔 수 없음을 생각하며 그는 다시 달섬댁을 불러냈단다. 그러고는 그들을 회유하기 위하여 목소리를 부드럽게 낮추어 그들을 위로 했단다.

"무척 고생스럽겠지?"

"아니어유. 천주님의 품안에서 평안해유."

그러나 달섬댁은 변한 것이 없었단다. 용구까지도 아주 평온한 얼굴이었지.

"평안하다? 정히 그대가 그렇게 나오면 죽음을 면치 못할 것이다."

그러나 원님의 그 말에도 여전히 달섬댁인 에스텔 님의 얼굴은 평화로웠단다. 그러자 원님은 이번에는 용구에게 얼굴을 돌렸지. 아들을 통해 어미의 마음을 돌리려는 속셈이었단다.

"이제껏 서양배가 몇 번이나 너의 달섬에 다녀갔는고?"

"네 번째 다녀갔어유. 그때마다 배를 부리는 사람들은 섬에 올라오지 않고 배에 머물러 있었으며 베드로 신부님과 또 한 분만 오셔서 야소를 전해주셨어요."

"뭣이? 네 번? 그런데 어찌 관아에 알리지 않았단 말이냐? 그 죄, 죽어 마땅하노라."

"저희들 마음은 이미 천주님을 위해 죽을 결심이어유."

원님은 용구에게서 네 번이나 달섬에 배가 드나들었다는 말에 너무나 놀라 소리를 질렀단다.

"에이, 독한 것들 아들도 어미와 똑같구나. 저들을 매로 매우 쳐라."

곧 달섬댁 모자에게 심한 매질이 시작되었단다. 그러나 그들은 노래를 불렀지. 몸에서 피가 흐르고 상처가 나도 그 고통을 잘도 참아냈지. 조금도 두려움 없는 낯빛으로 달섬댁은 조용히 미소를 흘렸단다. 원님은 달섬댁의 그 웃음에 기가 눌렸단다. 더는 그들의 마음을 움직이기 어려움을 깨달은 거야.

"이제부터 저들에게 음식을 금하라. 잘못을 뉘우칠 때까지 누구든지 음식을 주는 자는 엄벌을 면치 못하리라."

결국 며칠을 버티던 달섬댁인 에스텔은 끝내 음식을 들지 않고 슬프게도 숨을 거두었단다. 용구만 기진맥진하여 숨을 거둔 어머니 에스텔의 품속에서 서럽게 또 서럽게 울었단다. 그때 원님은 에스텔의 죽음을 두려워하며 부하들에게 다시 명령하였지.

"이 여인네의 시신을 달섬 병사봉 제일 높은 곳에 가져다 버리고, 이 어린 것은 우리 고을에서 멀리 쫓아내어라. 그리고 이후로 다시는 달섬에 서양배가 닻을 내리지 못하도록 굳게 지켜라."

그 후, 달섬의 병사봉엔 오래도록 에스텔의 죽은 시신이 바위 위에 내동댕이쳐져 있었단다.

5

드디어 수녀님의 에스텔 님 이야기가 끝이 나고 있었다. 이야기는 끝이 나고 있었지만 우리의 눈은 아직 반짝반짝 빛나고 있었다. 아직도 에스텔 님의 이야기 속에 갇혀 있었다. 그런 우리를 향하여 수녀님은 이야기를 다시 차근차근 정리하기 시작하였다.

"그 후 자유롭게 천주님을 모실 수 있을 만큼 긴 세월이 흐른 후 용이네 마을 사람들과 또 다른 많은 사람들이 우리 달섬에 와서 살게 되었단다. 그들은 에스텔 님의 무덤을 양지바른 곳에 마련하고……."

수녀님이 이야기를 마쳤을 때, 어느덧 밤은 깊어가고 있었다. 그러나 우리는 테레사 수녀님 곁에서 밤이 무르익어 가는 것도 전혀 잊은 채로 그냥 옹기종기 붙어 있었다. 우리는 에스텔 님과 요셉이신 용구 님에 관한 수녀님의 이야기로 인하여 가슴 두드리는 슬픔이 몸에 배어 들어옴을 느꼈다. 결코 잊을 수 없는 깊은 감동이 우리의 맥박에까지 닿아오고 있었던 것이다.

얼마 후에서야 우리는 테레사 수녀님의 긴 이야기의 사슬에서 풀려날 수 있었다. 우리는 내내 테레사 수녀님이 엮어낸 긴박감과 재미에 빠져 있다가 그제야 오싹하는 밤바람의 냉기를 느낄 정도였으니까 말이다. 달도 없는 밤에 별들만이 무리지어 빛나고 있는 5월 초하룻날의 밤바람은 참으로 차가웠다. 다행히 몇 해 전부터 자가 발전기를 돌려서 켤 수 있는 전등불들이 섬의 여기저기를 환하게 밝히고 있어 어둠이 짙지는 않았다.

성당에서는 아직까지도 어른들이 내려가지 않았는지 안쪽에서 불빛이 흘러나왔다. 우리는 어른들을 기다리지 않았다. 감동에 젖은 채 서로 말도 나누지 않으며 그냥 가슴속에 에스텔 님을 조심스럽게 모시고는 마을로 내려가려 했을 뿐이다.

"정규야, 정규야."

내가 엄숙한 마음으로 막 우리 집이 있는 마을 아래로 방향을 틀어 계단을 내려가고 있을 때, 성당 쪽에서 어머니가 내 이름을 부르는 소리가 들려왔다. 내 생각대로 어머니도 역시 내일 교황님을 정성껏 모시려 했던 것이다. 그런 마음으로 이 세상에서 묻은 때와 먼지를 다 털어내고 빈 마음이 되려고 내 뒤를 따라 성당에서 기도를 드렸음이 분명했다. 그 기도의 제목 중에는 아버지의 풍어를 비는 일도 포함되었겠지만……

나는 어머니가 너무 반가웠다. 그래서 어머니에게 뛰어가 와락 품에 안겼다. 그 어느 때보다 어머니 품은 따뜻하고 포근했다. 어머니와 나는 쏟아지는 별빛을 받으며 또 파도소리를 들으며 총총히 발길을 돌려 집으로 향했다.

이튿날 정오부터 성당에서는 교황님을 위한 특별 미사가 올려졌다. 성당은 어젯밤보다 더 많은 사람들로 붐비고 있었는데, 아직도 병사봉 성당으로 올라가는 코스모스 길은 사람들의 물결로 출렁거렸다.

나도 물론 어머니의 손을 잡고 누구보다도 더 일찍이 성당으로 올라왔다. 우리 모자 말고도 미사를 올리러 가는 사람들은 많았다. 어머니는 길을 가면서도 다른 때와는 달랐다. 기도를 올리는 자세로 엄숙했다. 그랬다. 어머니는 만나는 사람들마다 인사를 나누고 나서는 서로 공손히 성호를 계속 긋고 있었다. 성당으로 향하는 길은 그렇게 붐볐다. 아마도 고기잡이를 떠난 아버지들 말고는 달섬 사람들이라면 아이고 어른이고 한 사람도 빠짐없이 성당으로 몰려드는 것 같았다.

성당에서 드리는 미사는 다른 때보다 참으로 엄숙했다. 아이들과 할머니, 할아버지들도 함께 드린 미사였지만 너무나 조용한 가운데 진행되었다. 황 신부님께서는 차분한 음성으로 처음부터 끝까지 미사를 집전하였다. 그러나 그들은 미사가 다 끝나고도 조금도 움직이지 않고 있었다. 그들의 마음은 한결 같은 마음으로 기적을 원하고 있었다. 신부님은 달섬 사람들의 그 마음을 너무나 잘 알고 있었다. 그렇기에 황 신부님의 마음은 안타까웠다. 예전엔 그저 겸손하게 빈 마음으로 하늘의 은총을 받으려던 달섬 사람들이었지만 그들은 지금 자꾸만 기적만을 바라고 있는 것이었다. 하지만 황 신부님은 그들을 그냥 바라만 보고 있을 수밖에 없었다. 황 신부님 역시 안타까운 마음으로 머리를 들어 눈길을 유리창 너머 파란 하늘로 향했을 뿐이었다.

5월의 맑은 햇살이 유리창을 통하여 해맑게 들어왔다. 그 맑은 햇살 속에서 달섬 사람들은 여전히 손을 모으고 간절히 빌었다. 황 신부님은 어린 양들이 부르짖음을 말리지는 않았다. 나도 어머니 곁에 나란히 앉아 힘을 다하고 뜻을 다하며 에스텔 님의 영혼을 위하여 열심히 기도했다.

"우리 천주교 200년 역사에 길이 빛날 교황님의 방문을 맞이하여 여러분들은 우리 달섬의 에스텔 님께 어떤 기적을 바라고 있습니다만 제 생각으론 이미 기적은 이뤘나이다. 에스텔 님의 값진 피가 교황님을 바디칸으로부터 서울로 오시도록 했나이다. 그보다 더 큰 기적이 어디 있겠습니까. 자, 일어섭시다."

황 신부님이 미사를 마치는 마지막 엄숙한 말씀이 성당 안을 가득 채웠다. 달섬 사람들은 그제야 황 신부님의 말씀에 순종하며 조용히 일어났다. 나 역시 어머니의 뒤를 따라 성당 문을 열고 앞뜰로 나왔다. 바다 쪽에서 불어오는 해풍이 내 옷깃 속으로 파고들었다.

밖으로 나온 사람들은 다시 에스텔 님 상 앞에 모여들었다. 그리고 무릎을 꿇었다. 물론 나도 에스텔 님 상 앞에서 무릎을 꿇었다. 테레사 수녀님께서도 내 바로 앞에 조용히 서 있는 모습을 발견하였다.

내 눈에 비친 테레사 수녀님의 모습은 너무나 거룩해 보였다. 나는 테레사 수녀님 곁으로 바짝 다가가서 오래도록 눈을 감고 그렇게 앉아있었다. 바로 그때였다.

"배들이 돌아온다. 배들이 들어온다. 아, 만선의 깃발이 휘날린다."

누군가가 외치는 그 소리와 함께 주위는 갑자기 웅성거리기 시작했다. 나는 그 소리에 깜짝 놀라 눈을 떴다. 순간 나는 자지러지듯이 놀랐다. 내 눈 바로 앞에서 조용히 서 있는 에스텔 님이 나를 향해 부드러운 미소를 흘렸다. 그 미소는 어제 저녁 테레사 수녀님이 짓던 미소처럼 맑고 신비로웠다.

"아, 에스텔 님!"

어느새 그 에스텔 님의 눈에서는 찬란한 빛이 하늘을 향해 뻗어 나가기 시작하였다. 그 빛은 찬란한 일곱 빛깔 무지개가 되어 하늘로 쭉쭉 뻗어 나갔다. 나는 벌떡 일어나 고꾸라질 듯이 에스텔 님 상을 끌어 안으며 마구 소리를 쳤다.

"빛이다. 일곱 빛깔 무지개다."

내 주위에 있던 달섬 사람들은 나의 외침을 듣고서야 내 등 뒤로 마구 쏟아질 듯이 무너지면서 에스텔 님 상을 얼싸안았다. 그러나 어느새 에스텔 님 상은 차디찬 쇳덩어리인 채 원래대로 되돌아갔을 뿐이었고, 그 에스텔 님의 뒤에선 다만 테레사 수녀님이 부드러운 미소를 흘리며 서 있을 뿐이었다.

테레사 수녀님의 눈에서는 조금 전에 에스텔 님의 눈에서 찬란하게 빛나던 일곱 빛 무지개가 뻗어 나갈 때처럼 맑게 빛나고 있었다.

"아, 테레사 수녀님!"

나는 다시 쓰러질 듯 몸을 테레사 수녀님께로 던지면서 와락 대들었다. 테레사 수녀님은 나를 포근히 안아주었다. 참으로 감미로웠다. 나는 그 수녀님의 품안에서 바다를 바라보았다. 저 멀리 북쪽에서 달섬을 향해 오는 배들이 수없이 많은 만선의 깃발을 휘날리며 바닷물 위로 미끄러지듯이 달려오고 있었다.

"만선이다, 만선이다."

"그래, 우리 빨리 어항으로 내려가자."

달섬 사람들은 이제 완전히 들뜨기 시작하며 소리를 질러댔다.

"에스텔 님 만세! 풍어 만세!"

사람들은 들떠 외치며 배가 닿을 어항 쪽으로 마구 달려가기 시작했다. 나는 그들을 바라보며 테레사 수녀님의 품안에서 빠져나와 멍하니 바다를 바라보았다. 바다는 참으로 잔잔했다. 만선의 깃발을 매단 배들이 차츰 가까워지고 있었다. 나는 배들에게서 눈을 돌려 다시 하늘을 바라보았다. 바다를 향해 뻗쳤던 일곱 빛깔 무지개는 거짓말처럼 사라졌고 하늘은 티 없이 맑을 뿐 구름 한 점 없었다.

언제 만선 맞을 준비를 했는지 마을에선 징과 꽹과리 소리가 울리기 시작했다. 북과 장고소리도, 신나는 새납 소리도 빈 달섬을 가득 채우기라도 할 듯이 요란하게 울려 퍼졌다. 나는 지금까지 이렇게 만선의 깃발이 많이 휘날리는 것과 흥청거리며 만선을 신나게 맞이하는 풍물 소리를 들어본 적이 없었다.

그러나 난 마을 쪽으로 내려가지 않았다. 다른 때 같으면 제일 먼저 아버지를 맞으러 바다로 달려 나갔겠지만 나는 아직도 조금 전의 감격을 잊을 수 없어 그냥 에스텔 님 상 주위를 맴돌고 있었다. 금방이라도 다시 미소를 지을 듯 에스텔 님 상 앞에 서서 점점 가까워지는 아버지의 배를 바라만 보고 있었다.

"정규야, 빨리 내려가거라. 만선으로 돌아오시는 아버님을 맞이해야지."

등 뒤에서 들리는 목소리에 나는 조용히 테레사 수녀님을 향해 고개를 돌렸다. 테레사 수녀님께서는 잔잔한, 아주 잔잔한 미소를 흘리면서 나를 바라보고 있었다.

익명의
섬에 서다

　일출은 그렇게 계속 나의 절망과는 전혀 상관도 없이 치밀하게 연출되고 있었다.
바다는 온통 금빛이다. 은빛이다. 오색찬란하다. 물결이 출렁일 때마다 시시각각으
로 용이 여의주를 뱉어내고 있다.

내가 새벽에 잠자리에서 눈을 떴을 때, 남편은 내 곁에 누워 있질 않았다. 부스스 눈을 뜨고는 양팔로 남편을 끌어안으려 했는데 잡히지 않는다. 난 남편이 배뇨감으로 화장실에 다녀오겠거니 하고 다시 눈을 스르르 감는다. 몸이 나른하다. 하지만 아직도 어젯밤의 감미로움에서 벗어나지 못하고 있다. 침대 위의 부드러운 시트에 몸을 포옥 감싼 채로 나는 어젯밤 남편과 함께 환희를 만끽했었다. 난 그 행복감을 지금까지도 계속 누리고 싶다. 그런 욕정이 다시 샘솟는다.

남편은 간밤에 나를 그만큼 황홀하게 했었다. 그러니 내가 오랜만에 느껴보는 만족감을 지금 또 누리고 싶어 하는 것은 어쩌면 당연하다. 그래서 눈을 감고는 남편이 돌아와 나를 다시 안아주기를 바라고 있다. 그 기대는 내가 특별한 여행지에서의 즐거움을 누리고 싶어 하는, 마흔을 훌쩍 넘긴 여자로서의 소박한 욕심이지 결코 과욕은 아니다. 맞다. 내가 정욕에 휩싸인 여자는 아니다. 누구나 바라는 욕망일 뿐이지 기대 이상의 욕정은 아니다. 나는 스스로를 변명한다.

남편은 중년을 넘기면서도 내게 늘 유연한 몸짓으로 애정을 표하는 남자였다. 지금도 그가 내게 향하는 열정이 식기는커녕 지속적으로 샘솟고 있다고 굳게 믿고 있다. 그 쪽으로는 일점의 의혹도 없다.

그래서 어젯밤에도 온몸을 남편에게 맡겼다. 남편 역시 만족한 얼굴로 치기가 느껴지는 표정을 지으며 나를 탐했다. 그의 애무는 나를 허물어뜨리기에 충분했다.

그는 곧잘 내게 모성애를 느낀다며 스스로 어린아이가 되고 싶어 했다. 그래서인지 남편이 내게 다가들 때는 젖무덤부터 야금야금 파고드는 걸 좋아했다. 그는 배냇짓 웃음을 지으며 돌출된 두 개의 유두를 감미롭게 애무하곤 했다. 평소에 남편은 문화적 콘텐츠를 만들자면서, 아니 삶의 질을 높여 보자면서 고도의 정신적 충족을 하기 위한 음악회라도 갈라치면, 그땐 옷깃을 세우고는 애써 엄숙한 모습이다. 하지만 남편은 나를 애무할 때는 전혀 다른 모습으로 다가든다.

나 역시 남편이 정갈한 정장을 차려입은 모습보다는 원초적인 본능으로 허물을 벗고 내게 다가서기를 바랐다. 종종 나는 그렇게 남편과 성희를 즐기기를 원했다. 그랬다. 난 오래 전부터 남편과 함께 이렇게 유쾌한 여행을 해왔었다. 기대한 대로 남편은 그때마다 나의 요구에 순순히 응했다. 그러나 남편은 결코 서둘지 않았다. 내게 포만감을 느끼고도 남을 만큼 넉넉한 시간을 향유하도록 배려해주었다. 지금도 나는 남편이 침대로 다가와 시트를 젖히고 애정을 느끼게 하는 몸짓으로 나의 전신을 다시 완만하게 애무해 주기를 바라고 있다.

그렇게 생각하니 내 마음이 조금 급해진다. 이만큼 기다렸으면 남편은 화장실 문을 열고 방으로, 아니 침대 위로 돌아와야 한다. 하지만 남편이 가 있다고 믿는 그 화장실 문이 아직 닫혀있다. 열리지 않고 있다. 심통이 난다. 그래서 눈을 살그머니 떠야겠다고 생각한다. 사실 나는 지금 눈을 지그시 감은 채로 남편을 맞고 싶었다. 이제는 그가 나오면 가벼운 앙탈을 부려볼 심산이다. 집도 아닌 이 낯선 공간에서 남편이 나를 혼자 외롭게 하는 것은 납득할 수 없는 일이다.

더구나 아직도 어젯밤의 감미로움이 이어지고 있는 이 분위기에서 남편이 지나치게 긴 시간 침대를 비우면서 잠적하는 것은 말도 안 된다. 나는 가만히 눈을 뜬다. 천장이 보인다. 제일 먼저 내게로 다가선 것은 천장이었다. 정 자세로 바로 누웠으니 당연하다. 베이지색을 바탕으로 한 천장에서 노오란 봉황이 날고 있다. 순간 난 고개를 갸우뚱한다. 어젯밤 기억으로는 무늬가 봉황이 아니었다. 분홍색 장미, 사방연속무늬의 분홍 장미가 나를 내려다보고 있었다. 나는 눈을 깜박이며 다시 확인한다. 분명 봉황을 담은 사방연속무늬다. 위스키를 한잔 마신 몽롱한 상태였지만 어젯밤은 분명 분홍색 장미 무늬였다. 내가 꽃 중에서 제일 아끼는 꽃이 장미였기에 그걸 분명 기억한다.

나는 긴장이 된다. 그래서 벌떡 윗몸을 일으킨다. 시트에 가렸던 몸이 드러난다. 벌써 쉰에 가까운 나이지만 아직 볼륨이 있는 두 개의 탄력 있는 젖무덤, 그리고 탱탱한 유두가 밖으로 서슴없이 노출된다. 뿐만이 아니다. 부드러운 어깨선이 마주 보이는 거울 속에 적나라하게 드러난다. 혼자 황홀해하면서 나는 재빨리 시트로 몸을 가린다. 순간적으로 다시 놀란다. 어젯밤에는 분명 부드러운 꽃무늬 융단을 재질로 한 시트였었다. 헌데 지금은 아니다. 호랑나비가 너울너울 춤추는 모직 울이다. 믿어지지 않는다. 당황스럽다. 아니 두렵다. 나는 서둘러 잠옷을 입는다. 다행히 잠옷은 어제 그대로다. 어제 여행 가방에서 꺼내 입었던 그 잠옷이다.

나는 잠옷 바람으로 침대에서 벌떡 일어난다. 그런데 침대 역시 어제 잠자리에 들던 그 침대가 아니다. 정말 소스라치게 놀랄 수밖에 없다. 갈색 톤의 이국적 풍경이 연상되는 원목 더블 침대였었다. 헌데 지금은 그게 아니다. 검정색 바탕에 용머리가 장식으로 붙어있는 고전적인 침대다. 나는 계속 당황한다. 어제 난 약간 취기가 있었던 것은 사실이었다. 하지만 남편과 잠자리에 들기 전까지의 이 방 구석구석의 기억은 뚜렷하다.

나는 급히 화장실로 간다. 똑똑똑. 노크를 한다. 기척이 없다. 겁에 질린다. 살그머니 화장실 문을 연다. 안은 텅 비어 있다. 여기에 있어야 할 남편이 없다. 분홍색 변기와 욕조가 나의 눈을 자극할 뿐이다. 욕조의 풍경도 다르다. 어젯밤은 분명 욕조랑 변기가 다 화이트였다. 그런데 지금은 타일 벽면까지도 분홍빛이다. 시렁에 걸려 있는 타월까지도 분홍빛이다. 욕실 안은 그것이 다였다. 내가 찾는 남편은 없다. 어디에도 없다. 황당하다. 밤새 찐득찐득하게 늘어 붙어있던 남편의 그 체취가 아직도 내 몸에 배어 있다는 것은 확실한데 남편은 없다.

나는 잠깐 마음을 안정시키기로 한다. 그렇게 마음을 정하니 조금 여유가 생긴다. 잠들어 있는 아내를 깨우기가 민망해, 나를 남겨 두고는 밖으로 잠깐 산책을 나갔을 거라고 남편을 변명해 준다. 그러면서 다시 한 번 확인하듯 방을 휘- 둘러본다. 방안 풍경이 어제와 너무 다르다. 알코올 기운 때문에 어제는 착시 현상을 이루었던 거라고 애써 변명을 한다. 나는 얼른 자리로 돌아와 서둘러 옷을 갈아 입기 시작한다. 단단히 화가 난다. 변명을 해주면서도 남편을 용서

할 수 없을 만큼 화가 난다. 아내를 놔두고 임의로 방을 비우는 남편의 행위를 용서할 수는 없다.

나는 어제 해가 기울 무렵에 남편과 함께 화기애애하게 집을 나섰다. 반도체 오디오 부품 칩을 만드는 중소기업 사장인 남편은 토요일이나 일요일도 늘 바빴다. 컴퓨터 제작에 요긴하게 쓰이는 칩이다. 요즈음 다 불황인데 남편 회사는 비교적 호황이다. 내수는 물론 수출까지 잘 된다. 나는 바쁜 남편에게 좀 미안했지만, 그에게 시간을 비워둘 것을 요청했었다. 남편은 나의 요구에 순순히 응했다.

나는 지금, 어제 집을 떠나면서부터 이 호텔에 들 때까지의 여정을 차근차근 점검하고 있는 것이다. 그래야 남편과 함께 했었다는 알리바이를 세울 수 있다고 생각했기 때문이다. 남편은 어제 손수 운전을 하고 싶다고 했었다. 그래서 나는 핸들을 그에게 맡겼다. 내가 최근에 새로 구입한 뉴 SM7이다. 남편은 더 나은 외제 차종을 구입하라고 했지만 나는 사양했다. 남편의 재력에 비추어 소박한 모델을 택한 셈이다.

남편과 함께 여행할 때는 내가 핸들을 잡는 것이 상례였다. 나는 그만큼 운전을 즐겼다. 질주하는 쾌감은 늘 나의 전신에 쾌락을 주었다. 그러나 어제는 남편에게 핸들을 넘겨주었었다. 그런 수순을 밟으며 우리는 집을 출발해 곧장 이곳으로 왔다. 호수를 한눈에 바라볼 수 있는 이곳을 나는 오래도록 마음에 간직하고 있었다.

전에도 나는 이곳에 가끔 들렀었다. 유년의 추억을 상기할 수 있는 곳이다. 난 어린 시절 이곳 강가에서 강물을 바라보며 성장했다.

그러다가 댐이 막히고 나서 마을 사람들과 우리 가족은 이주민이 되었다. 하루아침에 실향민이 되었다. 그러나 내 의식 속에는 성장 후에도 늘 유년의 강은 흐르고 있었다. 그래서 그 유년의 강 대신에 안개가 짙게 드리우는 이 호수라도 대신, 보고 싶을 때는 혼자서도 잠깐잠깐 들르곤 했었다. 그래야 마음이 편해졌다. 전에도 아이들과 몇 번인가 들르곤 했었다. 제 어미가 유년을 회상하고 싶다니까 기꺼이 따라나섰다. 이곳은 아직도 그때의 소나무 숲이 남아 있다. 사슴벌레를 잡던 참나무 숲도 그대로다. 하지만 나는 참나무 숲보다는 소나무 숲을 더 좋아한다. 풋풋한 솔향기가 풍기는 호숫가는 향수를 불러일으키기에 충분했다. 그런 까닭이 있었기에 전에도 더러 그랬었던 것처럼 어제 오후에 남편과 서둘러 집을 나선 것이다.

그러니까 내가 행복에 취한 채, 남편이 모는 승용차에 올라탄 것은 정확하게 어제 오후 6시 경이었다. 일몰이 점점 빨라지는 가을이라서 출발 당시 막 어둠이 드리우고 있을 때였다. 우린 그 후, 두 시간 여를 달려 이곳에 온 것으로 기억된다. 새로 지었다는 호텔에 도착해 1층 로비 바로 옆에 있는 레스토랑에서 살짝 구운 스테이크를 즐겼다. 위스키를 곁들인 식사는 나를 들뜨게 했다. 채소와 과일도 아주 신선했다. 더구나 내가 행복감에 취해 있어도 좋을 만큼 남편은 너그러웠었다.

그러나 호수를 보고 싶다는 나를 향해 남편은 밤이 너무 야심해졌다고 하면서 굳이 침실로 유도했다. 10시 무렵으로 기억된다. 우린 침실에서 성희를 즐기기 전에 참 많은 이야기를 했다. 시어머니 이야기도 하고 아이들 이야기도 했다. 미국에 가 있는 시누이 이야기도 했다. 모처럼 기분이 아주 좋았다. 그랬었는데…….

그런데 지금 엉뚱한 상황이 연출되고 있다. 황당해진 나는 서둘러 옷을 챙겨 입을 수밖에 없다. 하지만 핸드백을 들고 급히 나오면서도 키를 챙기기는 걸 잊지는 않는다. 도어를 연다. 문을 열자 길게 복도로 이어진 통로가 나타난다. 통로가 제법 길다. 어제 들어온 바로 그 통로인지 그게 궁금했다. 하지만 나는 위스키에 취해 있었고, 게다가 남편과 함께 하는 즐거움에 들떠 있었기 때문에 들어올 때의 통로를 인식할 수 없었을 거라고 스스로 단정한다. 아니 변명을 한다. 나는 어젯밤의 기억을 애써 회피하면서 급히 엘리베이터 입구 쪽으로 향한다. 일단 로비로 가면 남편의 행적을 알 수 있을 것 같았다. 나는 어젯밤만 해도 내가 남편의 행방을 찾아야 한다는 경우가 연출되리라고는 전혀 예측하지 못했었다. 그러니 남편을 찾을 때까지 나는 긴장을 해야 한다.

나는 서둘러 엘리베이터 홀로 간다. 입구에 도착하자마자 버튼을 가볍게 누른다. 아직 새벽이라서 인지 엘리베이터는 1층에서 잠을 자고 있었다. 엘리베이터는 내가 호출을 명하자 재빠르게 상승하고 있다. 7층, 내가 서 있는 엘리베이터 홀을 향해 상승하고 있다. 그 순간도 나는 외롭다. 이 새벽에 낯선 호텔에서 남편 없이 혼자서 엘리베이터를 기다린다는 것은 쓸쓸하고 적막하다. 짧은 순간인데도 길게 느껴진다. 그나마 다행인 것은 엘리베이터가 이내 발끝에 와 머물고 있다는 점이다.

문이 스르르 열린다. 재빨리 엘리베이터 안으로 들어가 올라탄다.

문이 닫힌다. 나는 급히 1번을 누른다. 로비가 1층이니 당연히 1번을 눌러야 한다. 다시 쓸쓸해진다. 어젯밤 남편과 함께 엘리베이터를 탈 때, 나는 당당했었다. 그런데 지금은 아니다. 스스로 초라하다. 누가 나를 주목하지 않는데도 누구에게인가 이 초라함을 엿보이고 있는 것 같아 기분이 언짢아진다. 그나마 사면이 벽으로 차단되어 있는 것이 다행스럽다. 전에는 엘리베이터의 벽면이 나를 외부와 차단해버려 소외시킨다는 걸 인식한 적이 한 번도 없었다.

나를 태운 엘리베이터가 급강하한다. 7층에서 1층까지는 순간적이다. 그런데도 초조한 마음이라서인지 길게 느껴진다. 남편이 궁금하다. 그리고 이 낯선 호텔에서 나 혼자 밤을 새웠을지도 모른다는 그 사실에 대해서 부끄럽다. 나는 애써 그걸 부정한다. 다행히 누군가가 중간층에서 버튼을 누르지 않는다. 나는 엘리베이터가 1층에 도착하자마자 문이 열리기를 기다리지 못하고 열림 버튼을 급히 누른다. 문이 열린다. 1층 로비가 확 눈에 들어온다. 아늑한 실내등이 내 마음을 조금쯤 가라앉혀 준다. 프런트에만 가면 지배인이나 카운터 보이들 중 누군가가 쫓아와 남편의 행방을 알려 줄 것 같아 마음이 급해진다.

난 엘리베이터에서 내린다. 그리고는 급히 로비를 둘러본다. 그런데, 그런데……. 로비 풍경 역시 어제와 같지 않다. 좀 전에 룸에서처럼 마찬가지로 낯설다. 카펫 색깔이 자주색이 아니다. 황금색 바탕에 용이 비상하는 모습이 디자인되어 있었다. 카운터에 서 있는 이들도 아가씨들뿐이다. 어제는 분명 잘생긴 꽃미남들이 네 명 있었다. 그 중 한 청년이 남편의 외투를 정중하게 받아들고 숙박부에

사인하는 걸 기다려주었다.

나는 프런트 쪽으로 간다. 마음이 급해진다. 아가씨들 중에 하나가 내 속마음을 알아차리고 있다는 듯이 친절하게 다가온다. 늘씬하다. 눈을 초롱초롱 빛내면서 의례적인 눈웃음을 보낸다. 그녀는 살짝 고개를 숙이며 목례로 예의를 갖추면서 가볍게 입을 연다.

"무엇을 도와드릴까요?"

나는 들은 체 만체하면서 급히 프런트 쪽으로 향한다. 지금 늘씬한 아가씨의 몸매를 바라볼 기분이 아니다. 눈웃음도 반갑지 않다. 그녀와는 대화를 하고 싶지 않아 직접 프런트로 뚜벅뚜벅 걸어간다. 오로지 남편이 궁금할 뿐이다. 가능하다면 내가 왜 이 낯선 호텔에 지금 남편을 잃고 혼자 있는 지도 알고 싶다.

"남편을 찾는데요. 혹시……? 체크가 되었나요? 아마 새벽 산책을 하러 간 모양인데……."

나는 침착하게 마음을 가라앉히면서 입을 연다. 내면의 불안감을 그들에게 들켜서는 안 되기 때문이다. 그래서 품위를 유지하며 아주 점잖게 말한다.

"남편분을 찾으신다고요? 몇 호실이지요? 하지만 지금까지 저희에게 말씀하고 밖으로 나가신 분은 한 분도 없는데요?"

프런트에 서 있던 아가씨 중 하나가 덩두런해 하며 대답한다. 나는 그제야 겸연쩍은 얼굴로 키를 내민다. 7125. 내가 내민 키에 새겨진 숫자이다. 키 카드를 받아든 아가씨는 급히 숙박부를 꺼내든다. 그리고는 몇 장의 장부 갈피를 펴고 확인한다.

"성함이 어떻게 되시죠?"

"남편 이름이요? 예, 이기빈입니다. 그리고 내 이름은 김효숙이고요."

나는 묻지도 않은 내 이름까지 댄다. 가슴이 조마조마해진다. 혹시 저들이 남편의 행방을 모른다고 하면 어쩌나 하며 가슴을 졸인다. 나는 이미 미궁에 빠져 있지 않은가! 호텔 방에서부터 심상치 않았다. 화장실에 있어야 할 남편이 잠적했던 때부터였다. 호텔 방 침대도, 그 위에 깔려 있던 시트도 그리고 벽지와 천장 도배지도 다 나를 미궁 속으로 몰아넣고 있었다.

"아주머니, 7125호에는 숙박자가 한 분뿐인데요? 김효숙 씨 말고는……. 그래요. 맞아요. 아주머니가 김효숙 씨라고 하셨지요?"

역시 그걸 숙박부를 든 아가씨가 최종적으로 확인해 준다. 아가씨의 언어가 드라이하다. 지극히 사무적이다.

"예?"

나는 경악한다. 그렇다면 어제 남편이 숙박부를 적을 때 내 이름만 적었다는 말이 된다. 프런트 아가씨의 말에 나는 몸을 떨 수밖에 없다. 그럴 리가 없다. 아직도 남편의 체취가 내 몸 구석구석에 남아 있는데 어젯밤 이후 새벽부터 나 혼자 호텔 방을 지켰을 리가 없다. 이건 큰 착오다. 나는 아가씨의 말을 들으며 내 몸이 와르르 함몰되고 있음을 느낀다. 게다가 나는 나이 어린 프런트 아가씨들이 바라보는 시선을 감당하기도 어려웠다. 그러나 그녀들의 말을 그대로 접수할 수 없어 허우적거리는 기분으로 애써 변명하듯이 입을 연다.

"무슨 소리를 하는 거죠? 아마 어젯밤 남편이 숙박부를 적지 않았을 거예요. 분명 남편은 아침 일찍 일어나 호숫가로 산책을 나갔을 거예요."

"호숫가요? 아주머니, 여기는 호수가 없는데요? 바다를 호수로 착각하고 계신 거에요?"

"맞아요. 여기는 섬이거든요."

옆에서 다른 아가씨가 거든다. 조금 전 내게 예의바른 모습으로 호의를 베풀던 아가씨다.

"섬요? 여기가……?"

나는 순간 뒤통수를 얻어맞은 듯 했다. 머리가 온통 띵하다. 넘어질 듯이 몸이 기우뚱거린다. 아가씨들을 뒤로 하고 튕겨지듯이 호텔을 나올 수밖에 없었다. 이미 이 프런트는 내가 설 자리가 아니다. 더구나 로비에 그대로 머물 수도 없다. 그렇담 남편이 나를 이 낯선 곳에 유기해 버리고 갔다는 말이 된다. 믿어지지 않는다. 그럴만한 이유가 없다. 나는 아직도 남편의 어젯밤 그 감미로운 키스를 기억하고 있다. 스테이크 맛도 아직 내게 군침을 흐르게 한다. 남편의 애무도 아직 그냥 내 몸 속에 녹아 잔잔히 흐르고 있다. 나는 남편의 건장한 체구에 기댄 채로 호텔 방을 향해 설레는 마음으로 들어갔고 내내 환희에 차 있었다.

아무래도 프런트의 그녀들의 말이 믿어지지 않는다. 쫓기듯이 호텔 밖으로 나온다. 프런트를 지키는 아가씨의 말대로 호수는 없나보다. 호텔 문을 열자마자 검푸른 바다가 빛바랜 새벽 별빛을 받으며 눈앞으로 쫙 펼쳐진다. 그렇다. 아직은 어둠이 깃든 새벽이다. 해변에는 사람이 한 명도 없었다. 이 시각에 사람들이 나와 있을 리가 없다. 막막하다. 그러나 일단은 호텔에서 멀리멀리 격리되고 싶다. 프런트의 그녀들과는 함께 있고 싶지 않다. 그녀들과 있으면 주눅이 들 것 같다.

나는 뛰듯이 잰걸음으로 바다로 향한다. 그렇다. 지금 나는 바다로 간다. 한 번도 와보지 않았던 바닷가이다. 그러니 낯설 수밖에 없다. 바닷물은 출렁이고 있지만 그 바다는 내 것이 아니다. 하나도 반갑지 않다. 남편이 궁금할 뿐이다. 아니 나 자신이 스스로 궁금하다. 나는 내 실체를 확인하기 위해 얼굴을 만진다. 웃옷도 아랫도리인 스커트도 만져본다. 스타킹이랑 검정색 구두도 바라본다. 결혼 20주년 기념일에 남편에게 받은 1캐럿 다이아몬드 반지도 확인한다. 모두 그대로다. 그런데 내가 서 있는 곳만 낯설고, 일상에서 일탈된 상황이다. 그보다 남편이 없지 않은가!

아아, 나는 며칠 전부터 남편과 함께 유년의 강이 흘렀었던 그 자리에서 호수를 바라보고 싶었다. 안개에 휩싸인 채 호숫가로 나아가 향수에 젖고 싶었다. 멀리 호수 너머로 울울창창하게 서 있는 조선 소나무들로부터 풍겨 오는 솔 냄새를 맡고 싶었다. 아이들도 다 떨쳐버리고 남편과 손을 맞잡고, 호숫가 곳곳에 길길이 자란 갈대숲으로 들어가 바람에 서걱거리는 갈대숲 소릴 즐기고 싶었다. 그건 어쩌면 유년을 추억하고 싶은 향수 말고도 머지않아 쉰으로 치달을 거라는 사추기를 남편과 함께하고 싶었기 때문이었을지도 모른다.

그런데 나는 예기치 않은 상황에서 갑자기 남편에게, 아니다. 어쩌면 자신에게도 버림받은 미아가 되었다. 어느 익명의 섬 한적한 바닷가에 유기된 채로 아침을 맞을 수밖에 없는 처지가 믿기질 않는다. 아직은 새벽이 어둠을 다 밀어내지도 않은 상태다. 그러니 나는 지금이라도 서둘러 남편을 찾아야 한다. 그것이 현실적 과제다.

남편 말고도 아이 둘을 찾아야 하고, 새로 구입한 SM7의 소재도 파악해야 한다. 이곳이 섬이라면 승용차는 남편이 의도대로 어젯밤 연륙교로 진입했을 수도 있다. 나는 남편에게 의혹을 보내면서 방금 쫓기듯이 나온 호텔을 바라본다. 어디쯤에서 나의 승용차가 주인을 기다릴 수도 있다고 상상하며 뒤를 돌아본다. 그런데 호텔이 보이지 않는다. 호텔이 시야에서 사라졌다. 분명 있어야 할 호텔의 흔적이 없다. 잘못 본 것이 아닌가 하여 다시 확인했지만 네온사인 불빛도 없고, 화려한 호텔 네임 간판도 다 사라졌다. 옅은 어둠뿐이다. 새벽별이 아직 빛나고 있을 뿐이다. 나는 다시 경악한다.

호텔 대신 한적한 시골 풍경이 희미하게 눈 안으로 들어온다. 여관이 서너 개 있을 법하고, 슈퍼마켓이 한 곳쯤 있을 만한 시골이었다. 다만 여명에 쫓기는 고샅길의 가로등 불빛만이 외롭다. 내가 간밤을 보낸 곳이 어디쯤인지 짐작이 안 된다. 민박집도 있을 것 같지 않다. 보이는 것이 없다. 너무나 황당하다. 이곳이 어딘지 또 왜 내가 여기에 와 있는 지도 모르니 당황스러운 것은 당연하다. 다만 확실한 것은 바닷가라는 것뿐이다. 나는 완전히 미궁에 빠져 있다.

그렇게 생각하면 할수록 엄청나게 남편이 밉다. 아니다. 그가 그립다. 나는 남편을 사랑했다. 또한 남편의 사랑을 한 번도 의심한 적도 없다. 그러니 더욱 남편이 원망스럽다. 이럴 줄 알았으면 함께 여행하자고 조르지 말걸 그랬다. 이 바닷가에서 점점 무기력해진다. 그러면서도 어쩌면 지금 남편이 오히려 나를 찾고 있을 거라며 스스로 위로해본다. 정말 실종된 아내를 찾느라 밤새 뜬눈으로 새우고 있을 지도 모른다고 생각한다. 걱정이 된다. 치기가 감도는 모습으로 나를 애무해 주던 어젯밤의 남편 얼굴이 확 다가든다. 군대에 가기로

하고 휴학한 채, 집에 와 머물고 있는 아들의 얼굴도 그립다. 학교에
가려고 지금쯤 머리를 감고 있을 고3 입시생인 딸도 보고 싶다.

나는 이 감당하기 어려운 현실을 벗어나기 위해서라도 우선은 달
려야 할 것 같았다. 그래서 나는 바다 쪽으로 달리 듯이 걷는다. 역
시 사람은 보이지 않는다. 없다. 바닷물만 철썩일 뿐이다. 점점 어둠
이 벗겨지고 있었다. 아침 바람이 차갑다. 아주 쌀랑하다. 그 바람을
안고 바닷물이 닿을 만큼 바다에 가까이 간다. 어제까지만 해도 나
는 정말 당당했었다. 중소기업을 경영하는 유망한 50대 초반의 벤
처 사장을 남편으로 둔, 별 부족함을 느끼지 않던 여자였다.

그런데 나는 지금 가여운 여자가 되었다. 갑자기 모든 걸 상실한
불쌍한 여자다. 더구나 지금 바다로 가지만 바다엔 익숙하지 못하
다. 나의 가슴에는 유년의 강이 흐를 뿐이다. 바다는 없다. 하지만
내가 나의 실체를 인정받기 위해서 바다로 가 바닷물이라도 만져야
할 것 같았다. 혹시라도 아침 산책을 나온 사람이 있으면 그를 붙들
고 나를 확인하고 싶었다. 조금 부끄럽지만 하소연을 해야 하겠다고
생각한다. 나는 남편을 찾아야 하고, 아이 둘도 만나야 하는 여자라
고 떼를 써야겠다. 그리고 섬을 빠져 나갈 길을 물어야겠다.

순간 휴대전화가 생각났다. 핸드백에서 급히 휴대전화를 꺼낸다.
왜 지금까지 휴대전화를 생각해내지 못했는지 그게 바보스럽다. 너
무 경황이 없어 내가 어리석어졌나 보다. 나는 누구와도 툭하면 휴
대전화로 이야기를 곧잘 했었다. 그랬는데 지금은 당황해서 휴대전
화를 이용한다는 생각에 미치지 못했었던 것 같다. 나는 갑자기 휴
대전화가 구세주가 될 거라 확신하기 시작한다. 휴대전화가 생명선

으로 여겨진다. 전화를 걸면 바로 남편이 내게로 쫓아 올 것이라 믿는다. 아이 둘과 함께 쫓아와 이 낯선 바닷가에서 반가운 상면이 이루어질 거라 생각한다. 그 경황에도 방을 나올 때 핸드백을 챙겨 가지고 온 것은 참 잘한 일이다. 나는 전화번호를 누르기 시작한다. 뚜우 뚜우 뚜우-. 신호음이 간다. 나는 이내 남편의 반가운 목소리가 무선 전화기를 타고 들려올 걸 기대한다. 잠시 멈추는 듯했지만 다시 신호음이 간다. 뚜우 뚜우 뚜우-. 그러나 이내 휴대전화에서 메시지가 아나운스먼트 되고 있다.

"귀하의 폰은 지금 서비스 될 수 없는 지역에 와 있습니다."

나는 놀란다. 혹시나 해서 다시 전화를 건다. 실수하지 않기 위해 숫자 하나하나를 콕콕 찍는다. 그러나 메시지는 좀 전과 마찬가지로 아나운스먼트 되고 있다. 정말 남편은 나를 이 익명의 섬으로 유기하고 나서 즉시 이곳을 빠져나간 것이라는 유추가 가능해진다. 그러나 그럴 이유가 없다. 나는 남편을 지극히 사랑했고, 남편도 나를 많이많이 아껴주었다.

나는 와르르 무너지듯이 해변 모래사장에 주저앉는다. 오늘 새벽 눈을 뜨면서부터 벌어지는 이 일련의 사태들을 나는 도저히 감당할 수가 없다. 내가 어젯밤 그 감미로운 기억에서 깨어나 남편을 찾을 때만 해도 행복했었다. 어제 집을 떠나던 오후 6시 경의 기억도 뚜렷하다. 그때는 더욱 행복했고, 가슴 설레었다. 그런데 지금은 나 혼자 바닷가에 와 있다. 스스로 실종된 채로 일출이 시작되려는 바닷가에서 기운이 쇠잔한 모습으로 함몰되고 있다.

혼자서 맞는 바닷가는 외롭다고 말하기보다 엄청나게 참담하다.

나는 엉뚱하게 섬을 원망한다. 그리고 사라진 호텔을 원망하고 있다. 혹시 남편이 마음이 바뀌어 다시 찾아와도 호텔이 없어져 나를 찾을 수 없다면 큰일이다. 그렇게 절망에 빠져서 바다를 바라본다. 다행히 일출이 시작되고 있다. 붉은 해 덩어리가 바다를 저 멀리 수평선 깊은 심해부터 부글부글 끓고 있다. 찬란하다는 표현만으로는 모자랄 지경이다.

일출은 그렇게 계속 나의 절망과는 전혀 상관도 없이 치밀하게 연출되고 있었다. 바다는 온통 금빛이다. 은빛이다. 오색찬란하다. 물결이 출렁일 때마다 시시각각으로 용이 여의주를 뱉어내고 있다. 나는 지금까지 저렇게 아름다운 일출을 본 적이 없다. 상실된 채 허물어져 가고 있는데 일출만 눈이 부시다. 하늘에는 구름 한 점 없다. 바다는 이런 새벽에 종종 희뿌연한 안개가 끼기 마련인데 그냥 청명할 뿐이다. 남편과 함께 바라봐야 했던 일출이었다. 그런데 나 혼자 일출을 바라본다. 실의에 빠진 채, 순간마다 바다가 태양과 함께 연출해 내는 황홀한 장관을 나는 멀거니 관망한다.

나는 잠시 호흡을 가다듬고 일출이 지속되는 동안 그 해오름을 우두커니 바라보며 남편이 실종되었는지 내가 남편으로부터 잠적이 되었는지를 계속 꼼꼼히 따져보기로 한다. 판단이 서지 않는다. 사람이 하나도 없어 내 판단에 대해 조언을 구할 수도 없다. 이럴 때 의사소통이 되는 사람을 만났으면 좋겠다. 그래서 나의 전후 사정을 다 털어놓고 이곳을 탈출할 수 있는 방법을 모색할 수 있었으면 한다. 누구를 붙잡고 통사정이라도 하면서 집으로 가는 길을 찾아야 하겠는데 이 바닷가에는 인적이 없다. 일출만 황홀할 뿐이다. 몸이 지친다. 서서히 내 몸과 함께 내 의식도 점점 까마득히 무너지고 있다. 그렇게 시간만 흐르고 있다.

"여보시오. 여보시오."

희미한 목소리가 들려온다. 얼마쯤 지난 것일까? 누군가가 저만큼 앞에서 나를 부르고 있는 것이다. 일출을 바라보다 쓰러진 나를 부른다. 우선 반갑다. 사람의 목소리가 들리다니 참 반갑다. 나는 부스스 눈을 뜬다. 분명 사람이다. 이건 기적이다. 바로 20m쯤 전방에서 사람이 걸어오고 있다. 바닷가에는 지금까지 사람이 없었는데 신기하게 사람이 보이는 것이다. 머리가 하얗게 센 노인이다. 또 허상일지도 모른다는 생각으로 눈을 껌벅이며 확인한다. 호텔처럼 사라질 허상일 지도 모른다고 생각한다. 노인에게서 눈길을 돌려 호텔이 있었던 쪽을 다시 바라본다. 역시 호텔은 흔적도 없다. 그냥 한적한 시골일 뿐이다. 평범한 마을이 있을 뿐이다. 멀리 산과 나무와 바위가 야트막하게 내 시야로 펼쳐질 뿐이다. 고샅길에 가로등은 있었는데……? 내가 어젯밤 겪은 것은 다 꿈이었나 보다.

다시 노인을 바라본다. 그렇다면 역시 나를 바라보고 있는 백발노인도 실체가 아니고 허구 속의 신령님일지도 모른다. 그러니까 저렇게 백발로 내게 미소를 던지며 다가오는 것이다. 그래도 우선은 반갑다. 사람을 만나니까 내 실체가 좀 느껴진다. 노인은 개를 한 마리데리고 있다. 자그마한 애완견이다. 노인은 백발에 비해 얼굴색이 건강해 보인다. 노인은 나에게 다가와 손을 내민다. 나는 그 손이 구원처럼 느껴진다. 노인의 손을 잡는다. 노인이 내 손을 잡고 몸을 일으켜 세워준다. 생각보다 노인의 손이 따뜻하다. 그리고 부드럽다. 허상이 아닌가보다. 이렇게 따뜻하고 부드러운 걸 보면 실체가 확실하다. 나는 이 노인을 절대로 놓치지 말아야 한다고 생각한다.

"할아버지, 저 좀 도와주십시오. 전 남편을 만나야 해요."

나는 노인을 보자마자 애원한다.

"남편이요?"

"예. 제 남편을 찾고 싶습니다."

나의 대답은 간절하다. 난 허물어진 몸을 일으켜 세우면서 노인의 손을 놓칠까봐 꼬옥 잡는다. 백발노인이 남편의 행방을 알 리 없다는 걸 나는 잘 안다. 다만 남편이 지금 제일 만나고 싶은 사람이라는 걸 말하고 싶을 뿐이다. 그래서 그 요구부터 한다. 하지만 백발노인은 웃을 뿐이다. 대답을 하지도 않은 채 인자한 웃음을 내게 줄뿐이다. 웃음이 참 넉넉하다. 나는 다급한데 노인의 얼굴은 편하다.

"아, 부인은 남편을 찾고 있군요. 내가 내 아내를 찾고 있듯이……. 그러나 여기서 남편을 찾을 수는 없어요. 이곳은 감춰진 섬이요. 익명의 섬이라 할까? 그렇지 않으면 이 세상에 드러나지 않아 사람들이 찾아낼 수 없는 섬이라고나 할까요?"

"감춰진 섬이라고요? 이 세상에 드러나지 않는 섬이라고요? 역시 섬은 확실하군요. 그렇다면 어제 그 아가씨들이 말한 것이 모두 사실인 가요? 하지만 섬에서 뭍으로 나갈 수 있는 길이 나 있지 않겠어요?"

"그래요. 여기는 섬입니다. 하지만 부인은 어제 허상을 보았군요. 아가씨들을 보았다니 말이요. 하지만 이곳이 섬인 것은 확실해요. 그리고 섬으로 통하는 길은 많지요. 일상적으로 뱃길도 있고, 구조

함정을 탈 수도 있고, 연륙교도 있을 수 있고……. 그러나……."

"어젯밤의 그 아가씨들이 허상이었다고요? 호텔까지도 다 허상이 었다고요? 아, 믿을 수가 없어요. 하긴 지금 다 사라졌지만……."

나는 노인의 말에 다시 혼란이 온다. 이게 무슨 말인지 뒤죽박죽 이다. 어떻게 보면 나의 의구심이 한꺼번에 확인되는 순간이다. 나 는 다급해진다. 어디서부터 실마리를 풀어야 할지 종잡을 수가 없 다. 백발노인은 말을 계속한다.

"그래요. 부인이 지금 하는 말은 모두 맞아요. 그러나 그 모든 것 은 허구예요. 그리고 부인은 이미 세상 사람들에게 잃어버려졌어요. 이 세상, 아니 그보다 저 바깥세상이라고 해야 할까요? 그 세상에서 일탈된 분이라고 해야 할까요? 이 섬에는 가끔 부인과 같은 사람이 오지요. 나 역시도 부인처럼 내 가족으로부터 모든 걸 다 상실당한 사람 중에 하나니까요. 부인도 지금부터 가장 믿는 이에게 잃어버린 채로 이 섬에서 살게 될 거예요. 이 익명의 섬에서……. 나 역시도 아내를 기다리고 있는 중이니까요."

"아내를요? 노인께서는 부인을 기다리신다고요?"

"예, 나는 아내가 그립습니다. 금방 나타날 것 같은데 아내는 끝내 내게 오질 않는군요. 오래전에 아내는 나를 이 섬에 데려다 놓았거 든요. 아니, 난 유기당했다고 믿고 있어요. 내가 보기엔 당신도 당신 의 남편에게 유기당했을 게 틀림없어요."

나는 나를 이해할 수 없듯이 노인의 말도 전혀 이해할 수 없었다. 그러나 그 노인의 입에서 나오는 말 한 마디, 한 마디가 다 나를 겁 나게 한다. 무섭다. 나는 남편을 떠나서 살 수 없는 사랑에 목마른 여자다. 그리고 입영을 하려고 하는 아들까지 지금 집에 와 있다. 가서 그를 돌봐주어야 한다. 그뿐만이 아니다. 대학입시를 앞두고 있는 딸이 지금쯤 애타게 나를 기다리고 있을 것이다. 나는 그들에게서 결코 일탈된 사람이 아니다. 정상 궤도에서 머물면서 그들에게 꼭 필요한 존재이다. 그래서 나는 다시 노인에게 간절하게 애원한다.

"저는 그렇지 않아요. 전 노인과는 달라요. 남편이 저를 유기할 리가 없어요. 사랑하는 남편은 꼭 저를 데리러 올 것입니다. 아이도 둘이나 저를 기다릴 거고요. 남편은 저를 사랑합니다. 남편도 지금 저를 애타게 찾을 거예요. 남편이 저를 이 익명의 섬에 유기할 이유가 결코 없어요. 어제만 해도 남편은 저를 이리로 데리고 여행을 왔었는데……. 향수가 배여 있는 고향 마을 호수가 있는 그 소나무 숲으로 왔는데……. 그만 이렇게 엉망이 되버렸지만 말이에요. 저는 지금 남편을 찾아야 합니다."

"그래요? 하지만 어쩌면 부인은 가족을 영원히 못 만날지도 모릅니다. 여기는 세상으로부터 상실된 채 사람이 사는, 세상과 절연된 섬인 걸요. 허어, 나 역시 가장 사랑하던 아내에게 격리를 당한 채 여기 머물고 있다니까요."

노인은 좀 전과는 달리 차가웠다. 나의 애절한 마음과는 달리 백발노인은 아주 냉정했다. 처음에 인자하고 부드럽게 느꼈던 모습과는 달리 나오는 말마다 내 가슴에 비수를 꽂았다.

"그건 저에게 너무 가혹합니다. 아아, 저는 지금이라도 당장 집으로 돌아가고자 합니다. 길을 알려 주십시오."

나는 노인에게 애원한다. 그러나 노인은 대꾸하지 않고 있다. 딴

청을 피운다. 실제로 그렇지 않은지 몰라도 내게는 그렇게 느껴진다. 그런데도 노인은 오히려 나를 설득한다.

"부인, 참 답답하시군요. 나도 부인께 귀향할 수 있도록 도와주고 싶어요. 하지만 나 역시 집으로 돌아가는 길을 잃어버린 처지라니까요. 어쩌면 우리 가족은 오래 전에 나를 실종신고를 해버렸는지도 모르지요. 아마 나는 지금쯤 세상에서 잊혀진 사람이 되어버렸을 거요. 당신도 세월이 갈수록 차츰 잊혀질 거구요."

노인은 아주 침착하게 말하고 있었다. 논리적인 언어를 구사하면서 나를 납득시키려 하고 있었다. 나는 할 말을 잃고 백발노인의 말을 경청한다. 그의 말이 진실일지도 모른다고 생각한다. 나의 처지를 잊으면서 오히려 그 백발노인에게 갑자기 연민의 정을 느낄 수밖에 없다. 그러면서도 백발노인, 그에게 지금 나는 조금씩 설득당하고 있다.

"노인께서도 저처럼……. 아, 그렇다면 노인처럼 결국 저 역시도 뭍으로 나갈 수 없다는 말이군요."

나는 허물어지면서 백발노인의 말에 처음으로 긍정적인 몸짓으로 응수했다.

"그렇소. 뭍, 아니 바깥세상으로 나갈 길은 이미 닫혀버렸으니까. 다시 말하지만 부인이 이 섬에 도착한 순간 바깥세상과 단절되어 버렸소. 나갈 생각은 마시오."

나는 그 말에 다시 절망한다. 그러면서도 계속 남편이 그립다. 아이들이 보고 싶다. 친구들도 생각난다. 난 결코 세상과 절연할 수는 없다. 그래서 노인에게 다시 애원을 한다.

"그렇다면 이곳에서 평생을 보내야 한다는 말씀예요?"

"그럴 수도 있지요. 하지만 부인, 조금 지나면 익숙해질 겁니다."

"아, 저는 아니에요. 그건 너무 가혹해요."

나는 절규한다. 그러면서 백발노인의 바짓가랑이를 움켜쥔다. 노인을 생명선으로 삼을 수밖에 없다.

"부인, 참 딱하시오. 난 부인의 구세주가 아니에요. 오히려 상실이라는 배를 함께 탄 한 가족일 뿐이요. 나는 부인에게 결코 도움을 줄 수 없어요. 그러니 이 녀석을 친구 삼아 얼마 동안 마음을 가라앉히세요. 아마도 저 녀석이 좋은 친구가 되어 줄 겁니다."

백발노인은 한 걸음 물러서면서 애완견을 나에게 건네준다. 그러고는 서둘러 자리를 떠나고 있다. 나는 다시 겁이 난다. 갑자기 막막해진다.

"할아버지, 저와 함께 가요. 저를 데리고 가세요."

나는 슬픈 목소리로 울먹인다. 그러나 백발노인은 한 마디로 거절한다. 아주 매몰찼다. 정이 떨어질 만큼 냉정하다.

"아뇨, 좀 더 여기서 계셔요. 내가 부인을 모시러 다시 오리다. 아니 그보다 부인께서 저쪽 숲으로 오시든지. 그곳에 가면 나 말고도 또 몇 사람 더 말동무가 있으니……. 우리 영리한 저 녀석이 그 길을 잘 알고 있어요. 난 좀 더 산책해야 하거든요. 아니, 혹 당신과 같은 사람이 또 있을 수도 있고요. 그래서……."

노인은 벌써 저만큼 걸어가고 있다. 나를 남겨 두고…….

'아, 나는 남편을 만나야 한다. 여기에 홀로 남겨져서는 안 된다.'

나는 허우적거린다. 지금 꿈을 꾸고 있는가? 난…….

도토리 깍지

어느새 물은 가슴팍까지 차오른다. 나는 모랫바닥에 힘껏 힘을 주고 물 위로 떠오른다. 물살이 더욱 세다. 시원스럽게 헤엄을 친다. 소영이와 헤어진다는 사실을 잊기라도 하려는 듯이 물을 박차고 앞을 향해서 헤엄치고 있다.

팔월의 한낮이 무덥다. 습기를 가득 담은 대기가 상승하는 기류를 메꾸기 위해 부지런히 이동하고 있다. 둑길 아래 강변에 서 있는 미루나무 잎이 팔랑거리며 손을 잘게 흔들고 있음이 그 증거다. 후덥지근한 바람이 더위로 끈적끈적해진 나의 목덜미를 스쳐 간다. 구름은 바람이 부는 방향과는 반대로 아주 천천히 흐르고 있다. 하늘 상층부와 지상 쪽의 하층부 기류의 흐름이 다른가 보다. 그래서인지 하늘은 훨씬 낮아 보인다. 난 툭 터진 파란 하늘을 보고 싶었는데 그게 좀 불만스럽다.

지금 나는 소영이와 구름 탓으로 납작해진 그 공간 안에서 길게 뻗어 있는 둑길을 나란히 걷고 있는 중이다. 역시 이런 날은 구름 한 점 없이 청명해야 했다. 그럼 기분이 조금은 호전됐을 텐데 말이다. 그런 중에도 좀 다행인 것은 강변을 따라 펼쳐진 미루나무 숲이 무성하게 우거져 있다는 사실이다. 검은빛이 감도는 잎의 진초록 색깔이 구름 사이를 겨우 투과해 닿는 엷은 햇살을 받고 있는데도 참 반들거려 보인다. 그건 정말 다행이다. 그 미루나무 나뭇잎들은 바람이 불 적마다 웅성거리는 군중들 마냥 술렁거린다. 마치 초록 비단으로 드리운 무희들의 질서를 결한 춤 같기도 하다.

하지만 가만히 생각해보면 저 미루나무 잎들의 싱싱한 팔랑거림 역시 나의 현 심정과는 거리감이 있다. 다만 오늘 나는 의식적으로 소영이와 데이트를 하면서 감정을 공유하고 싶어 안간힘을 다하며 죽을힘을 쏟을 뿐이니까 말이다. 다른 한편으로는 떠나는 이를 위한 나름대로 배려를 하고 있다는 의지를 보이고 싶을 뿐이니까. 그런 뜻에서 지금 나는 그녀에게 최소한의 넉넉함을 보여야 한다. 하지만 그건 마음뿐이다. 실제로는 미세한 감정도 숨기고 그저 무기력하게 그녀의 양산 그늘 속에 묻혀서 기죽은 채로 둑길을 걸을 뿐이다.

오늘이 소영와의 마지막 조우임을 나는 익히 알고 있다. 그녀와 헤어져야 한다는 강박감이 나를 지금 궁지로 몰고 있다는 사실도 인지하고 있다. 그래서 이 경색된 상황을 풀기 위해서 초연한 마음으로 이번에는 강을 바라보기로 한다. 미루나무 숲 건너편으로 이 소읍의 변두리를 크게 휘돌아 흐르는 강물을 바라보기로 한다. 오늘 같은 날, 강이 바로 곁에 있다는 것은 고마운 일이다. 유년을 떠올릴 수 있으니까. 저 강물은 유년 시절 그녀와 함께했던 고향의 시냇물보다 훨씬 넓고 크다.

그러나 나에게 유년 시절의 그 시냇물은 결코 샛강이 아니었다. 저 강처럼 넓고 길었다. 칠갑산 계곡에서부터 발원하여 마을 앞쪽 넓은 들을 적시며 금강으로 흘러드는 맑고도 아름답기만 한 시냇물이었다. 오히려 유년의 의식 속에선 지금 내 눈앞에 펼쳐지는 저 강보다 오히려 더 넓었고 길었다. 우리 둘의 어린 시절 추억을 가둬놓은 큰 강이었다. 나는 갑자기 고향 마을 앞으로 흐르는 시내를 닮은 저 강물로 뛰어들고 싶다고 생각한다.

하지만 옆에서 걷는 소영이의 기분은 전혀 나처럼 착잡한 기분이 아닌 것이 확실하다. 다만 그냥 조심스러워 할 뿐이다. 어쩌면 그건 마음속에 가득 차 있는 자기 남자 때문일 거다. 그러니 그녀는 오히려 자신의 마음을 감추고 배려의 차원에서 일상적인 데이트이기나 하듯이 저렇게 태연한 모습이다. 아주 넉넉하고 의연하다.

소영이는 아예 양산을 내게 맡기고는 마치 고양이라도 애무해 줄 때의 포즈로 자기 핸드백을 끌어안는다. 가느다란 미소까지를 흘리고 있다. 게다가 그녀의 하늘색 드레스가 이따금 습기 찬 바람이 불어올 때마다 엷게 떨고 있다. 그 드레스의 떨림은 하늘색보다 몇 배나 진한 파란 칼라가 되어 자극적으로 내게 다가온다. 하지만 나는 외면한다. 만약에 나의 마음이 지금 기쁨으로 충일되어 있었다면, 내가 그녀의 확실한 남자였다면 그 드레스의 색감은 아니 떨림은 아마도 훨씬 더 아름다운 유혹으로 다가왔을 것이다. 하지만 지금은 아니다. 가증할만한 무더위가 나를 짓누르고 있을 뿐이다. 날씨까지도 나에게 전혀 도움을 주지 않는다.

"날이 덥지? 참 덥지? 소나기라도 한 줄금 올 것 같지?"
"……."
나는 마침내 입을 연다. 극장에서 나온 이후 오랫동안의 침묵을 깨고 싶어 입을 연다. 그러나 소영이는 그 말에 대답하지 않는다. 대신 조금 전에 흘린 미소를 또다시 흘릴 뿐이다. 물론 나는 그게 자기 남자 때문에 보호막을 치기 위해 짓는 미소라는 것을 잘 안다. 그러니 당장은 아침나절부터 가라앉은 이 분위기를 둘이서 전환할 수는 없다. 지금 그녀는 분명 나의 마음을 꿰뚫고 있다. 나 역시도 차라리 이럴 때는 다른 말보다는 날씨를 화두로 삼는 것이 적당할 것 같았다. 그래서 그냥 입을 열었을 뿐이고…….

이렇게 나의 기분은 지금 착잡하다. 그렇다면 소영이의 입장에서 볼 때 상대에 대한 일말의 배려가 전제되어 있다면 이렇게 복선이 깔린 웃음을 흘릴 수는 없다. 조금 서운하다. 아니, 그녀가 밉다. 하지만 나는 마지막 헤어지는 입장에서 자제력을 발휘해야 한다. 그리고 그것이 지금 현재 내가 그녀를 수용할 수밖에 없는 현실이다.

그런데, 그런데……? 소영이가 다가와 나의 손을 살그머니 잡는다. 의외롭다. 뜻밖이다. 다이어리 분화 사건 이후 처음 있는 일이다. 나는 돌발 상황에 긴장을 하며 그녀를 바라본다. 그녀는 안색까지 환하게 바꾼다. 나를 빤히 바라보며 좀 전과는 다른 색깔로 웃는 것이다. 하긴 그녀는 어려서부터 웃음덩이였다. 할 수 없이 나도 그녀의 웃음을 따라 피식 웃는다. 그러면서 그 웃음의 의미를 생각한다. 그 웃음도 복선이 깔린 것일까 하고 생각하고 있는데 바로 그때 둘의 웃음을 문득 불어오는 회오리바람이 거두어간다. 아니 훔쳐간다. 어차피 그녀는 지금 나에게 결별을 고하러 왔으니까. 이 마당에서 웃을 필요는 처음부터 없었다. 우리는 지금 유년의 삶이 찐득찐득 늘어 붙어있는 그 추억을 종식하고 있을 뿐이다. 그걸 이 마지막 데이트로 매듭을 지으려고 하는 마당에 나는 그녀에게 웃음 대신 검은 장갑 낀 손만 내밀면 된다. 인제 와서 무슨 웃음이 필요한 거냐고 나는 반문한다. 그렇다면 회오리바람이 웃음을 거두어 간 것은 아주 잘한 일이다.

우리에게 아니, 특히 나에게 이 헤어짐이 물론 상쾌하지는 않기 때문이다. 그러나 우리 둘은 유년 시절 이후 마음 밑바닥에서 서로 세심하게 배려한다는 그런 감정으로 오래도록 관계를 유지해온 것은 사실이다. 그걸 이 마당에선 잠시 추억이라는 이름으로 상기할 마지막 순간이고 말이다. 그동안 우리는 서로 사랑하고 있었을까? 아니다. 어쩌면 그것은 사랑이 아니고 우정이었다. 우정도 아니고 일종의 신뢰고 서로 생각해주던 아름다운 배려였다. 가슴을 들뜨게 하는 울렁거림은 아니었다. 그녀가 자신의 어머니를 시켜 나의 마지막 의사를 확인하기 전까지는 말이다. 그러니 이 상황에선 이제 그 신뢰가 수반된 일종의 사랑이라 할지라도 종말을 고해야 한다는 것을 알고 있다. 그러니 상쾌할 수는 없다.

"정말 오늘 꼭 올라가야 하나? 외가에도 안 들리고⋯⋯?"
"⋯⋯."
나는 소영의 외조모가 고향 건너편 마을에 연로한 나이로 아직 생존해 계신 걸 떠올리면서 다시 입을 연다. 침묵하기로 작정하고선 10분도 참지 못하고 입을 연다. 지금 내가 몸담고 있는 이 소읍을 훌쩍 떠나 그녀와 둘이서 유년을 공유하고 있는 산촌 마을로 향하고 싶다는 마음으로 입을 연다. 나의 물음에 그녀는 이번에도 대답하지 않는다. 그동안도 그녀를 꽉 잡지도 못하고 의미 있는 메시지 한 번 분명하게 쏘지도 못한 채 이렇게 번번이 엉거주춤하는 모습을 여러 번 취해 왔던 나였다. 그 바람에 결국 그녀를 잃고 말았지만⋯⋯.
그러니 지금 그 말도 이 마당에 하나마나 한 말이다. 나의 미적지근함 때문에 그녀를 결국 놓쳤으면서 또 그런 말을 한다. 난 나 자신이 참 못마땅하다. 다만 또 입을 연 것은 그녀를 향해 굳이 이런 아픔을 주는 방식으로 매몰차게 나를 떠날 수밖에 없느냐 하는 항의였다. 아니, 조금 전 잡힌 손에 느껴진 체온 때문에 그녀를 깔끔하게 떠나보내려는 결심이 허물어진 지도 모른다.

소영이는 대답 대신에 조금은 미안한 듯이 나를 향해 다시 배시시 웃는다. 눈빛을 반짝인다. 그 웃음 속에는 역시 유년 시절에 간직했던 화사함이 배어있다. 게다가 나의 전체를 빨아들여 버릴 듯했던 그 강하고 맑은 시선이 아직도 유년 시절 그 티 없이 영롱한 눈빛이 되어 나에게 달려들고 있다. 맞다. 역시 그녀는 그 옛날 유년 시절부터 웃음덩이라는 애칭으로 불리기에 충분한 여자였다.

그런 소영이의 둥글고 큰 눈이, 그 까만 눈동자가 갑자기 진한 우수가 어리고 있다. 지금까지 짓던 미소가 반전되는 순간이다. 아마 지금 그녀는 나를 떠나서 자기 남자에게 가는 것에 대한 미안함을 마지막 퍼포먼스로 연출하려고 하나보다. 그걸 알면서도 나는 조금 긴장한다. 나는 그녀의 표정을 훔쳐보며 더 할 말을 잃는다. 다만 서먹서먹한 기분으로 이 여름날의 더위를 한창 역겹게 느낄 수밖에 없다고 생각한다. 하지만 그녀의 우수어린 표정이 계산된 제스처라 하더라도 지금 그녀를 그냥 받아들이고 싶다. 그게 나의 현재 심정이고, 그게 현실이니까.

그런데 이 순간에 문득 치통이 온다. 진통제 덕으로 가라앉았던 치통이 다시 온다. 며칠 전부터 계속 치통이 있던 것이었지만 갑자기 지금 또 잇몸이 아프다. 이가 욱신거린다. 점점 더 이가 빠질 것만 같은 노여움으로 쑤셔온다. 나는 오른손을 볼에 대고 자근자근 누른다. 매스껍고 역한 악취가 온몸으로 배어 들어가다가 토악질로 분출될 것 같아 불유쾌해진다. 이 순간에 그녀 앞에서 하필 치통이 찾아오다니…… 그러나 나의 치통을 감지할 리 없는 그녀는 아무 표정도 없이 걷기만 한다. 좀 전에 짓던 우수에 찬 그 모습으로…… 다시 화가 난다. 역시 헤어짐을 전제로 한 이 마당에서는 소영이에게 예전의 그 배려를 기대할 수는 없는가 보다. 그러니 얼른 치통이나 그치게 하고 싶다. 입을 시원한 물에 헹궈내기라도 해야 할 것 같다.

나는 그래서 진로를 바꾸기로 한다. 내심으로 의사결정을 하고나서 나는 이내 둑길을 놔두고 미루나무 숲이 있는 강 쪽으로 방향을 튼다. 다행히 소영이가 나의 갑작스런 행동을 탓하지 않고 따라온다. 그건 신통하다. 그녀는 지금 나의 기분을 거스르지 않으려 하는 최소의 배려를 하는 모양이다.

모래사장으로 내려오니 더욱 지열이 후끈 달아오른다. 나는 양산을 소영이에게 건네주고 앞서서 뚜벅뚜벅 걷는다. 어느 사이에 미루나무 숲을 옆으로 지나 물이 흐르는 강가에 닿는다. 물빛은 잿빛 하늘을 품고 있는 데도 파랗다. 바닥이 환히 내비치는 맑은 물이 멈추듯이 흐르고 있다. 역시 이곳은 유년의 강인 고향 마을 앞 시냇물을 회상할만한 곳이다. 물가에 도착하자마자 어린 시절에 그랬던 것처럼 나는 물속에 발을 잠그고 앉는다. 시원한 물에 발을 담그니 치통이 좀 그치는 듯하다. 그녀도 나의 옆으로 와 엉거주춤한 채로 앉는다. 그리고는 소영이는 나의 등 쪽을 양산으로 가려준다.

하지만 우리 둘은 약속이라도 한 듯이 강을 바라보면서 다시 침묵한다. 어쩌면 둘 다 유년을 불러일으키는 추억의 늪으로 빠져드는지도 모른다. 아니다. 소영이는 자기 남자를 생각할 것이다. 지금 그녀는 자기 남자에게로 가기 전, 전 생애의 극히 짧은 일부를 나에게 할애하고 있는 셈이니까 말이다. 그런데도 갈증으로 목마른 나는, 아니 치통이 시작된 나는 이 순간만이라도 샘솟듯이 흘러넘치는 그녀의 관심이 오늘처럼 가해지면 참 좋겠다고 생각한다. 미련을 버리지 못한다.

물론 지금 소영이는 아주 짧은 만남을 선물하려고 내 곁에 와 있기는 하다. 그러니 양산 그늘을 만들어주는 배려 정도쯤으로 나는 흡족해서는 안 된다. 이까짓 행동은 아무런 도움도 되지 않는다. 갈증이 올 뿐이다. 나는 고개를 돌려 그녀를 바라본다. 문득 그녀를 마시고 싶어진다. 그녀의 물먹은 듯이 윤기 있는 눈빛 속에 흠뻑 빠져 멱을 감고 싶다. 이 무더운 날에 엉뚱하다. 그녀의 흙빛 머리칼 하나하나를 헤고 싶다.

소영이는 그런 나의 속마음을 아는지 모르는지 장난기를 부리며 물장구를 치고 있다. 조금 전 우수에 찬 모습에서 벗어나 엷은 미소를 흘린다. 미소가 잔인하게 느껴진다. 다시 치통이 온다. 날은 이렇게 더운데……. 참을 수가 없다. 이 상태로는 참을 수가 없을 것 같은 위기감이 든다. 삼십 도를 훨씬 더 올라가는 수은주의 위세가, 아니 금방이라도 소나기가 한 줄금 할 것은 날씨가……. 이 더운 날에 치통까지 느끼고 있는 나에게 헤어지자는 말을 고하려고 오다니 참 가혹하다.

지금 나는 소영이의 그 잔인한 미소를 바라보면서 갑자기 이 강가에서 그녀를 소유하고 싶다는 충동을 느낀다. 이율배반이다. 점점 더 소유욕이 극한점으로 치닫고 있다. 유년 시절 그녀의 집 헛간 속 도토리 깍지 더미 위에서 그녀에게 깔린 채 올려보았던 해맑은 웃음을 떠올려본다. 그때 그랬었던 것처럼 이 순간에도 그녀를 콱 안고 싶다. 물론 그녀를 소유한다는 것은 지금 나에게 현실적으로 허용되지 않는다. 그녀는 이미 다른 사내에게 마음을 주어버렸으니까 말이다. 마음이 딴 사내에게로 간 소영이의 몸은 내 것이 아니다. 그런데도 나는 그녀를 갈구한다. 이 더위에, 게다가 후줄근히 비가 올 듯한 날씨인데도 그 욕망을 이기지는 못한다. 왜 진작 이런 열정을 발휘하지 못하고 사내에게 그녀를 넘겨주고 난 지금에 와서야 아쉬워하는 것인지 나 자신이 밉다. 아니, 슬프다.

"역시 비가 올 것 같네. 그렇지?"
한동안 강을 바라보던 소영이가 눈길을 하늘로 향하면서 마침내 내 마음을 진정시키기라도 할 듯이 입을 연다. 하루 종일 입을 벌리지 않을 것 같던 그녀가 오늘 주도한 첫 발언이다. 나는 그녀의 말에 흠칫 놀란다. 그래서 그녀에게 자신의 마음을 들키지 않기 위해 얼른 소영이를 따라 하늘 쪽으로 얼른 시선을 던진다. 하늘엔 여전히 잿빛 구름이, 바람이 부는 반대 방향으로 흐르고 있었다.
나는 대답 대신에 자리에서 벌떡 일어선다. 쭉 팔을 뻗어 올리고 기지개를 켠다. 그리고 급히 옷을 벗는다. 이건 또 다른 나의 돌출행동이다. 훌훌 옷을 벗어 그녀에게 맡긴다. 유년 시절, 마을 앞 시냇가에서도 나는 더러 그녀 앞에서 철없이 옷을 훌러덩 벗은 적이 있었다. 팬티 바람으로 멱을 감으면서 물장구를 쳤었다. 그때나 지금이 자리에서나 팬티 차림이다. 다만 지금은 옛날의 가난한 팬티가 아니다. 오렌지색과 하늘색 문양이 알록달록 디자인된 고급 팬티라서 화려하다. 그것이 다를 뿐이다.

나는 반라이다. 벗은 몸의 근육질이 나를 소영이 앞에서 강건해 보일 거라는 치기어린 심정으로 마구 달리기 시작한다. 강물을 거꾸로 하여 역 방향으로 뛴다. 그렇게 한동안을 질주한다. 그러다가 천천히 강물에 들어간다. 시원하다. 물이 점점 깊어진다. 그럴수록 물살이 아주 거세어진다.

나는 그 찬 강물 속으로 들어가며 강물을 손으로 한 움큼 퍼 올려 양치질을 한다. 거짓말처럼 치통이 멈춘다. 난 이 강물을 마시듯이 그녀를 마시고 싶다고 또 생각한다. 소영이가 그 사내의 여자라고 생각되지 않는다. 다른 사내에게 빼앗기고도 아직도 그녀를 포기하지 못한 내가 바보스럽다. 한심하다. 갑자기 슬퍼진다. 조모의 모습이 떠오른다. 그러나 조모가 천명을 다하고 세상을 떠날 때의 슬픔과는 전혀 다른 깊은 슬픔이 갑자기 나의 가슴을 저미게 하고 있다. 왜 하필이면 이 마당에 조모가 떠오르지? 이 강물 속에서……? 나는 고개를 살래살래 흔든다.

"엄마가 우리 집에 잠깐 다녀가라던데……."

두 해 전. 아니, 정확하게는 15개월 전이었다. 그날은 오늘처럼 무더운 여름이 아니었다. 신록이 막 어우러지는 5월, 청명한 어느 날이었다. 그날 소영이는 나에게 처음이자 마지막 메시지를 전달했다. 의미 있는 전언이었다.

"날? 나를……? 날 오라하셨어? 어머니께서?"

"그래. 우리 어머니가 자길 꼭 한 번 보고 싶다고 하셨어."

그러나 나는 얼른 소영이가 한 말의 진의를 깨닫지 못하고 있었다. 묵 집 아주머니인 그녀의 어머니가 왜 날보고 싶다 하셨지? 결국 나는 엉거주춤하고 말았다. 어린 시절부터 보아온 묵 집 아주머니의 예사로운 말로 생각했을 뿐이었다. 그리고 지금에서야 그녀를 잃으면 당장 가난하고 궁색해질 것 같다고 생각하니 참 한심하다. 그 후 얼마 뒤에 그녀는 사내에게 갔다. 그러니 오늘의 이 상황은 다 내 책임이다. 그 누구도 탓할 수 없다.

아! 어느새 물은 가슴팍까지 차오른다. 나는 모랫바닥에 힘껏 힘을 주고 물 위로 떠오른다. 물살이 더욱 세다. 시원스럽게 헤엄을 친다. 소영이와 헤어진다는 사실을 잊기라도 하려는 듯 물을 박차고 앞을 향해서 헤엄치고 있다. 몸이 자꾸 아래로 떠밀려간다. 나는 힘을 다한다. 물살은 거세다. 뒤를 돌아본다. 그녀가 손을 흔들고 있다. 나도 마구 손을 흔든다. 허공을 향해 두 주먹을 불끈 내 저으며 나의 미적지근함을 구타하듯이 손사래를 친다. 이 순간만은 그 사내를 생각하지 않기로 한다.

"위험해. 빨라 나와요. 빨리 나와."

소영이가 갑자기 벌떡 일어나며 소리를 지른다. 나는 소영이 쪽으로 시선을 돌린다. 그녀는 나의 신변에 갑자기 위험을 느끼는 것 같았다. 그녀의 다급한 그 외침이 오히려 나를 기쁘게 한다. 나는 물살을 타면서 서서히 그녀 쪽으로 헤엄을 치며 차츰차츰 가깝게 접근한다. 그제야 그녀가 안도한다. 그녀의 배려에 나는 작은 희열을 느낀다. 하지만 이 마당에 그 배려가 우리의 헤어짐과는 사실 아무 상관없는 일이다.

　내가 다시 소영이가 있는 곳으로 헤엄쳐 나왔을 때는 실제로 몸이 많이 지쳐 있었다. 온몸의 피가 역류하는 듯 했고 심장이 할딱였다. 그런 나에게 그녀는 무사 귀환이 다행이라는 듯이 다시 유년 시절의 그 웃음덩이가 되어 생글생글 웃는다. 나의 기분이 조금 전환되고 있다. 그것은 그녀도 마찬가지인가보다. 자기 핸드백에서 손수건을 얼른 꺼내 나의 몸을 닦아준다. 작은 손수건으로 내 몸에 묻어 있는 물기를 닦기엔 어림 턱도 없었지만 잠시 행복감을 느낀다.
　"우리 어서 둑길로 올라가요."
　소영이는 물에 휩쓸려 떠내려가지 않은 게 천만다행이라는 듯한 표정으로 나에게 재촉한다. 나는 순순히 응한다. 그녀는 내 바지와 티셔츠를 챙겨든다. 우리는 얼른 일어나 복사열로 달아오른 백사장을 걷기 시작한다. 난 그냥 팬티 차림이다. 물에 들어갔다 와서인지 한결 덜 덥다. 시원하다. 우리 둘은 바짝 붙어 밀착한 채로 걷는다. 하지만 둘 다 얼른 입을 열지는 않는다. 다시 헤어짐을 생각해야 하기 때문이다. 이별을 생각하면 할수록, 아니 이별이 다가올수록 우리의 대화가 궁해진다. 강물에서의 기분 전환은 잠깐이었다. 하긴 이 가라앉은 분위기는 내가 그녀를 오늘 서로 처음 만났을 때부터였다. 그런 무거운 침묵이 계속되었었기에 오전에 상영되고 있는 필름이 뭔지 고려하지 않고는 극장에 습관적으로 갈 수밖에 없었다.

　나는 소영이가 언젠가는 이별을 고하러 한 번쯤 올 줄은 알고 있었다. 하지만 오늘 같이 무더운 날 갑작스런 그녀의 출현은 나를 당황스럽게 했다. 마음을 비운 채 무심한 심정으로 그녀를 맞이하고 싶었다. 하지만 마음이 무겁게 내려앉아 그게 잘 안됐다. 그래서 그녀를 만난 순간 극장엘 갈 것을 제안했었다. 할 말이 많은 것 같았었는데 대화가 궁해진 탓이다. 차라리 스스로 어둠 속으로 몸을 감추고 싶었다. 밝음을 외면한 채 검은 장막을 드리우고 싶었다. 극장 안, 그랬다. 그 어둠은 그녀 앞에서 한 남자로 인해 허물어진 자존심을 잠시나마 감추어 줄 거로 생각했다.

　첫 상영은 아침 11시부터였다. 극장 안은 텅 비어 있었다. 쓸쓸했다. 스물이 겨우 넘을까 하는 사람들이 뜨문뜨문 앉아 상영 시간을 기다리고 있었다. 나는 영화 감상에 대한 기대감보다는 고독이 해일처럼 밀려드는 것을 느껴야 했다. 순전히 그 사내 때문이다. 나는 주위를 둘러보았다. 조조할인으로 들어온 사람들, 그들에게 연민의 정을 느꼈다. 아니다. 사실 그 연민은 나 자신을 향하고 있었다. 그 허탈함을 참고 나는 그녀와 나란히 앉아 영화를 보았다. 어설픈 스크린의 장면에 하나도 재미를 느끼지 못했다. 스토리도 따라잡을 수가 없었다. 우리는 극장 안에서 이렇게 시시한 하루를 보내서는 안 된다는 생각이 들었다. 얼른 극장 밖으로 나와야 했다. 영화는 애당초 보지 말았어야 했는데……. 그래서 난 소영이에게 의사를 물을 것도 없이 서둘러 극장 밖으로 나왔다. 오늘 그녀를 처음 만났을 때 나의

도토리 깍지　139

의사결정이 너무 성급했던 셈이다.

나는 둑에 올라오자마자 소영에게서 얼른 옷을 받아든다 그러고는 급히 옷을 입는다. 둑으로 올라오면 그때부터 그곳은 강이 아니다. 사람들이 왕래하는 길이다. 허니 옷을 챙겨 입어야 한다. 내가 옷을 입는 걸 바라보며 그녀는 다시 버릇인 양 배시시 웃는다. 그녀도 옛날 함께 했던 유년이 순간적으로 되살아오나 보다. 하지만 나는 지금 그녀의 웃음 속 저 뒤편의 속마음을 유추하고 있다. 그녀는 아침나절 나를 처음 만났을 때부터 속마음을 드러내지 않고 있다. 그냥 웃기만 했었다. 내 곁에 여전히 머물 사람의 미소 같은, 사내에게 간다는 것이 믿겨지지 않을 만큼의 해맑은 미소였다. 유년 시절의 그 웃음덩이였음을 다시 한 번 상기하게 하는 웃음이었다. 그녀의 미소에 주눅이 드는 것은 오히려 나 자신이었다.

둑길 건너편에서는 도로포장 공사가 한창이다. 나와 소영이는 일하는 사람들 쪽으로 천천히 걸어나간다. 우리는 얼른 그곳을 빠져나가기 위해 계속 잰걸음으로 걷는다. 무더움 속의 깊은 상념은 노여움에 떨고 있었지만 우리는 그걸 감추고 아무렇지도 않다는 듯이 그냥 걷는다. 새로 옮긴 우회도로 옆 버스 정류장 쪽을 향하여 부지런히 걷는다. 이별의 장소가 바로 그곳이니까.

소영이 어머니께서 집에 다녀가라고 한 지 7개월이 지난 후인 겨울이었다. 교동 골목 집에서 나는 그녀와 긴 시간 동안 자리를 같이 했다. 그날 우리는 꿩 갈빗살로 만든 꼬치를 뜯어가면서 술을 마셨다. 나는 그날 그녀와 한 사나이의 만남의 기록이 다이어리 속 추억으로 담겨 있음을 처음으로 알았다.

소영이의 마음속에 다른 사내가 하나 더 있음을, 난 그날 소영이의 다이어리 기록을 통해 최초로 인지한 것이다. 나 말고도 감춰 둔 사내가……? 그렇담 그때 그녀가 양자택일을 하기 위해 나를 제 어머닐 통해 자기 집으로 불러들인 셈이다. 하지만 그건 아닐 거라고 애써 변명을 해본다. 혼기를 앞둔 여자 아니, 그 어머니의 당연한 결단일 수도 있다 생각하면서도 나는 그녀의 다이어리를 번쩍 쳐들었다. 우유부단했던 나도 그날만은 가슴이 참담하게 무너진 채로 분노했다. 난 당장에 그 기록을 연탄 불화로에 내던져 버렸다. 다이어리는 앞쪽부터 불에 탔다. 맨 처음 비닐 커버가 그 특유의 냄새를 내가면서 오그라들었다. 그러다가 차츰 찌지직거리며 종이가 타기 시작했다. 지금까지 내가 그녀에게 한 행동 중 가장 저돌적인 행동이었다.

소영이와 사나이의 기록. 몇 장의 사진과 함께 그 기록이 연소되는 다이어리를 그녀는 그날 쳐다보고만 있었다. 그녀는 결코 나를 나무라지는 않았다. 아주 담담한 표정이었다. 잡아주지도 않는 남자를 단념하는 초연한 모습이었다. 그녀의 그 표정을 바라보며 나는 오히려 패배를 의식했다. 그때부터 나는 사나이에게 무너지기 시작했다. 다이어리는 탔지만 그녀는 그 남자와 공고해진 셈이니까.

그렇다. 그날 다이어리가 불탐과 동시에 우리 간격을 허물며 친밀하게 해주었던 소박한 소꿉놀이와 유년의 강과 그리고 함께 뛰놀았던 참나무와 도토리나무 숲이 모두 함께 불탄 셈이다. 그녀와 감상한 몇 편의 스크린 영상의 아름다움도 모두 불탔다. 그날은 날씨가 무척 추웠다. 헌데 지금은 너무 덥다. 끈덕진 혹서가 나를 목마르게 했고,

더구나 그녀가 지금 이별이라는 키워드로 기갈의 상태로 몰고 있다.

"우리 뭘 좀 마실까?"

나는 소영이의 동의를 받지도 않고 길옆의 간이 휴게소로 불쑥 들어간다. 이렇게라도 지금까지의 상황을 아니 기분을 전환하고 싶었기 때문이다. 이번에도 그녀는 순순히 따라 들어온다. 내 뜻을 끝까지 거스르지는 않으려나 보다. 홀 안은 그리 시원하지는 않았다. 실망이다. 게다가 실내는 아무런 장식도 없다. 탁자와 거기에 딸린 의자 몇 개가 정돈되지 않은 채 자리하고 있을 뿐이다. 테이블의 중간 천장에 설치되어 있는 선풍기는 있으나 마나였다. 외부와의 공간은 조립식 건축자재로 차단되어 있을 뿐이었다. 밖의 소음도 들린다. 애당초 방음벽이 설계되지 않은 간이 휴게소니까 당연하다. 자동차 소리와 또 공사장 쪽에서 칼을 가는 듯한 금속성의 파찰음도 들려온다. 생각보다 훨씬 조악한 곳이다. 공사장의 인부들이 잠시 휴식을 취하는 간이 휴게소라는 것을 이내 알아차릴 수 있었다.

나와 소영이는 선풍기 바로 아래 의자에 앉았다. 팥빙수 두 개를 주문했다. 이내 팥빙수가 왔다. 스푼으로 젓고는 한 숟갈을 떠서 마셨다. 생각보다는 시원했다. 팥 내음이 야무지게 휙 풍기며 창자벽까지 냉각되는 듯하다. 투가리보다 장맛이었다. 그러나 그녀는 팥빙수를 마시지 않고 플라스틱 티스푼으로 천천히 젓고만 있었다.

나는 팥빙수 그릇을 탁자에 내려놓으면서 머리를 들었다. 그리고 소영이를 바라보며 멋쩍게 웃는다. 그녀 역시 그 옛날의 웃음덩이로 돌아가기나 할 것처럼 다시 미소를 흘린다. 그녀의 천진스런 미소,

게다가 양쪽으로 가늘게 흘렀던 볼의 경련, 나는 그것을 보고 또 당혹해한다. 그 미소가 유년 시절 그 어느 날부터 나에게 지속적으로 던져진 바로 그 웃음이었다. 그녀의 미소는 화려하지는 않았다. 늘 실팍하고도 얄팍했다. 지금 그 옛날의 그 미소를 다시 소영이에게서 보는 것이다. 나는 까마득히 잊어버렸던 지난날을 회상한다.

그날은 우리 둘만의 가을이었다. 초등학교 4학년 때로 기억된다. 한 낮이 기운 오후, 그날 소영이의 집 마당엔 빨간 고추가 발 위에서 건조되고 있었다. 그녀의 집안은 지극히 고요했다. 암탉 두 마리만이 헛간을 좔좔 헤치고 있었다. 측백나무 울타리 가운데 서 있는 둥치 큰 호두나무에서 쓰르라미가 목청껏 울어댈 뿐이었었다.

하지만 가을 하늘빛은 언제나 그랬듯이 그날도 청자 빛으로 투명했다. 바위와 물과 수목들뿐인 적막한 산촌에 내리쬐는 햇살이 풍요로웠다. 나와 그녀는 고샅길을 지나서 쪼르르 사립문을 열었다. 우리는 시냇가에서 들고 온 조약돌을 좌르르 쏟았다. 우리가 살던 산촌에서는 그 무렵에 조약돌이 껄정한 플라스틱 완구보다 더 유용한 놀이기구였었다. 우린 반들반들한 마루 위에 그 조약돌들을 와르르 쏟아놓았다.

그리곤 곧바로 헛간으로 들어갔다. 그곳엔 도토리 깍지와 상수리 깍지가 수북이 쌓여 있었다. 그녀의 어머니가 묵을 하느라 속살을 빼고서 화목 대용으로 쓰기 위해 모아 놓았던 깍지 더미였다. 그녀의 어머니와 할머니가 만든 묵은 당시에 마을에서 제일가는 먹거리였다. 나 역시 어렸을 때부터, 그 묵 맛에 길들어 있었다.

우리는 헛간으로 들어가 도토리와 상수리 깍지를 성한 것으로 고르기 시작했다. 산에 흔하게 널린 도토리나무와 상수리나무엔 다닥다닥 붙어 있는 것이 도토리였고, 상수리였는데 우리에게 정작 필요했던 것은 묵을 하고나서 불쏘시개로 쓰였던 깍지들이다.

바로 그날, 우리는 그 깍지들을 챙겨 주워 담다가 그만 순간적으로 산더미처럼 쌓인 깍지 무덤 속으로 함몰되어 버렸다. 소영이가 미끄러져 넘어지는 바람에 나도 함께 넘어졌다. 헌데도 그녀는 당황하지 않고 오히려 생글거렸다. 그녀는 눈을 빛내면서 나를 꼭 끌어안았다. 그녀는 나보다 성숙했다. 그렇게 그날 우리의 유년이 헛간에서 각인되고 있었다.

나는 상념에서 벗어나 소영이를 바라본다. 그녀는 그제에서야 팥빙수를 작은 스푼으로 떠서 마시고 있다. 조그만 아이처럼 홀짝홀짝 팥빙수를 먹는다. 나는 떠나는 그녀를 바라보면서 마지막으로 던져 줄 알맞은 이야깃거리를 찾아야겠다고 생각한다. 속마음으로는 지금 이 순간 침묵하는 미지근한 상태보다 무언가 말을 하고 싶었다. 그러나 입이 열리지 않는다. 역시 그 사내 때문이다. 그래도 뭔가 떠나는 이를 위하여 말을 해야 한다고는 생각한다.

하지만 시시한 이야기를 해서는 안 될 것 같았다. 의미 있는 말을 하고 싶다. 여느 때 말하던 것 같은 소박한 말거리는 지금 알맞지 않다. 그렇다면 차라리 침묵해야 한다. 각기의 상념에 젖은 채, 이 자세로 그냥 있어야 한다. 그게 가벼운 이야기보다 몇 배나 나을 것 같다. 그렇다. 시시껄렁한 말보다 그 쪽이 차라리 났다. 나는 생각을 바꾼다. 영원을 쪼개 먹는 순간순간의 틈 사이에 끼어서 서로 맞바라보고만 있으면 된다.

여자 나이 스물아홉이면 이제 완숙 단계를 지난 여인이다. 아이를 둘쯤은 낳고도 남을 여인이다. 하지만 나는 그녀가 남자의 손을 타지 않아서 아직도 순결한 여자라고 단정해왔다. 하긴 이미 마음을 정한 사내가 있다면 그녀의 순결은 가식이다. 그래도 그녀 몸에서 풍기는 신선한 느낌의 체취는 유년 시절과 한결같다. 지금 그 체취가 홀 안에 그윽하다. 더구나 그녀는 아직도 유년의 그 순수한 눈빛을 간직하고 있지 않은가! 그래서 이 순간에도 나는 스물아홉의 그녀가 순결하다고 단정하기로 한다.

그러나 이제 정말 잠시 후엔 그 순결한 소영이가 떠난다. 스물아홉까지 기다렸던 남자에게 복수하기나 할 듯이, 그래서 그녀는 나에게 마지막에 아픈 추억을 남겨주려고 이렇게 계속 자기만의 체취를 쏟아내고 있지만 말이다. 나는 상념에서 벗어나려는 듯이 팥빙수가 담긴 유리그릇을 다시 든다. 팥빙수를 쭈욱 마신다. 좀 전보다 많이 녹았다. 시원하지 않다. 이제는 빙수라고 할 수 없을 만큼 미적지근하다.

"더 녹기 전에 한 수저 더 떠봐."

나는 무심한 표정으로 팥빙수를 소영이에게 권한다. 그녀는 팥빙수를 마실 생각을 하지 않고 있는 듯했었는데 나의 말에 마지못해 한 수저를 퍼 입에 넣는다. 그 팥빙수는 나의 것처럼 마찬가지로 녹았을 것이 분명하다. 그런데 그녀는 뜻밖에도 팥빙수 수저를 입술로 쪽쪽 빨아댄다. 그 모습이 섹시하다. 나는 그녀의 입술 위에 자신의 입술을 포개어본다. 그 옛날 유년 시절 그녀의 집 헛간 도토리 깍지 무덤에서처럼……

"이제는 떠날 시간이 되었네."

난 소영이의 말에 환상에서 문득 깨어난다. 그리고 지긋이 그녀를 응시한다. 그녀는 다시 엷은 미소를 짓는다. 그러나 그 미소가 여전히 잔인하게 느껴진다. 속상하다. 그녀는 아무렇지 않아 하며 미소 짓는데 나만 속상해 한다. 그 속상함이 나의 목덜미를 경련하게 한다.

가만히 생각해보니 지금 떠나는 자가 떠나보내려 하는 자보다 더 여유가 있다. 소영이에게 버려지기 때문에 나는 그럴 수밖에 없다고 생각한다. 떠나는 그녀는 사내를 획득하지만 떠나보내는 나 자신은 그녀를 상실하기 때문이다. 그렇게 생각하니 숨이 막힌다. 갑자기 휴게실 바깥에서 느꼈던 더위보다 아니, 조조할인의 극장 속에서 재미없었던 영화를 볼 때보다 더 막막하고 답답해진다.

그런데도 소영이는 나의 기분과는 상관없이 여전히 밝은 표정이다. 미소를 머금는 웃음덩이다. 다시 밉다. 그런 그녀가 또 밉다. 나는 계속 원망하는 눈빛으로 그녀를 바라보고 있는데도 내 기분과는 상관없이 그녀는 여전히 웃음덩이로 앉아 있으니 미울 수밖에 없다. 마음의 동요가 느껴지지 않는 사람 같다. 유년 시절부터 강렬했던 그 미소를 지속적으로 던질 수 있다니! 나는 시선을 탁자에 떨어뜨린다.

그 순간 또 치통이 온다. 아프다. 두 손으로 볼을 어루만진다. 나만 이렇게 마음도 몸도 아프다. 하지만 갈 시간이 되면 소영이는 의자에서 일어나 자기 사내에게 갈 것이다. 이가 아픈 아니, 슬픈 나를 놔두고 말이다. 이제 와서 나는 그녀를 많이 아주 많이 사랑한다는 걸 확인한다. 하지만 이미 늦었다. 역시 나는 다이어리가 불탔을 그때부터 이미 사내에게서 그녀에 대한 기득권을 완전히 잃은 셈이다.

"일어설까?"

나는 소영이에게 선수를 빼앗기지 않으려고 얼른 자리에서 일어선다. 이제 버스가 오면 어차피 그녀는 떠나야 한다. 나도 이곳을 얼른 나가야 한다. 그녀는 나의 말에 손목에 걸친 시계를 바라보면서 일어선다. 그녀가 갑자기 냉정해 보인다. 그러나 할 수 없다.

'좀 더 있다 가요. 외가에서 머물다가 내일 가도 돼요.'

이 한 마디쯤 그렇게 말해도 괜찮을 텐데……. 그녀를 오늘 처음 만났을 때부터 기대했던 말이다. 그러나 내가 일어서기를 바라기나 했던 것처럼 그녀는 오뚝 일어서더니 서둘러 밖으로 나간다. 끝내 그 말은 하지 않는다.

나도 얼른 소영이를 따라 나간다. 밖으로 나오니 역시 덥다. 게다가 습기 찬 바람이 우리를 질식이라도 시킬 것인 양 다시 밀려든다. 그녀가 오늘로 서울에 가려면 지금 떠나는 버스를 서둘러 타야 한다. 이 소읍에서 소영이가 지금 사는 서울로 가는 마지막 차는 이 차 말고 해 질 무렵에 떠나는 게 한 대가 더 있을 뿐이다. 어차피 그녀는 그때까지 머물지 않을 게 분명하다. 정류장은 휴게실에서 그리 멀지는 않다. 우리는 정류소 쪽으로 향한다. 이내 버스가 서 있는 정류장에 도착한다. 하지만 그녀는 곧바로 버스에 타지 않았다. 우뚝 멈춰 선다. 그러고는 이내 돌아서서 나를 빤히 바라본다. 긴장된다. 이별의 순간이 다가올수록 나는 기가 죽을 수밖에 없다.

"이거……. 그날 올 수 있었으면 해. 축하를 받고 싶어."

말을 잃고 있는 나에게 소영이가 입을 연다. 그리곤 사각봉투를 내민다. 전해질 메시지가 마침내 전해져 온 셈이다. 그녀는 담담한 표정이다. 미소를 거둔 담담한 표정이다. 나는 그녀의 얼굴을 뚫어지게 바라본다. 다시 사내에게 질투가 꿈틀거림을 느낀다.

다행히도 그때 버스가 시동을 걸고 있다. 소영이는 손을 내민다. 나는 그녀의 손을 잡는다. 예정된 이별이 현실화 되는 순간이다. 그녀의 손은 참 따뜻하다. 그녀가 버스에 가뿐하게 올라탄다. 그러고는 차창 쪽으로 고개를 돌려 나를 향해 다시 가늘게 웃는다. 손도 흔든다. 그게 신호인 양 버스는 출발한다. 악수를 한 내 손바닥엔 아직도 그녀의 체온이 그대로 남아 있는데 버스는 벌써 저만큼 간다.

나는 멀거니 서서 버스 동체 뒤꽁무니를 쳐다본다. 어느새 버스는 시야에서 멀어진다. 공허하다. 다시 치통이 온다. 이를 뽑아버리고 싶다. 이를 뺀 후, 텅 빈 입안의 공허를 맛보고 싶다. 많이 슬프다. 역시 조모를 선산에 안치하던 날의 생자와 사자의 이별보다 더 아픈 슬픔이 가슴 속까지 저며 온다. 그날은 사랑하는 조모와 이승과 저승을 사이에 두고 갈라졌던 순간이었다. 그 날 나는 많이 슬펐다. 하지만 아흔 살 수를 누리고 천명을 마치는 조모를 하늘로 보내드리면서 가슴은 평안했었다. 헌데 지금은……. 비가 내린다. 지금까지 참았던 하늘에서 비가 내린다. 나는 비를 피하지 않고 그냥 맞으면서 걷는다. 소영이가 전해 준 청첩장 봉투를 들고……. 그러면서 다짐을 한다. 오늘 방금 그녀와의 헤어짐처럼 아픈, 이승에서의 이별이 다시 있어서는 안 된다고……. 연습이라도 또 이런 이별을 되풀이하면 안 된다고 말이다.

내 아들의
통과의례

나는 아이를 향해 다시 간절히 빈다. 그러면서 언제쯤이면 이 고통에서 벗어나 밤
바람이 내 전신을 훑으며 포근하게 지나가는 순간을 즐길 수 있을까를 상상해본다.
그 밤바람이 그립다. 포근한 그 바람이 그립다.

오늘도 밤은 점점 깊어가고 있다. 째깍째깍……. 어느새 시침이 새벽 한 시를 향해 가고 있다. 지금은 모두가 잠들어야 하는 시각이다. 그러나 나와 아내는 잠을 청하기는커녕 가슴이 무너지고 있다. 아니, 와르르 허물어지고 있었다. 아내는 아까부터 훌쩍거린다. 하지만 나는 애써 눈물을 참는다. 다행히 아내의 눈물은 보이지 않는다. 어둠 때문이다. 아예 방에 불을 켜지 않았기 때문이다. 아이가 집을 나가면 밤이 되어도 아내는 불을 켜지 않는다. 자신의 슬픔을 안으로 감추기 위해서이다. 어둠으로나마 눈물을 가리게 하기 위해서이다. 가로등 불빛이 우윳빛 유리창을 투과해 들어오지만, 그 옅은 빛은 아내의 눈물을 드러낼 수는 없었다. 그나마 다행이다.

"얘는 지금 어디쯤 가 있을까요? 아, 우리 아인 이 순간에도 신나게 모터사이클을 즐기고 있을까요?"

아내는 금방이라도 실신할 듯한, 가녀린 모습으로 내게 몸을 기대면서 묻는다. 나는 아내의 상반신을 끌어안는다. 그게 그나마 내가할 수 있는 아내에 대한 작은 배려라 생각하며 아내의 몸과 마음을 지탱해주는 마지막 보루일 수밖에 없다는 듯이 아내를 끌어안는다.

"……"

하지만 나는 아내의 그 절규에는 침묵한다. 아내를 끌어안을 뿐이다. 그렇다. 대답할 수가 없다. 아내를 위로할 수도 없다. 대꾸할 말을 잃은 지는 오래다. 우린 아이의 가출에 대해 이미 많은 시간을 허물어진 가슴으로 묻고 대답하면서 대책을 무수히도 논의했다. 그러나 묘책은 없었다. 나의 가슴도 오래전 아내만큼이나 참담하게 무너져버렸다. 그러니 할 말이 없다.

아내가 내 품에서 다시 운다. 엉엉 울지는 않는다. 그냥 작은 흐느낌으로 운다. 아주 오래전에 마른 눈물이었는데도 오늘따라 더 서러움이 밀려오나 보다. 또 운다. 말랐던 눈물이 다시 샘솟나 보다. 가슴 무너지는 비통함이 아내의 행복감을 두 동강 낸 지는 벌써 오래전이다. 나올 만큼 나온 눈물샘인데 눈물이 다시 터져 나온다. 나는 아내의 우는 모습을 보며 자꾸만 무기력해진다.

이제 집 나이로 막 열아홉 살로 들어서는 아들이 십대의 마지막 삶을 주체하지 못하고 자기 삶을 향유한답시고 집을 나가기 시작한 것은 두 해 전부터였다. 그러나 아이가 어느 날 우리에게 선언하면서 집을 떠난 것은 아니었다. 갑자기 우리를 목부터 조인 것도 아니다. 여름밤에 편한 속옷 바람으로 자는 우리를, 전설에서 나오는 그 천 년 묵은 능구렁이가 휘감듯이 목을 조여 버리는 섬뜩함도 아니었다. 그냥 아이는 춘잠 누에가 뽕잎을 갉아 먹듯이 나와 아내의 가슴을 조금씩 야금야금 먹어버리는 수법으로 아이는 다가왔다. 그의 잠식은 우리에게 고통이고 절망이었다.

20년 전이었다. 바람이 몹시 불던 날이다. 가랑잎이 뜨락에 뒹굴던 가을밤, 내 아이는 우리 둘에게 별빛이 되어 희망으로 내려왔다. 아들은 나의 분신이었다. 그를 맞던 날, 그 아이에게만은 나의 눈물 겹도록 아린 상처와 외로움을 결코 전수하지 않으리라 다짐하고 또 다짐했었다. 내가 그랬던 것처럼 아들이 한겨울 추운 날, 서러움에 지쳐 눈밭을 헤매지 않게 하고 싶었다. 여름밤 수레바퀴 밑에 잠을 자면서 동가식서가숙하는 방랑을 하지 않게 하려고 했다.

나는 지금 청솔가지가 타는 매캐함에 두 콧구멍을 그을리면서 왕 방울처럼 큰 눈을 껌벅이며 살아왔던 그 고독한 유년의 덫에 갇힌 채, 여전히 내 아이가 돌아오길 기다리고 있다. 밖에서는 지금 바람 이 일기 시작하나 보다. 창문이 미세하게 덜컹거리는 걸 보니…….이따금 지나는 자동차 소리도 들린다. 우리는 지금 그 소리들에 섞 여 자박자박 걸어 돌아오는 내 아이의 그 발자욱 소리를 기다리고 있는 중이다. 기대할 수 없다는 것을 알면서도…….

땡-.

드디어 새벽 한 시를 알리고 있는 벽시계의 종소리가 내 청각을 후벼내며 파고들고 있다. 결혼 기념으로 받은 괘종시계였다. 20년 동안 내 곁에서 어김없이 나의 기상과 취침을 눈여겨봐 준 괘종시 계. 이제는 고물이 돼버렸지만 아직 시간은 정확했다. 째깍 째깍- 시계소리는 낭랑하다. 내가 대학 시절 함께 참여했던 서클 '어울림' 이 결혼을 기념해 마련해 준 벽시계다.

서른에 아내를 만난 나는 그 벽시계의 째깍거림 속에서 20년 전 그 어느 날 밤인가, 아내의 자궁 속에 내 아이를 잉태시켰다. 아이는 제 어머니의 자궁 속에서 생명의 씨앗으로 자리를 잡고 평온하게 자랐다. 아내는 처음부터 입덧조차도 하지 않았다. 그 곳은 평화로운 바다였다. 바람도 없었다. 아내의 자궁은 아이뿐만 아니라 내 유년의 외로움도, 한스러움도 다 포용해 준 평화로운 바다였다.

아내의 자궁 속은 먼 옛날, 내 어머니의 자궁 속에서 생명의 씨앗으로 내가 자라면서 유숙했던, 유영했던 때의 그리움이 남아 있다고 나는 그렇게 굳게 믿으며 아내를 누렸다. 그 무렵 본능적으로, 자궁에서 10개월을 살았던 그 회귀본능으로, 20년 전 그 어느 날 밤 아내의 자궁 속 그곳에 은밀하게 찾아들어 내가 떨어뜨린 씨알 하나가 지금 모터사이클을 즐기고 있는 내 아이다. 그러나 열아홉 살, 그는 왜 스무 살도 못 되어 내 품을 떠나려고 하는지 나는 아직 그 이유를 확실히 모른다. 그가 왜 모터사이클을 타고 거리를 내달리고 싶어 하는지를 나는 정확히 모른다. 그가 지금 나를 벗어나 질주하려고 몸부림치고 있는 사실만을 알 뿐이다. 그 상황이 현실임을 인지할 뿐이다. 지구를 떠나고 싶다고 한 말을 기억하고 있을 뿐이다. 원망스럽다.

"여보, 걔는 지금 어디서 뭘 하고 있을까요? 아, 걘 지금도 모터사이클을 타고 거리를 질주하고 있을까요?"

아내는 똑같은 말을 또 하면서 흐느적거리는 몸을 나에게 파묻는다. 나는 아내를 다시 보듬어 안는다. 아내의 여린 가슴은 호흡도 멈춘 듯이 고요하다. 체중도 전혀 느껴지지 않는다. 아이가 이미 오래 전에 자근자근 먹어 버린 그 만큼, 상대적으로 아내의 체중은 가볍다.

어둠 속이지만 아내는 나에게 아픈 시선을 던진다는 걸 안다. 아내가 가엾다. 나도 가엾다. 우리는 가여운 사람들이다. 그래서 나는 요즈음 아내의 그 아픈 시선을 온정으로 감싸 안는다. 피하려 하지 않는다. 그 시선에 묻혀 고통을 공유하려고 한다. 아이를 원상으로 회복하기 위해서는 더욱 아내와 공고하게 결속해야 한다고 생각하고 있기 때문이다.

아내의 눈동자가 초점을 잃은 지는 벌써 오래였다. 타들어 간 입술. 그의 광대뼈가 유난히 툭 삐져나와 있다. 나는 아내의 광대뼈를 손가락으로 어루만진다. 촉감이 딱딱하고 차다. 하느님은 그동안 나의 유년에서 아버지랑 어머니를 거둬가더니 이제는 내 아이까지 분리시키려 하고 있다. 나에게 두 번째로 상실의 아픔을 주고 있다.

그러나 나는 그를 원망할 수는 없다. 왜냐면 신의 존재 그리고 그의 무한한 힘은 나에게 불가항력이기 때문이다. 불가항력? 그렇다. 나는 그 하느님과 대결하기에는 정말 왜소하다. 초라하다. 그래서 나는 그 운명에 유년 시절부터 순종해 왔다. 지금도 그 하느님에게 내 아이를 돌려달라고 기도할 뿐이다.

"여보, 아이를 어서 찾으러 나가요. 아이는 지금 어디선가 밤바람에 떨고 있을 거예요."

아내는 또 모성애로 흐느낀다. 잠시 죽은 듯이 나를 바라보고 있던 아내가 다시 가늘게 흐느끼기 시작하고 있다. 잠깐 동안 말랐던 눈물이 신기하게 또 터져 나온다. 나도 지금 가슴으로 운다. 가슴속에서 뜨거운 울음이 복받쳐 오른다. 그러나 소용없는 일이다. 지금 아들을 찾으려 나가도 우리는 그를 만날 수 없다는 걸 잘 안다. 이 도시 곳곳을 샅샅이 헤쳐보아도 그 아이는 없을 것이 뻔하다. 아니 찾을 수가 없다. 어쩌면 아이는 아내 말대로 지금 깊은 밤을 가르며 어느 곧게 뚫린 가로수 길을 질주하고 있을 거니까. 모터사이클의 굉음을 내면서…….

"나는 떠나고 싶다."

아이는 틈이 있을 때마다 그렇게 외쳤다.

"이 텅 빈 지구를 나 혼자 지킬 힘이 없다."

아이는 제 어미와 애비의 품이, 그에게는 에덴동산이 아니라고 했다. 아, 나의 의식 속에서 문득 유년의 강이 흐른다. 그 건너편으로 소나무 숲이 보인다. 고향 마을 뒷산 소나무 숲. 울울창창하게 자란 소나무 숲을 헤치며, 때로는 산등성이에 올랐던 나는 청소년기 내내 바우고개의 노래를 십팔번으로 정하고 불렀다. 외로움을 달래기 위해 목청껏 바우고개의 '님'을 소리쳐 불렀다.

바위고개 언덕을 혼자 넘자니
옛님이 그리워 눈물 납니다
고개 위에 숨어서 기다리던 님
그리워 그리워 눈물 납니다

그때 언젠가 한 번은 나의 노랫소리에 놀란 산토끼가 내달린 적이 있었다. 고향 뒷산에는 산토끼가 유난히도 많았다. 그 짧은 앞발을 가진 잿빛 산토끼는 잘도 달렸다. 나는 공연한 짓인지를 빤히 알면서도 산토끼를 쫓았었다. 산토끼는 순식간에 눈앞에서 사라지고 말았다. 놓친 산토끼로 인한 허탈감이 내 가슴을 헤집었었다. 어차피 산토끼를 잡을 수는 없을 줄 알고는 있었다. 다만 그때 산토끼가 재빠르게 달아난 산등성이의 푸른 소나무 가지 사이로 햇살만 쏟아지고 있었을 뿐이었다. 푸른 하늘도 보였다. 두둥실 떠 있는 흰 구름도 보였다. 그 구름 속에 얹혀 있는 어머니의 모습도 보였다. 어차피 아버지는 나의 가슴속에 구체적으로 살고 있지 않았다. 아버지의 얼굴을 잘 모르기 때문에 떠올릴 수도 없었다. 두 장의 사진. 일본군 장교처럼 삭발한 젊은 청년 시절의 모습을 담은 사진은 나에게 전혀 생소했다. 나를 잉태하게 한 아버지로 실감할 수 없는 사진이다. 또 한 장의 사진. 갓 결혼한 어머니와 함께 첫돌인 나를 안고 찍은 다른 한 장의 사진. 그러나 역시 생소하기는 마찬가지였다. 아버지는 그렇게 사진 속에서만 나의 가슴 안에서 희미하게 살고 있을 뿐이었다. 어머니도 낯설기는 마찬가지였지만…….

"아무래도 안 되겠어요. 우리 아이를 더는 찬바람에 빠뜨릴 수는 없어요. 오늘 밤은 꼭 아이를 찾아서 데려와야겠어요."

아내가 내 옆에서 부스스 일어나고 있다. 금방이라도 자리에서 일어나야 한다는 의지를 보인다. 머리칼이 많이 헝클어져 있다. 아내의 모습이 혼란스럽다. 새댁 때의 단정한 모습이 떠오른다. 시집 올 때의 정갈한 모습은 아니다. 이미 무너진 지 오래다. 쇼핑을 하기 위해 외출을 하던 상큼한 모습의 아내는 더욱 아니다. 그건 순전히 아이 때문이다. 아이 때문에 팍 늙은 모습이 나를 향해 지금 허둥대고 있다.

"앉아요. 우선 집에서 기다립시다. 어차피 나가야 그 아일 찾을 수 없어. 어제도, 그제도 우리는 허탕을 치지 않았소."

나는 아내의 얼굴을 바라보며 다독인다. 그리고는 일어서는 아내를 주저앉힌다. 나 역시 참담한 심정이지만 그 참담함을 최소화해야 한다. 나도 아내와 함께 무너지면 안 된다. 나라도 아내를 붙잡아줘야 하기 때문이다. 창백한 아내의 얼굴이 더 창백해진다. 어둠 속이지만 나는 아내의 그 표정만은 읽을 수 있다. 내 아이는 지금도 저런 제 어머니에게서, 절망의 나락에 떨어져 있는 제 어머니에게서 무언가를 더 빼앗아 가려고 칼을 갈고 있을 것만 같다. 뿐만 아니다. 아버지인 나에게서도 또 무엇을 더 빼앗아 가려고 모략하고 있는 것이 분명하다. 무섭다. 세상 밖으로 튕겨져 나간 내 아이가 무섭다. 모터사이클이 무섭다.

우린 아이에게 좋은, 정말로 좋은 아빠이고 싶었다. 그러나 인연이 닿지 않는가보다. 악연으로 만난 사이인가 보다. 전생에 어떤 악연의 사슬에 묶여 있다가 이 이승에서 아들과 부모로 다시 만난 것인지도 모른다. 그러니까 아이는 우리를 늘 이렇게 남겨 두고 밤마다 허깨비에 쓰인 듯이 집을 나가고 있다. 하루 이틀이 아니다. 사흘씩 나흘씩 더러는 일주일씩 그는 우리 곁을 떠나고 있었다. 하지만 우리는 그때마다 결코 포기하지 않고 아이를 따라 나섰다. 철길이 깔린 유천동 쪽으로, 고속도로가 쭉 뻗기 시작하는 용전동 쪽으로, 더러는 시 외곽으로……. 온 도시 안팎을 헤집은 적이 한두 번이 아니다.

그랬다. 우리는 어젯밤에도, 그대로 무턱대고 기다릴 수가 없어 아이가 혹시라도 그 어느 곳에서인가 노숙하고 있을지도 모른다고 생각하며 그를 찾아 나섰었다. 아내와 나는 누가 볼세라 빠른 동작으로 칠흑 같은 밤, 그 어둠 속으로 잠입했다. 그때 철길을 타고 달리는 호남선 열차가 가쁜 숨을 쉬고 있었다. 덜커덩 덜커덩—. 밤에 달리는 열차는 늘 요란했다. 그 열차 소리를 들으며 나는 아내와 철길 옆으로 한창 공사 중인 고층 아파트, 그 어디쯤에서 아이가 노숙할지도 모른다고 상상하며 헤맸다.

얼마 전까지만 해도 아이는 이런 곳에서 무리를 지어 곧잘 노숙하곤 했었다. 무리 속에는 언제나 계집아이들도 있었다. 나는 아내와 함께 여기저기를 조심조심 두리번거렸다. 거푸집이 쌓인 후미진 곳을 뒤졌었다. 창호를 만들기 위해 싸놓은 알루미늄 새시 더미의 밑도 뒤졌다. 서넛이 군을 지어, 그렇지 않으면 혹시라도 계집아이와 짝을 이루며 웅크리고 앉아 있을 것을 예상하며 찾아 헤맸다. 그때였다. 강한 불빛, 서치라이트처럼 강한 불빛이 우리 머리 위를 뿌려졌다. 그게 바로 어젯밤 일이다.

"거 누구요? 나가요. 나가."

경비원의 목소리는 거칠었다. 호루라기 소리도 들렸다. 아내와 나는 기겁을 했다. 내 아이는 없고, 아파트 공사 경비원만이 우리를 쫓아오고 있었다. 뿌웅 뿌웅—. 그때 호남선 열차가 또 달리고 있었다. 목포로 가는 밤 열차다. 아니면 광주를 거쳐 여수 엑스포까지 가는 열차리라. 경비원의 목소리와 호루라기 소리를 한꺼번에 삼키면서 열차는 그렇게 밤을 가르며 달리고 있었다.

모터사이클을 갖게 된 이후로 종잡을 수 없는 아이인데도 그 흔적을 추적하느라 어젯밤처럼 나와 아내는 그렇게 애가 탈 뿐이었다. 모터사이클을 사준 것이 잘못이었다. 모터사이클을 사주면 제 자리로 돌아오겠다는 아이의 말을 철석같이 믿은 것이 실수였다. 모터사이클을 장만하기 전까지는, 그래도 아이는 도시 안에 있을 때가 많았다. 그러나 지금은 아니다. 종적을 찾을 수가 없다. 늘 행방이 묘연하다.

"얘는 어디 갔을까요? 여기에도 없으니. 아, 결국 오늘도 얘는 역시 모터사이클을 타고 어딘가를 달리고 있는 것이 확실하군요."
아내는 어젯밤 경비원에 쫓기면서도, 쌓아놓은 거푸집 틈에 걸려 비틀거리면서도 녹음해 미리 담아 놓은 듯이 그 말을 또 중얼거렸었다. 쓰러질듯 아슬아슬한 걸음걸이를 하면서 말이다. 아내의 가슴속에는 요즈음 모터사이클을 탄 아들의 실체만 들어있다. 그러나 언제나 그랬듯이 어젯밤도 역시 절규하듯 외치는 아내의 뼈를 깎는 듯한 목소리는, 나의 귓가에 정확하게 전달되기도 전에, 이 거대한 도시의 밤의 적막 속에서 삐삐 거리는 열차의 덜커덩거림 속으로, 아니 현란한 불빛 속으로 빨려 들어가고 있을 뿐이었다.
결국 어젯밤에도 아내와 나는 아이를 찾지 못하고 지친 채로 집으로 돌아올 수밖에 없었다. 깊은 밤인데도 끊임없이 달리는 자동차 행렬. 그 불빛, 불빛, 불빛─. 군데군데 서 있는 첨탑 위에서 반짝이는 십자가에서 빛을 발하는 네온사인……. 그 중에서도 십자가는 구원을 청한 사람들에게 밤새도록 구원의 불빛을 뿌리고 있는지 모르지만 나와 아내에게는 구원이 아니었다. 나와 아내는 길길이 높은 빌딩 숲들이 뿜어내는 불빛과 가로등에서 명멸하는 그 불빛들 그리고 교회의 첨탑 꼭대기 십자가에서 뿌려지는 네온사인 불빛을 바라보며 울고 있을 수밖에 없기 때문이다. 그렇다. 현란한 도시의 밤은 아내의 울음과 내 서러움을 그냥 차갑게 삼키고 있을 뿐이었다. 결코 십자가의 첨탑까지도 우리 부부에게 구원은 아니었다.

이럴 때에는 차라리 밤하늘에 별이나 초롱초롱 빛나면 좋으련만……. 나는 하늘만을 원망했다. 그 옛날, 유년 시절에 바라보던 그 별빛은 요즈음 어디로 사라졌을까? 하고 생각하면 할수록 참 아쉬웠다. 나는 어젯밤 도시의 야경에 빛바랜 하늘을 바라보면서 그렇게 무기력해져 있었다. 별이 뜨문뜨문 몇 개 희미한 채로 비추는 하늘을 바라보면서……. 아이를 찾아 달라고 빌기에는 너무 엷은 별빛이었다. 그 희미한 별들에게 희망을 걸 수는 없었다. 절망이었다. 20년 전, 아이는 나에게 그리고 아내에게 빛나는 별이었는데……. 저렇게 빛이 바랜 별이 아닌, 일등성이 되어 나에게 기쁨으로 다가왔었는데…….

아내는 입덧이 없던 것과는 달리 출산의 진통은 컸다 하지만 그 진통과는 상관없이 여전히 아이는 우리에게 찬란한 별이었다. 아이를 출산하던 날, 열세 시간의 진통 속에 축 늘어진 아내, 그 아내는 중간중간마다 언제 진통이 있었느냐는 듯이 말간 미소를 머금으며 나의 손을 다정하게 잡기도 했었다.

"됐어. 괜찮아. 조금만 힘을 내."

장모님이 출산을 돕기 위해 곁에 와 있었지만, 그래서 조금은 안심이 됐지만 무슨 말을 더 해야 산통을 겪는 아내에게 위로가 될 수 있는지를 나는 모르기 때문에 같은 말만 반복했다. 그렇게 중얼거리며 아내와 함께 끙끙대며 땀을 흘릴 수밖에 없었다. 아내의 두 손을 붙들고는 나는 애타는 마음으로 아내를 향해 내내 배냇 웃음을 던져줄 수밖에 없었다. 그런 나의 모습을 바라보며 신기하게도 이따금 아내는 편안해했었지.

그날, 갓 태어난 내 아이는 우리에게 분명히 별이었다. 흡족한 웃음을 지으며 아이를 바라보던 아내는 산고에서 벗어나면서 곧 깊은 수면의 수렁 속으로 떨어졌었지. 나는 그 아내의 모습을 바라보며 씨익 웃었다.

그 이후에도 버릇처럼 아니, 내 영혼의 안식을 위해 나는 아내의 자궁 속으로 자주 들어갔다. 분명 정욕만은 아니었다. 나는 지금 잠깐, 아주 잠깐 감미로웠던 그날의 회상의 늪에 빠진다. 그 당시에 우리는 정말 아이를 하나 갖고 싶었고 마침내 소원성취를 한 것이었다. 아이는 우리 부부에게 무녀독남이다. 마침내 사진 속의 제 조부를 꼭 빼다 박은 아이를 하나 갖게 된 것이다. 그래 맞아. 아이 출생 이후에도 나는 감미롭게 아내의 자궁 속의 미로를 헤맸었지. 그때마다 아내는 늘 편안해 했고……. 그랬다. 아내도 내 두 손을 꼭 잡으며 흡족해했다.

"난 당신을 통해 세상을 소유했어."

"그래요. 그건 저도 마찬가지예요."

"여보 고마워. 드디어 우리는 아이를 가지게 된 거야. 이 아이는 우리의 희망, 우리의 별, 우리의 꿈으로 다가온 거야. 우리의 아이를 위해서 축배를 들자고."

나는 기쁨에 찬 눈빛으로 아이를 낳아준 아내를 바라보면서 그녀의 얼굴을 쓰다듬곤 했었다. 아내의 머리칼 하나하나를 세며 어루만지며 고마워했다. 그럴 때면 아내의 따뜻한 체온이 내 영혼 속으로 파고들었다. 우리의 사랑은 그냥 가슴을 뛰게 하는 희열 그 자체였다.

"맞아요. 이 아인 우리의 기쁨이 될 거예요."

아내는 나의 애무에 더욱 흡족해 했었다. 아내는 그런 여자였다. 순수하고 맑았다. 나는 그녀에게서 그걸 최고의 가치로 생각했다. 아내의 수줍게 웃는 미소가 나를 반하게 했고 기쁨에 들뜨게 했었다. 그래서 나는 그녀를 아내로 선택했다. 난 내 선택을 최상의 것으로 삼았다. 선택이 아니라 운명이라고까지 생각했다. 유년 시절은 물론 청소년기에도 사랑에 가난했던 나였다. 사랑에 갈증을 느꼈던 나였다. 그에 비하여 풍성한 품성을 지니고 있는 아내는 나에게 분에 넘치는 여자였다.

나는 부모에게서 받을 사랑의 그릇이 채워지지 않았던 유년 시절을 보냈기 때문에 성장 이후에도 빈 가슴으로 늘 갈증을 느꼈던 것은 사실이었다. 상실감만 느꼈었다. 그런 나에게 아내는 어느 날 운명처럼 연인으로 다가왔다. 포근한 미소를 던지며 다가왔다. 넉넉한 그녀의 몸짓. 그녀는 양친 부모의 사랑에 멱을 감으며 성장했다. 8남매나 되는 형제자매 속에서 셋째 딸로 태어나 함께 어울려 살며 내내 우애를 넉넉하게 나눌 수 있었던 여자였다. 아내는 정말 나에게 분에 넘치는 사람이었다. 그런 아내에게 나는 흡족해 하면서도 한편으로는 시샘을 했다. 아내에게 위화감을 느꼈었다. 아니, 그녀를 부러워했었다.

그 아내의 몸을 빌려 태어난 나의 분신, 그 아들은 분명 나에게 희망의 별이었다. 여름에만 나타나는 궁수자리에서 빛나는 별이 아니다. 그렇다고 봄에만 나타나는 사자자리도 아닌, 사철 빛나는 별이다. 일 년 내내 빛을 발하는 큰곰자리의 북두칠성쯤이라고 해야 한다. 그보다 차라리 한 자리에 붙박여 나에게 유년의 꿈과 희망을 주었던 작은곰자리의 북극성이다.

나에게 북극성은 유년 시절 희망이었다. 그때 내 옆에는 언제나 조모가 있었다. 연민의 시선을 나에게 던졌던 나의 조모, 갑작스럽게 아들을 잃은 조모는 당시 얼마만큼이나 큰 서러움을 가슴에 묻고 사신 것일까를 모르며 나는 철없이 성장했다. 조모의 사랑이 너무 커 처음에는 어머니의 빈자리를 느끼지 않아도 되었다. 그래서 나는 조모의 그 마음을 헤아리지 못한 채 여름밤이면 삶은 옥수수자루로 하모니카나 불면서, 가을이면 홍시를 따 먹으면서 성장했다. 그때마다 쏟아지던 별들이 있었다. 사립문 옆에 선 감나무 가지 사이로 보이던 그 별들은 올망졸망 열렸던 풋감 사이로 그 감들과 함께 가지마다 다닥다닥 열렸었다. 나는 열심히 장대를 휘두르면서 그 별들을 땄다. 밤마다 쏟아지는 별들을 가슴에 묻으면서도 나는 또 장대를 휘둘러 별들을 열심히 땄다. 별을 처음 따기 시작했던 날, 조모의 심정을 파악하지도 못한 채 나는 뚱딴지처럼 물었다.

"할머니, 아빠별은 어디쯤 떠 있어요?"

그 후로도 조모의 마음을 헤아릴 수 없었던 나는 아빠별을 열심히 찾았고, 그때마다 할머니의 가슴은 수천 길의 낭떠러지로 추락하고 있었다. 하지만 난 그저 아버지별만 따내고 싶었을 뿐이었다. 장대를 휘둘렀을 뿐이었다. 조모의 한이 또 다른 원한을 만들고 있었다는 걸 나는 조금 더 성장 후에 알았다.

"자식을 버리고 간 못된 년. 독한 년. 어휴, 못된 것……."

"……."

조모는 철이 없어 알아듣지도 못하는 말로 나의 어머니에게는 저주를 퍼부었지만 한편으론 나를 늘 눈물로 감싸 안았다. 그래서인지 조모의 품은 언제나 포근하고 따뜻했다. 아니다. 할머니의 품은 깊은 연못의 잔잔함이었고 고요였다. 아내의 자궁과는 또 다른……. 아주 다른……. 그러니까 유년 시절 그나마 내가 우리 집 감나무 밑에 서서 별을 바라볼 수 있는 것은, 별을 딸 수 있었던 것은 순전히 유년을 지켜 준 할머니의 덕이었다. 착한 아내를 만날 수 있었던 것도 어쩌면 조모의 기도 때문이었다.

"넌 이다음에 커서 마음이 예쁜 각시를 얻는 거여. 그려. 맞어. 매정한 네 어미 같은 그런 각시가 아녀."

그러나 당시에 나는 전혀 조모의 속마음까지 헤아릴 줄은 몰랐다. 나는 그 무렵에 그 조모의 말뜻을 알기에는 너무나 어린 나이였다. 그런데도 할머니는 나의 가슴에 자꾸자꾸 못을 박고 있었다.

"넌 말여. 너처럼 착한 아들을 낳아 고이 키워야 하는구먼."

조모는 언제나 울고 있었다. 하지만 나는 철없이 웃고 있었다. 그런 날 밤에도 조모와 나에게 별들은 쏟아지고 있었다. 밤이 이슥해

이슬이 온몸을 축축하게 할 때까지 쏟아지는 별들을 먹으며, 그렇게 밤을 보내고 있었다. 소리 없이 흐르는 조모의 눈물 속에 철없이 웃던 나의 웃음이 별들과 함께 더불어 살고 있었다. 그랬다. 나는 당시 조모의의 눈물의 무게를 알 수 없는 채로 그냥 철없이 웃었을 뿐이었다.

"나의 몸이 흙이 되고, 넋은 무주 구천을 떠돌더라도 이 할민 네가 착한 계집을 만나 너같이 어여쁜 아들을 낳고 사는 걸 지켜볼 거여."

조모의 말씀이 왜 하필 이 순간 나의 심장을 비수가 되어 파고들고 있는가! 내 아이는 제 증조모님의 기대에 부합하기 위해서라도 착해야 했다. 모터사이클을 버리고 집으로 돌아와야 한다. 저승에서 조모는 이승에 있는 나를 위해 지금도 그렇게 기원하고 있을 것이다. 그런 뜻에서라도 조모에게 나는 아들이 돌아오게 해달라고 기도를 간절히 드려야겠다. 아이는 아직도 나에게 유일한 소망일 수밖에 없다고 조모께 말씀드리면서 내 아이를 붙들어 달라고 기도를 드려야 한다.

부르릉 부르릉. 윙윙. 부르릉 부르릉-.

갑자기 대문 앞으로 모터사이클이 굉음을 내며 달리는 소리가 들린다. 질주하는 모터사이클의 소리가 갑자기 순해진다. 모터사이클이 멈추었나보다. 순간 나는 긴장한다. 하지만 집 앞대문 옆으로 이내 지나가 버린다. 곧바로 소리가 잠잠해지는 걸 보면……. 내 아이가 탄 모터사이클이 아님이 분명하다. 하긴 이 시간에 이 좁은 골목길을 누빌 아이가 아니다. 그렇다면 조금 전 그 모터사이클은 신문 배달원이었을지도 모른다. 내일 아침 소식을 전해 줄 배달원일지도 모른다. 그렇지 않으면 청소미화원 아저씨의 사륜 오토바이 일수도 있다.

이 이른 새벽, 아니 새벽이라기보다 아직은 깊고 깊은 밤이지만 이 거리를 누빌 사람들은 그들밖에 없다. 모두 잠들어 있으니까. 하긴 나도 아내도 잠들어 있어야 할 시간이다. 편안한 침대 위에서 서로의 따뜻한 체취와 온기를 느끼며, 서로의 내밀한 공간을 탐하며 사랑을 나누어야 하는 시간이다. 아니면 내일의 활동을 생각하며, 그 내일을 위해 뜰 태양을 꿈꾸며 우리는 모두 수면에 취해 있어야 했다. 그러나 나와 아내는 지금 깨어 있다. 잠을 이룰 수 없는 아이에 대한 번민으로 이 밤을 지새울 수밖에 없는 것이다.

'아아, 지금 아이는 개조된 변형 모터사이클을 타고 어디쯤을 달리고 있는 거냐?'

나는 다시 절망한다. 아들이 밉다. 총알같이 달리는 모터사이클, 생명을 담보로 하며 달리는 내 아이, 그는 어디에서 출발해 어디를 목표로 정해 달리는 걸까? 참 야속하다. 모터사이클을 사 준 내가 경솔했다. 제자리로 돌아온다는 말을 믿고 사준, 모터사이클을 타고 질주하고 있을 내 아이가 지금 나와 아내를 이렇게 잠 못 이루게 하지 않는가! 역시 모터사이클을 사준 내가 큰 실수를 한 것이다.

나의 살점이 떨어져 나간다. 아프다. 그런데도 내 아이는 여전히 스릴만 즐기면 된다. 부모의 아픔과는 상관없다. 어디에서인가 또 누군가에게 내내 'Good-bye'를 고하며 내달릴 것이다. 어쩌면 지금 제 또래의 사내아이들과 뒷좌석에 그에 걸맞은 계집애들과 철없이 희희낙락하며 이 현실적으로 무서운 19세로서의 삶을 통과의례로 향유할 것이다. 아이는 헤어오일을 찐득찐득 바른 채로 이 밤의 어둠이 지나가는 것을 아쉬워할지도 모른다.

올 컬러 헤어스타일로 이제는 끝내도 좋을 사춘기를 이어가면서 스릴을 즐기는 삶을 조명하고 있을 수도 있을 내 아이, 그리고 그와 함께 하는 내 아이의 친구들……. 그들은 20년 후에, 30년 후에 자기들의 지나온 삶의 궤적을 어떻게 추억할까? 나는 그게 궁금해진다. 이렇게 처참한 상태인데도 문득 그게 궁금해진다. 어이가 없다. 하지만 나는 그들의 모습이 언뜻언뜻 내 시야에 나타날 때마다 그들의 장래를 염려하면서 절망으로 무너져 내렸었던 것도 사실이었다.

'얘야, 이제 더는 무너져 내릴 수도 없는 애비의 가슴이란다. 그리고 그보다 더 참담한 네 어미의 가슴팍이란다. 이 밤에 돌아오렴.'

나는 아이를 향해 다시 간절히 빈다. 그러면서 언제쯤이면 이 고통에서 벗어나 밤바람이 내 전신을 핥으며 포근하게 지나가는 순간을 즐길 수 있을까를 상상해본다. 그 밤바람이 그립다. 포근한 그 바람이 그립다. 아내를 신부로 맞이했던 그 날 밤의 달콤한 바람처럼, 안온한 그 밤바람이 그립다.

"여보, 이 밤도 결국 지나가고 있군요."

한동안 죽은 듯이 침묵하던 아내가 입을 열며 내 손을 꼭 잡으며 몸을 의탁한다.

"그래, 맞아. 이 밤이 또 하얗게 지나고 나면 새날이 올 텐데……."

나도 넋두리를 하듯 중얼거리며 아내를 껴안는다.

"하지만 우리에게는 여전히 새날이 보이지 않잖아요. 여보, 어쩌죠?"

아내는 나의 손을 잡는다. 생각보다 아내의 손이 따뜻하다. 아내가 다시 울고 있다. 나는 아내와 내가 어떤 인연으로 이 별에서 만나 이승에서의 삶을 이렇게 어렵게 보내고 있는 걸까를 생각한다. 좋은 인연이라 믿었는데……. 현명한 선택이라고 믿었는데……. 나는 아내의 눈물을 쓸어내린다. 눈물이 질척거린다.

"울지마. 울어도 소용없는 걸 어쩌겠니."

그렇게 말했던 나 역시도 운다. 좔좔 눈물을 쏟는다. 오래 동안 참았던 눈물이다.

Good-bye……, Good-bye?

그가 자신의 몸에 새긴 문신이다. 지구를 떠나고 싶다던 아이가 자신의 왼쪽 허벅지에 퍼렇게 새긴 문신이다. 아찔하다. 나는 그날 정말로 나의 눈을 의심했다. Good-bye라니? 눈을 다시 씻고 봐도 그의 허벅다리에는 'Good-bye'였다. 영문으로 새긴 자기 나름대로 이니셜이다.

아들은 집에 돌아오기만 하면 아무런 거리낌 없이 습관처럼 윗도리를 벗는다. 바지도 훌렁훌렁 벗는다. 그러고는 욕실로 간다. 그때마다 물소리가 요란하다. 문질러도 벗겨질 리 없는 문신을 그는 박박 문지르나 보다. 무엇과 결별하며 Good-bye 하고 싶다는 걸까? 사흘 만에 아니, 나흘 만에 그리고 더러는 일주일 만에 돌아온 나의 아이, 나는 이별을 원하는, 지구를 떠나고 싶어 하는 아들이 욕실에서 샤워하는 소리를 그냥 들을 수밖에 없었다.

그럴 때는 역시 문득문득 조모님이 또 보고 싶어진다. 나를 연민의 시선으로 바라보며 양육해 준 조모님이 그리워진다. 조모님 밖에 없다. 이런 때 조모가 생존해 계셨다면 위로가 되었을 텐데……. 조모가 많이 그립다. 나는 나의 어머니와 동일시 되는 조모를, 하늘나라에 가 있는 조모를 향해 '할머니-' 하고 불러 본다. 비 오는 날, 치맛자락 질질 끌며 고추 모, 들깨 모를 옮겨 심느라 옷이 젖는 줄도 모르던 조모. 그 치마꼬리 질질 붙잡으며 따라다녔던 유년이 그립다. 가난한 추억이지만 그때가 그립다. 외롭긴 했었지만 지금처럼 참담하지는 않았었다. 불같은 성품을 지녔던 조모였지만 나를 위해서는 늘 눈물을 뿌려 주었던 분이었다.

나는 무너진 가슴을 어떻게 해야 다시 복원할 수 있을 것인가를 골똘히 생각하며 지금 가슴 속으로 계속 '할머니-' 하고 부른다. 하지만 그런 내 의식 속에 조모는 없고 내 아이만 현존할 뿐이다. 그 아들이 아직도 목욕탕 속에서 샤워를 한다. 문신을 박박 문지른다.

얼마 만에 아이가 샤워를 끝냈는지 그 험한 허벅지 살을 드러내며 안방으로 들어온다. 나는 눈을 꼭 감는다. 그의 허벅지로부터 피할 수만 있으며 피하고 싶다. 그러나 나는 Good-bye라는 문신을 다시 바라볼 수 밖에 없다.

'아들은 누구에게 작별을 고하고 정말 지구 밖으로 떠나고 싶다는 것일까?'

아무래도 나는 그게 궁금하다. Good-bye. 그래. 아이는 나와 아내로부터 결별을 원하고 있다는 거구나. 나는 살그머니 눈을 뜬다. 내 아이가 웃고 있다. 흰 이를 드러내며 웃고 있는 웃음이 무섭다.

그의 웃음이 나를 섬뜩하게 한다. 얌전히 내 품 안에서 성장한다 해도 어차피 언젠가 때가 되면 제 짝을 찾아 내 품에서 벗어날 텐데……. 그런데 아이는 왜 이렇게 무모한 무한질주를 하면서 서두르는지, 철없이 헛발질을 해대는지 모르겠다. 하지만 난 여전히 지금도 그런 아이에게 암탉이 되고 싶다. 오래오래 내 아이를 품에 품는 암탉이 되고 싶다. 지금 이 순간도 변함이 없는 마음이다. 아들은 지금도 여전히 희망의 별이다.

돌이켜보면 부친을 잃은 그 날부터, 나의 유년은 일시에 상실된 셈이었다. 내 앞날에 비전이 보이지를 않았다. 유년 시절의 내 앞날은 고향 집 마당에서 바라보던 앞산만큼이나 꽉 막히고 답답했다. 어머니가 내 곁을 떠나기 전까지는 그런대로 나는 현상을 유지하고 있었다. 어느 날 갑자기 어머니까지 내 곁을 떠나고 집안에 나만 홀로 덩그러니 남아 있으면서부터가 문제였다. 그때 어린 나는 마을을 꽉 가로막고 있는 앞산처럼 답답해했었고, 날마다 뛰놀던 고샅길도 내 길이 아니었다. 그러한 나를 거둔 것은 조모였다.

조모님 말씀에 의하면 선친은 측량 기사였다. 만주까지 가서 측량일을 하고 온 전력이 있는 아버지는 해방되고 한국 전쟁이 일어나기 직전인 어느 날 거짓말처럼 순직했다. 조모로서는 하루아침에 당한 비보였다. 농지를 수리안전답으로 바꾸기 위한 대공사를 하다가 과로로 쓰러진 아버지였다. 업무 수행을 위한 과업은 한 사람의 삶을 짓뭉갰지만 그 덕분에 농토는, 아버지가 하늘나라로 간 그 자리는 옥답이 되었을 것이다. 그러나 수리안전답으로 바꾸는 대역사는 수레, 아버지는 그 수레바퀴에 깔린 푸슬푸슬 한 희생물이었다. 선친은 단단하지 못해서 수레의 무게를 견디지 못하고 부서져 버린 분진이 된 채로 그렇게 순직했다.

그때부터 아버지 없는 나의 삶은, 그 고향의 하늘은 내게 꿈과 희망을 줄 수가 없었다. 내가 만 두 살 때였다고 한다. 게다가 그 후, 4년이 지난 어느 날 홀연히 떠난 어머니는 나의 유년을 아주 가난하게 했다. 그래서 그 유년을 가난하게 살던 나는 사춘기를 아예 뒷동산 소나무 숲에 묻어야 했다. 바우고개 노래를 슬프게 부르고 또 불러야 했다. 목청껏 외쳐대다가, 외쳐대다가 마침내 목이 쉬어 버려야 했다.

그러니까 바우고개의 '님'이 내게는 그리움이었다. 내게는 나의 아버지였다. 간혹은 어머니였다. 노랫말이 지시해 주는 다른 상징성은 없었다. 굳이 상징성이라면 그냥 막연한 그리움이었다. 그 그리움은 늘 나의 입을 다물게 했다. 누구와 있어도 나는 입을 다물었다. 웃음도 잃었다. 희망도 잃었다. 그런 채 마을 앞으로 흘러가는 시냇물만 바라봐야 했다. 그냥 바우고개 노래를 목청껏 부를 수밖에 없었다. 당시 산골짜기에서부터 흘러내려 오는 시냇물은 나의 그리움과 절박한 노래를 함께 싣고는 그냥 멀리멀리 금강으로 흘러갔을 뿐이다.

"여보, 아무래도 안 되겠어요. 어떡하죠? 아, 이 밤도 이렇게 앉아만 있어야 해요?"

나는 아내의 그 말에 다시 깜짝 놀라며 유년의 늪에서 허우적거리며 빠져 나온다. 이제 시간은 어느새 새벽 4시를 넘어가고 있었다. 머지않아 동이 튼다. 그러면 언제나 그랬던 것처럼 이 세상 모든 이들에게 희망을 주는 일출이 시작될 것이 분명하다.

아이가 제 어머니를 향해 '어머니, 내 걱정은 하지 마. 잠깐 다녀올 테니까. 내 삶을 내가 즐기는 것뿐이니까. 하하하.' 그렇게 결별을 고하고 나간 후, 닷새 만에 집에 들렀던 것이 사흘 전이었다. 그게 마지막이었다. 아이가 집으로 들어오면 그때마다 반가워 허겁지겁하는 것은 늘 아내였었지.

"얼마나 추웠니? 밥은 제대로 먹은 거야?"

그날도 아내는 실성한 듯이 아이에게 다가갔다. 무서운 모성애였다. 아들이 그렇게 된 것은 다 자기 책임이라고 생각하는 아내였다. 그러나 제 어미의 말에 아이는 대꾸도 하지 않았다. 날카롭게 웃을 뿐이다. 그럴 때 나는 아이가 또 무섭다. 아이의 웃음은 우리를 늘 그렇게 무섭게 했다. 밖에 나가 무슨 험한 짓을 했을 지도 모르는 위험한 19세의 그 험악한 웃음이 무섭다. 험악한 웃음? 청순하고 싱그러워야 할 청소년인 아들의 웃음이 늘 날카로운 비수가 되어 우리 가슴에 꽂힐 뿐이었다.

집에 들어오면 그는 그때마다 언제나 그랬듯이 버릇처럼 옷을 벗었다. 사흘 전 그날도 들어오자마자 우선 옷부터 벗었다. 어디서 며칠이고 그냥 뒹굴어 버린 아들의 옷에서 알 수 없는 역겨운 냄새가 코를 찌르는 것을 자신도 아나 보다. 그래서인지 집에만 들어오면 먼저 옷을 벗는다. 허물을 벗듯이 옷을 벗는다. 그래도 제가 성장한 제집이 제 허물을 벗어놓을 유일한 곳이란 듯이 옷을 벗는다. 나는 그때마다 시선을 돌려야 한다. 또 그의 맨살을 봐야 하기 때문이다. Good-bye. 그 문신을 또 봐야 하기 때문이다.

나도 아이처럼 어린 시절 문신을 했었다. 그때 나는 그리움을 내 왼손에 썼다. '어머니'라고 검정색 잉크를 연필에 묻혀 왼팔에 썼다. 쓰고 지우고 다시 썼다. 그때마다 어머니의 모습이 다가들었다. 역시 얼굴을 잘 기억할 수 없는 아버지보다 어머니의 실체가 나의 의식 속에서는 뚜렷했다. 연필 끝에 검정색 잉크를 묻혀 쓴 '어머니'를 할머니에게 들킬까봐 덧옷으로 가리고 또 가리며 혼자 있을 때마다 훔쳐보았다. 그때마다 어머니는 내게 그리움으로 다가들었다. 며칠이 지나면 지워지기에 다시 써야 할 문신이지만 나는 쓰고 또 썼다.

그 문신을 할머니에게 한 번도 들킨 적은 없었지만 할머니가 그때 그 문신을 보았다면 어떤 노여움을 내게 표현했을지도 모른다. 며느리에 대한 증오의 화살을 내게 쏘았을 것이다. 나는 고개를 흔든다. 닷새 전, 그때도 아이는 욕실에서 나오면서 도전하듯이 외쳤었지. 그 아들의 얼굴이 지금 이 순간 나에게 확 대든다.

"나는 이제부터 용이 되어 아버지가 늘 그리워하는 할아버지가 계신 하늘로까지 비상하겠어요. 날 말리려고 하지는 말아요. 나는 내 길을 갑니다. 이 모터사이클이 나의 비상을 도와 줄 거예요."

나는 용이 되어 하늘까지 비상하겠다는 아이에게, 그러나 아직도 그가 우리에게 희망의 별이기를 결코 포기할 수 없는 나의 아들에게 무너진 가슴으로 안타까운 시선을 던질 수밖에 없었다. 오랜만에 들어보는 그의 목소리였다. 그러나 그 순간 나는 또 놀래야 했다. 티

셔츠를 벗은 그의 상반신. 정말이었다. 아이의 등 뒤에는 그의 말대로 정말 용이 승천하고 있었다. 그는 일주일을 방황하다 돌아온 선물로, 비상하는 한 마리의 용이 되어 하늘로 비상하려고 하는 그림을 우리에게 선물하고 있었다. 전보다 세 배, 아니 다섯 배쯤 더 섬뜩했다.

나는 길게 한숨을 쉬었다. 그러나 아이는 나를 전혀 거들떠보지도 않으며 유유히 욕실로 걸어갔다. 욕실 문이 열렸다가 탕 닫혔었다. 그는 어디까지 추락해야 끝을 보겠다는 것인지 모르겠다. 나는 시궁창으로 낙하하는 끝자락을 잡고 그가 가는 마지막을 기다려야 한다는 건가! 그럴 수밖에 없다. 밑바닥을 친 그때서야 반전할 수 있는 방법이 모색될 것이기 때문이다.

지금은 역시 내 힘으로는 아들을 제어할 수 없다. 그러니 나는 내 아이의 등에서 용이 비상하는 대로 하늘로 따라 올라갈 수밖에 없다. 하늘로……. 하늘만 생각하면 눈물이 난다. 내 아버지가 일찍이 생을 마감하고 돌아간 그 하늘나라, 또 할머니가 가 있는 그 슬픔이 배인 하늘나라, 그렇다면 아이를 따라 함께 나도 용이 되어 비상을 해야 한다. 아버지를 만나러……. 할머니를 만나러…….

나는 그날, 아이가 그렇게 샤워를 하고 횡하니 집을 나가버렸던 사흘 전 그날, 남쪽으로 난 창문을 열고 오래도록 참으로 오래도록 돌부처가 되어 하늘을 바라보았었다. 그날도 밖은 지금처럼 이렇게 칠흑같이 어두운 밤이었다. 낮이라면 나는 남쪽 창을 통해 파란 하늘을 볼 수라도 있었을 것이다. 하지만 그날 어둠은 하늘을, 파란 하늘을 가리고 있었다. 나는 그날 밤 상실감을 안겨 주고 간 내 아이가 오히려 더욱 간절히 그리웠다. 유난히도 보고 싶었다. 나를 실망하게 하면서 내 곁을 자꾸 떠나는 아이가 왜 보고 싶은 거지? 유년 시절의 그 밤하늘도, 어머니를 그리워하던 그 밤도 그렇게 어두웠었다. 늘 어두웠었다. 맞다. 별이 빛나고 있었는데도 아버지와 어머니를 상실한 절망 속에서 늘 밤하늘은 늘 아득하고 어둡기만 했었다.

"여보 빨리 나가요. 날 다 새겠어요."

아내는 결국 먼저 현관 쪽으로 더듬더듬 나간다. 아이를 찾지 않고 그냥 집에만 있으면 어머니의 책임을 유기하는 거로 생각하는 아내였다. 혼자라도 나갈 기세다. 할 수 없다. 나도 아내를 따라 나가야 한다. 결국 오늘도 우리는 아들을 찾아 나서고야 만다. 아침을 집 안에서 맞아서는 안 된다. 물론 뾰족한 묘수가 없음을 안다. 그래도 나가야 한다. 아내가 먼저 현관문을 연다. 나도 뒤따라 마당으로 나간다. 밤바람이 차다. 요즘처럼 일교차가 심한 기후에 아이는 입성도 시원찮은데 어디서 벌벌 떨고 있는 걸까? 다시 걱정되어 내 가슴팍을 헤집는다. 아내의 한숨이 땅을 꺼지게 한다. 현관문을 밀자 마당은 오히려 불 꺼진 방보다 조금 더 밝다. 바로 담 밖에서 명멸하고 있는 외등 때문이다. 마당의 정원수 몇 그루가 긴 제 그림자를 앉은 채 떨고 있다.

"애야, 기다려라. 우리가 갈 때까지. 이 밤이 새기 전에 엄마는 너를 꼭 만나야 하니까."

아내는 절규한다. 언제부터인가 아내와 나는 이렇게 아이를 찾아 나서는 일에 익숙해 있었다. 오늘도 우선은 아이들이 모였을만한 후미진 곳부터 찾아야 하겠다. 연립주택의 놀이터나 아파트의 지하주차장, 그리고 초등학교 운동장 플라타너스 밑 벤치부터 찾아 나서야 하겠다. 모터사이클의 질주를 멈추고 즉석 라면이라도 후르륵 거리며 먹을지도 모르니까. 가출 초기인 열일곱 살 때에는 그런 곳에 나가면 아이가 있었는데……. 그나마 그때는 그게 참 반가웠었는데……. 뻐끔뻐끔 담배를 빨다가 깜짝 놀라 비벼 끄면서도 순순히 따라왔었는데…….

그러나 오늘 이 새벽에 우리 부부가 그런 행운을 만날 수는 결코 없을 것이다. 아이는 지금도 모터사이클에 홀딱 빠져 향연을 벌리고 있을 테니까. 역시 내 짐작으로도 아이는 오늘 이 추운 새벽에도 모터사이클을 타고 거리를 질주할 것이 분명하다. 더 강도 있는 스릴을 위해, 더 신나게 모터사이클을 즐기기 위하여……. 그러니 아파트 공사장에서 구석에서 희희낙락하고 있지는 않을 것이다. 용이 되어 하늘로 승천하기 위해 모터사이클을 타겠지. 그렇다. 모터사이클이다. 문제는 모터사이클이다. 아이는 지금 어느 대로를 무한 질주하고 있을 테니까. 나는 지금 내가 가진 모든 것을 상실하게 하는 아이가, 자신의 삶을 사춘기라는 이름표를 붙여 인생의 초반을 절제하지 못한 채 통과의례로 치르고 있는 내 아이가 참 야속하다. 역시 모터사이클을 마련해 준 것은 전적으로 나의 실수였다.

바람이
스쳐 가는
길목

아까부터 불기 시작한 바람은 미풍이지만 지금도 여전히 피부에 감촉될 만큼 가만가만 동굴로 밀려든다. 기류가 순환되는 것이 확실하다. 신기하다. 동굴 속에 이런 기류 이동이 있다는 게 신기하다. 아무래도 동굴의 반대쪽 끝에 비밀스러운 출구가 있는 것 같다.

아들 수현이가 방금 전 하산하면서부터 솔바람은 확실히 동굴 안쪽으로 더 불어오는 듯하다. 확실하다. 동굴 안으로 스며드는 그 솔바람은 동굴 벽면을 핥다가는 내 옷깃 안으로 파고든다. 음습한 동굴 안에서 맞는 바람인 데도 그 바람은 나의 기분을 조금 부추긴다. 아니, 좀 전과는 달리 상쾌하다. 오늘이 마침 입추라서 습하고 후덥지근한 열기가 물러가서일까? 아니다. 그것은 어쩜 수현이가 하산했기 때문에 더 개운하게 느껴지는지도 모른다. 그건 분명하다. 수현이가 하산한 영향이 크다고 보아야 한다. 그러함에도 여전히 이 동굴은 아들의 하산과 관계없이 근원적으로 음습하다. 동굴 벽을 타고 흐르는 물기가 번질거리는 것도 예전이나 마찬가지로 한결같고 말이다.

　난 입구에서 좀 더 안으로 걸어 들어간다. 잠시 멈추어 섰던 나는 다시 수현이가 칩거했던 그 자리에서 7m쯤 더 걸어 들어가 조금은 후미지고 은밀한 곳에 멈춰 선다. 그곳은 아들 류수현이 아닌, 선친인 류동수 씨가 잠시 기거하면서 한국전쟁 중에 몸을 숨겼던 자리이다. 아버지는 여기서, 이 동굴 속에서 당신이 선택한 이념을 확실하게 신봉하며 어떤 눈빛을 하고 있었을까? 어쩜 선친은 이곳에서 애국열사 김사국을 흠모하면서 통일된 조국을 꿈꾸었을지도 모른다.

수현이 역시 이 동굴에서, 컴컴하기만 한 이곳에서 제 조부와 색깔은 좀 다르지만 자기가 신봉하는 이데올로기를 곧추세우고 있었다. 그건 이 동굴이 음습하다는 것과 함께 명백한 사실이다. 나는 선친이 숨어있었던 그 눅눅한 자리에 주저앉아서는 방금 하산한 아들의 뒷모습을 떠올린다. 그 뒤로 선친의 모습도 오버랩 된다.

이 음습한 동굴, 맞다. 분명 이곳은 음습한 동굴이다. 나의 기억으로는 이 동굴의 음습함은 오래전부터였다. 한국전쟁이 끝난 직후인 유년 시절 그때도 동굴 안은 이렇게 눅눅했었다. 동무들과 전쟁놀이를 하면서 먼 훗날 별 달린 장군이 되고 싶은 상상을 하며 우쭐댔던 그때, 박쥐들이 놀라 퍼덕일 때, 그 박쥐들을 포로라고 생각하며 포획했던 그때도 동굴은 늘 이렇게 음습했었다. 어쩜 천 년, 만 년 전부터 바람이 이 동굴로 스며들며 박쥐를 데려다 놓았을 때나 그 바람결을 타고 들어온 거미들이 거미줄을 느릴 때부터도 음습했을 것이다. 그러니까 눅눅한 바람이 이 동굴의 주인이지, 선친도 그리고 수현도 사실은 이 동굴의 주인이 아니다. 그들은 잠시 머물렀을 뿐이다. 이곳은 좌를 신봉하던 선친이나 자유와 민족자존이라는 이름을 자기 이념으로 내걸고, 현실에 참여하는 의식 속에서의 자아를 회복하겠다는 뜻을 불태우면서 촛불을 켰던 아들이, 잠시 머물며 각각 몸을 피했던 동굴일 뿐이다.

아까부터 불기 시작한 바람은 미풍이지만 지금도 여전히 피부에 감촉될 만큼 가만가만 동굴로 밀려든다. 기류가 순환되는 것이 확실하다. 신기하다. 동굴 속에 이런 기류 이동이 있다는 게 신기하다. 아무래도 동굴의 반대쪽 끝에 비밀스러운 출구가 있는 것 같다.

'비밀통로가 있다는 말을 난 한 번도 듣지 못했었는데…….'

그렇지 않고야 바람이 이렇게 밀려들 수는 없다.

나는 천천히 일어나 반쯤 허리를 펴고 손을 벌려 솔 향기가 배여드는 그 눅눅한 바람을 더듬는다. 바람을 피하려 들지 않는다. 바람을 끌어안는다. 내 아이, 아니 이제는 내 아이가 아니다. 언제인가부터 내 아이라고 말하기에는 독립된 자아를 형성하고 있는 건장한 스물여섯 살의 대한민국 군역을 필한 청년, 대학교 3학년에 복학하고도 끝내 자신의 이념을 신봉하고 있는 그 아들을, 끌어안기나 하듯이 동굴의 바람을 맞아들인다. 아! 아들이 다시 보고 싶다. 방금 전 하산한 수현인데도 그가 또 그립다.

나는 지금도 마음 같아서는 수현이가 내 가슴 깊은 곳에서 나의 분신으로 살아 주었으면 하고 바란다. 이제는 그를, 그의 의식을 도저히 수용하거나 따라잡을 수 없는데도 난 그를 감싸 안으려 하고 있다. 그래서 지금도 나는 경찰에 쫓기던 아들을 찾아 헤매다가 윗마을 사천골 저수지 옆으로 우거진 갈대숲 속에서 숨어있던 그를 반갑게 상면했었던 그 어느 날인가 그날, 아들의 몸을 껴안았을 그때처럼, 바람에 옷깃이 흔들렸던 것을 기억해내며 동굴로 스며드는 이 음습한 바람을, 다정스럽게 맞고 있는 것이다. 게다가 이 동굴 안은 지금 나의 권유를 받아들이면서 하산한 아들의 체취가 남아 있지 않은가! 그건 분명하다. 그래서 이 바람이 내게 더 상쾌한 것이다.

하지만 여름 내내 질축거리다가 아들이 하산하고 나서야 겨우 솔향기가 짙은 바람이 왜 이제야 스멀거리는지 그건 좀 애석한 일이다. 가슴이 메어진다. 내 아이가 횡하니 하산하고 나서야 바람이 상쾌하게 부는 것이 참 야속하다. 상쾌한 바람이 좀 더 일찍 불어왔다면 그 바람을 쐬며 나는 수현이와 서로 심중에 있던 이야기를 더할 수도 있었는데……. 제 할아버지에 대해서 그리고 애국열사 김사국에 대해서도 조금 더 이야기할 걸 그랬다.

'넌 꼭 자수해야 한다. 그런 후에 진정성 있게 네 논리를 그들에게 펴는 거야.'

수현이를 더 붙들고 그렇게 좀 더 단단히 설득했어야 했다. 아들을 하산시키고 보니 당부할 말이 아직 더 남은 것 같아 아쉽기만 하다.

아이는 그동안 이 동굴 속에서 몸을 숨기고 지내느라 참 많이도 답답하고 고통스러웠을 것이다. 제 의지로 자행한 일이기는 하나 내 아들이 갑자기 가여워진다. 아들 수현이를 생각하니 가슴이 와르르 내려앉는다. 선친의 얼굴도 순간적으로 다시 오버랩 된다.

나는 살그머니 일어나서 동굴 입구 쪽으로 걸어 나와 내 아이가 머물던 자리로 옮겨간다. 제 어미가 눈물로 깔아준 깔 자리가 아직도 그대로이다. 따뜻한 온기가 모락모락 피어오를 것만 같다. 다만 담요가 두 장 그리고 나뒹구는 헌옷 몇 가지가 좀 어수선하다.

나는 수현이가 앉아 있던 자리에 아까 선친의 자리에서 앉았었던 것처럼 철푸덕이 주저앉아 벽면을 더듬는다. 좀 전에 상쾌했던 것과는 달리 손바닥에 느껴질 만큼 습한 기운이 감돈다. 그 습함이 나를 찜찜하게 만든다. 내가 잠시 상쾌했던 것은 바람 탓이 아니고, 아들이 하산해서였나 보다. 역시 그랬었나 보다. 그가 앉아 있던 곳은 볼록하게 높은 자리라서 좀 덜 할 것으로 생각했는데도 습하기는 마찬가지이다. 나는 수현이가 이곳에서 정말 진정한 자유와 민족자존을 갈망하면서 자기만의 사유세계를 구축했다고 믿고 있다. 그렇다. 그는 이곳에서 저 북녘의 공군기가 이륙 시에 내는 굉음과 잠수함 출항 시 자아냈던 소리들이 환청으로 다가드는 바람에 내내 시달리면서도 제 할아버지는 물론 애국열사 김사국까지 떠올리며 자기 이념에 대한 내공을 다졌을 것이다.

그러다가 어떤 때 넋을 놓고는 바람이 눅눅한 습기를 동반하여 불어오는 동안 이 자리에서, 아주 옅은 빛을 통해 동굴 벽면을 기어 다니던 성성이나 딱정벌레들을 할 일 없는 사람처럼 관찰하기도 했겠지. 아들이 아니고, 나 역시도 유년 시절에 전쟁놀이를 할 때부터 내내 이것들을 바라보면서 아예 동굴 속에서 쫓아내면 좋겠다고 생각했으니까. 그때 난 거미들은 물론 나를 화들짝 놀라게 했던 박쥐랑 두꺼비까지도 쫓아내야 한다고 생각했었다. 좀 더 성장하면서부터는 이 바람이 나의 가슴 깊숙이 침전으로 가라앉은 질곡의 역사와 함께 동굴 속에서의 선친의 삶까지를 다 쓸어갈 수 있었으면 좋겠다고 생각했었다.

난 다시 외로움을 느낀다. 적적하다. 좀 전까지는 아들이 의지가 되었던 것이 확실하다. 나는 그 외로움에서 벗어나려고 동굴 입구로 엉금엉금 기어 나온다. 그렇다고 지금 하산하고 싶지는 않다. 이곳에 좀 더 머물고 싶다. 여기에 앉아서 아들의 확실한 자수를 기원하고 선친에 대한 그리움도 조금 더 누리고 싶다. 유년 시절 이후 외로움을 숙명처럼 안고 살던 이곳에서……. 그러려면 동굴 밖으로 아예 나오는 게 낫다고 나는 생각한다.

이미 사위는 어두워지고 있었다. 어둠은 소나무 숲을, 아니 이 세상을 야금야금 먹어가고 있었다. 별이 나타나기 시작한다. 어둠이 드리우자 기다렸다는 듯이 별이 나타난다. 하나, 둘, 셋……. 나는 별을 헤아린다. 내 '아버지별'은 어디에 있나? 나는 열심히 두리번거린다.

유년 시절 외로움이 밀려들었던 그때, 어둠이 깃들면서 별이 나타나는 것은 그나마 반가운 일이었다. 그때나 지금이나 밤이 되었으니 별이 뜨는 것은 당연한 데도 나는 그 별이 반갑다. 유년 시절 그날처럼……. 진작 동굴에서 나올 걸 그랬나 보다. 바람까지 분다. 동굴에서 벗어나 한 걸음 더 펑퍼짐한 곳으로 나오니 소나무 가지 사이로 총총히 뜬 별들이 눈앞으로 확실하게 다가온다. 나뭇가지에 걸려 있는 별들도 있다. 그 별들을 바라보니 아까의 눅눅한 기분이 조금은 다른 느낌으로 전환된다. 아버지별, 일등성. 아버지별, 일등성. 나는, 중늙은이인 나는, 까마득한 유년으로 돌아가 열심히 아버지별을 찾는다. 아, 드디어 찾아냈다. 팔을 쭉 뻗어 손가락으로 별을 가리킨다. 내가 찾던 바로 그 아버지별이다. 난 지금 이 순간, 유년 시절에 한 개의 별을 지목해서 밤이면 밤마다 그 별을 찾으며 선친을 그리워했던, 그 아버지별을 바라보면서 반색하고 있는 중이다. 그 별은 방금 전 동굴 안으로 건듯 불어오며 아들의 하산을 축하해 주었던 그 바람보다 더 나의 가슴에 아릿하게 와 닿고 있었다.

나는 유년 시절 이후, 이 동굴 앞에서 하늘 한복판에 빛나는 저 별들을 바라보면서 성장했다.

"사람은 이승에 오기 전에 별로 살다가 다시 저승으로 가면 또 별이 된단다."

조모는 내게 늘 그렇게 말했다. 어머니를 보고 싶다고 칭얼대면 내 입을 틀어막으면서 조모는 별이 된 선친에 대해 말했었다. 어머니를 내 뇌리 속에서 다 지워버리기라도 할 양으로, 조모는 나를 별 이야기에 골똘하게 했다. 그 말에 반신반의하면서도 나는 조모의 말을 조금씩 믿기 시작했다. 그러니 별을 좋아할 수밖에 없었다. 조모에게서 세뇌를 당해서 일게다.

하긴 이 동굴 앞보다 우리 집 마당가에서는 별이 훨씬 더 많이 쏟아졌다. 특히 여름밤에 사립문 옆 감나무 밑에 밀대방석을 깔아놓고 6월 하지 무렵에 캔 자주색 찐 감자의 아릿한 맛을 즐기면서 바라보았던 별들은, 이 동굴에 떨어지던 별보다 두 배는 더 많이 쏟아지곤 했다. 여기 동굴 앞은 조밀하게 서 있던 소나무 나무가지들이 별을 가린다. 그러나 마당은 하늘을 가리는 것이 없어서 같은 하늘인데도 별이 훨씬 많아보였었다. 그 무렵 아버지별은 어디 있냐고 내가 물으면 그때마다 조모는 언제나 같은 대답을 해주곤 했다.

"저 하늘 복판에 제일로 빛나는 별이 네 아버지별이란다."

조모는 그렇게 말했지만 맨 처음에 난 밤하늘에서 빛나는 별 중에서도 제일 빛나는 별을 찾기 위해 아주 많이 헤맸다. 그 별이 그 별이었고, 그 별이 그 별 같았기 때문이었다.

그러니 두 배나 더 쏟아지는 듯한 우리 집 마당에서 제일 빛나는 별을 찾기는 매우 어려웠다. 별이 너무 많아서 이 별이 제일 빛나는 것 같기도 했고, 또 저 별이 더 빛나는 것 같기도 했다. 좀처럼 아버지별을 찾을 수가 없었다. 그 별이 그 별 같았다. 그럴 때 나는 자리를 박차고 일어났다. 바로 집 뒤로 참나무가 듬성듬성 서 있는 오솔길을 지나고, 솔숲이 우거진 동산에 올라와 이 동굴 입구에 앉아서 아버지별을 찾기 시작한 것이다. 역시 동굴 앞에서는 일등성을 찾기가 훨씬 수월했기 때문이었다. 나는 그때부터 조모가 지정해 준 그 일등성 하나를 아버지별로 가슴 깊은 곳에 콕콕 다져서 심어 놓았었다.

겨우 일곱 살을 맞이한 유년이 스물여덟 해를 살다가 세상을 등진 아버지를 추억하며, 외로운 삶을 살기 시작했던 그 자리에 나는 지금 다시 앉아 있다. 아들을 하산시키고 그 동굴 앞에 앉아 있다. 내 내 아버지를 추억하던 그 자리, 집 마당 앞 감나무 밑 밀대방석에서 벌떡 일어나 한참을 더 올라와서 눈물로서 아버지별을 찾아냈던 그 자리, 저승이 아닌 이승에서 내 곁을 떠나면서 이별하고 난 후에 지금까지 종적이 없는, 어쩌면 지금은 세상을 떴을 지도 모르는 그 어머니를 그리워 하다가 가슴에 상흔을 만들었던 그 자리. 그래서 나는 지금도 동굴 앞 이 자리에 오면 얼른 일어설 수가 없다.

하지만 지금은 이 자리가, 내 아들을 또다시 칩거하게 만든 이 동굴이 밉기만 하다. 아들의 자유의지가, 민족자존이 그리고 그가 켜들었던 촛불이 밉다. 하지만 지금 미움을 논할 때가 아니다. 나는 그

한스러움을 탓하지 말고 스물아홉에 낳은, 스물여섯 살의 자식을 방금 하산시키고 이렇게 고독하게 앉아 있는 이유를 곰곰이 따져봐야 한다. 나는 상쾌해진 솔바람의 향기에만 젖어 있으면 안 된다. 별을 바라보면서 유년의 추억에만 젖어 있어서도 안 된다. 수현이는 정말 자수할 것인가를 골똘히 생각해야 한다. 그게 아무래도 마음에 걸린다. 다시 깊숙이 숨지 말란 법이 없다. 그렇게 생각하니 갑자기 불안하다.

언젠가 아주 오래전인 그날, 바로 열 네 해 전이었다. 수현이가 내게 물은 적이 있었다. 그러니까 그 아이가 만으로 열 두 살이었던 때였다. 그날 나는 어린 수현이를 데리고 이 동산에 올라왔다. 상수리나무가 듬성듬성 선 오솔길을 빠져나와 솔숲으로 난 길을 따라 나는 아들과 손잡고 다정하게 걸었다. 그 숲 바로 위쪽에 위치한 동굴은 가을로 접어들고 있었던 날이라서인지 그날은 오늘보다 오히려 더 좀 보송보송하게 느껴졌다. 그때도 별들은 수없이 쏟아지고 있었고……. 그 무렵에 수현이는 처음으로 제 할아버지에 대해 물었었다. 아니, 할아버지를 보고 싶다고 말했었다. 할아버지가 언제 돌아가셨냐며 관심을 보인 것이다. 그래서 나는 할아버지의 실체를 확실히 하기 위해 날을 정했다. 일부러 날을 정해 수현이를 이 동굴 앞으로 데리고 왔던 것이다.

그날, 나는 아들을 동굴 속으로 데리고 들어가 조모에게 들었던 대로 선친에 대해 처음으로 자초지종을 설명했다. 애국열사 김사국에 대해서도 얼핏 말했다. 그러고는 내가 유년기에 어렵게 찾아낸

'아버지별'을 그에게 '할아버지별'로 인계해 주었다. 너무 쉽게 슬프기만 한 가족사를 어린 아들 수현이에게 털어놓은 것일까 하고 조금은 후회를 하면서 말이다. 그랬다. 당시 나는 가슴속의 비밀을 아들에게 열고나서 많이 헛헛한 마음이 되었으니까.

게다가 그때 아들은 고개를 갸웃했기 때문에 순간적으로 아차 싶었다. 수현이는 나의 긴 이야기를 들으면서 내내 반신반의하는 것이었다. 아이는 주저 거리면서 나의 말을 좀처럼 접수를 하려 들지 않았다. 믿기지 않는 모양이었다. 그러다가 얼마 후에서야 자신의 가슴에 할아버지별을 묻기로 하겠다고 고개를 끄덕였다. 하늘 한복판 가장 빛나는, 바로 내가 지정해 준 그 별을 할아버지별로 삼기로 하겠다는 것이다.

다행히도 수현이는 그날 할아버지 죽음 그 자체보다는 별이 되었다는, 동화같은 그 이야기에 대해서 조금 더 관심을 표한 것만은 사실이었다. 이때다 싶어 그 아들을 향해 나는 열심히 별 이야기를 했다. 세뇌를 시킨 셈이다. 유년 시절 조모가 나에게 그랬던 것처럼 말이다.

"수현아, 우리는 먼 훗날, 아주 먼 훗날 하늘나라에 가서 별이 되어 할아버지를 만날 수 있을 거야."

나는 아들의 가슴 속에 깊이 제 할아버지를 묻어주고 싶었다.

"그렇구나. 정말 사람은 죽으면 별이 되는 거구나."

수현이는 그렇게 말을 받으면서도 그는 여전히 의심스러운 눈길로 나를 올려다보았다. 그랬다. 수현이는 별에 관심을 보이기는 했지만 이미 어린이가 아니었다. 사춘기가 시작되고 있었고 자아에 눈을 뜨려는 시점에 처해 있어 그날, 수현이는 자신의 지나간 가족사를, 제 동무들에게는 전혀 들을 수 없었던 처절한 가족사를 얼른 수용하기가 어려웠을 것이다. 아니, 수용하려들지 않았다고 봐야 한다.

결국, 그날 제 할아버지의 비참한 죽음을 알게 된 것이 계기가 되어 수현이가 그 후부터 의식화되었고 자신이 추구하는 가치와 신념을, 자기의 자유의지를 신봉하게 된 걸까 하고 생각하면 지금 후회가 된다. 난 참으로 큰 실수를 범한 셈이다. 결국 수현이는 할아버지별만 찾은 것이 아니라 할아버지의 이념까지도 승계한 것이니까. 그렇다면 나는 너무 일찍 성급하게 수현이에게 할아버지별을 넘겨준 셈이 된다. 더구나 그날 더욱 나를 당혹하게 한 것이 하나 더 있었다. 아들의 갑작스런 발언 때문이었다.

"아버지, 그럼 할머니는 우리 곁에 안계시지만 아직 별이 된 건 아니겠네?"

수현이가 나의 모친인 제 할머니 이야기를 꺼낸 것이다.

"할머니?"

나는 아들의 말에 퍼뜩 놀랐다. 전혀 예상치 못한 일이었다. 수현이는 제 할머니가 생존해 있다는 걸 어떻게 알았을까? 난 그게 궁금했다. 그때까지 나는 아들에게 할아버지 이야기를 해주지 않았던 것처럼 제 할머니의 이야기를 해 준 적도 없었다. 당시 우리 집에서 내 어머니 이야기를 하는 것은 금기였다. 용납이 안 됐다. 아내도 그때까지 한 번도 자기 시어머니 이야기를 누구에게도 한 적이 없었다. 그것은 우리 부부의 약속이었다. 아내는 나의 유년을 인지한 상태로 내게 시집을 왔기 때문이다. 그래서 '어머니'라는 말은 우리 집에서 금기어였다. 장모님을 어머니로 호칭한 적도 없었다. 장모님은 말 그대로 장모님이었다.

그랬는데 불쑥 아들이 제 할머니 이야기를 꺼내고 있는 것이다. 그 말에 나는 당황할 수밖에 없었다. 그렇다고 아들의 마음에 상처를 줄까봐 나무랄 수도 없었다. 그래서 나는 아이를 이해시키기 위해 그때 애써 변명을 늘어놓았을 뿐이고…….

"사람은 인연이란 게 있단다."

"인연?"

수현이는 이해할 수 없다는 듯이 눈을 까막거리며 나를 바라보며 물었다.

"인연이 뭐야?"

"음, 인연은 일테면 말이다. 부모와 자식으로 만나는 것이 큰 인연이고, 나중에 네가 네 색시와 만나는 것도 큰 인연이란 게 있어야 한단다."

나는 그 설명을 하면서도 마음이 무거웠다.

"그럼 할머니와 우리는 인연이 없다는 거야? 끊어졌다는 거야?"

수현이는 눈을 동그랗게 떴다.

"그래, 맞다. 네 말이 맞다. 너는 할머니와 인연의 끈이 질기지 못한 거야. 그래서 끊어진 거야."

"그래도 할머니가 보고 싶은데……. 친구들은 할머니가 다 있는데……."

아들은 그날 지금까지의 의문을 몽땅 다 풀어내고 싶은지 제 마음을 마음껏 표출했다. 수현이에게는 당연했다. 그러나 나에게는 상처가 되었다. 물론 아이가 내 마음을 헤아릴 수는 없었다. 아들의 그 말을 들으면서 나의 가슴이 와르르 무너져 내렸을 뿐이다. 역시 그 날 밤 아버지별을 할아버지별로 인계받던 충격이 계기가 되어 그를 이렇게 만든 것일지도 모른다.

　나는 수현이의 인성이 긍정적으로 형성되기를 바랐다. 전쟁을 통해 엄청난 태풍이 몰아친 가정이기에 더욱 조심스러웠다. 내가 의지를 접고 백부의 뜻에 따라 살면서 세상에 묻혀 엔지니어로 소리 없이 살아온 것처럼, 무탈하게 살아온 것처럼 가정의 평화를 소원했다. 세상을 거스르는 아이로 인해 우리 가정이 아버지 때처럼 다시는 또 회오리바람이 불지 않기를 바랐다. 그랬는데……

　어느 날부턴가 수현이가 의식화 되어버린 것이다. 비판적인 사고가 팽배하면서 아들은 아주 야멸차게 변해가고 있었다. 대학교 2학년을 마치고 나서 특수 정보부대에서 병역을 필한 후부터는 더욱 그랬다. 믿어지지 않았다. 환청 속에서 빠져나오지 못하고 끝내 그는 제 할아버지를 닮는 것일까 하고 생각하면, 한편으론 난 수현이가 가엾기만 했다. 그러나 내가 관찰하기에는 수현이는 극좌도 극우도 아니다. 좌도 우도 아닌 아들의 냉철한 의식. 무 체제? 무 이념? 민족주의? 그렇다면 그가 투쟁하려는 표적은 무엇인가? 이렇게 나가다가는 그 역시 제 조부처럼 확실하게 곧추세울 이념 한 번 제대로 펼치지도 못하고 변두리를 서성이다가 희생되는 것은 아닐까? 나는 수현이의 장래를 생각할 때마다 마음이 와르르 무너졌다. 아니, 섬뜩했다. 역시 나는 아들을 좀 더 일찍 서둘러 설득해야 했다. 그래서 적어도 그를 보편타당한 사고방식으로 전환되도록 해서 진작 학업에나 전념하게 해야 했었다.

나는 지금 아버지를 그리면서 고독하게 살던 삶을, 또다시 아들로 이어지게 하여 가슴이 무너지는 아픔을 겪는 삶을 승계해서는 결코 안 된다고 생각한다. 그걸 대물림하면 우리 가계(家系)는 대를 이어 너무 불운한 삶을 살게 되는 것이다. 이 불행은 내게서 끝나야 한다. 아버지는 물론 어머니 얼굴조차 잘 기억 못하며 외롭게 살던 내가 내 아이, 수현이를 미루나무가 줄지어 서 있는 어느 도시 교외의 한 적한 언덕 위에 위치한 교도소의 면회장에서 깍깍깍 까치소리를 들으며, 면회하게 된다면 그건 내 처지가 너무 가엾다.

그러므로 우리 부자(父子)의 삶을 가엾지 않은 삶으로 전환시키기 위해서라도 아들을, 아주 평범한 사고의 소유자로 전환시켜야 했다. 일찍이 백부에 의해 설득당해 군인의 꿈을 접고 평범하게 살았던 것처럼 나도 아들을 설득해야 했다. 거대한 힘과 대립하거나 좌충우돌하는 삶을 살게 하지 않게 하려면 아들에게 긍정적인 삶의 지혜를 찾는 방법을 알려 주고, 살아가는 데 있어서 현명한 적응이 무엇인지도 전달했어야 했는데……. 그런 까닭이 있었기에 방금 전 하산하기 전까지도 그에게 상식이 통하는 보편의 진리를 터득시켜줘야 한다는 일념으로 설득했었지만…….

닷새 전이었다. 그날도 나는 늘 그랬던 것처럼 아이에게 먹을거리를 들고 이 동굴로 왔다. 다른 한편으로는 그를 설득하기 위해 마음을 단단히 동여맸지만 말이다. 아내는 자기가 가겠다고 나섰다. 하지만 나는 말렸다. 아내에게 그런 심부름까지 시킬 수는 없었다. 집에서도 가까웠고, 산길이 험한 것은 아니었지만 아내는 음식을 만드는 것만으로도 충분했다. 아이를 만나 눈물을 흘리게 할 수는 없었다. 가슴을 무너뜨리게 할 수는 없었다. 게다가 아내는 수현이를 설득시키기에는 너무 감상적인 면이 있었다. 수현이는 논리적인 면이 강했다. 눈물로서는 잘 먹히지 않는 아이였다. 그래서 이 심부름은 늘 내가 담당했다. 그날도 어둠이 깃들 무렵에 먹거리를 들고 나는 이리로 왔다.

내가 동굴에 도착했을 때, 수현이는 역사연구회에서 논의된 사안들을 정리해 놓은 문서들을 골똘히 읽고 있는 중이었다. 그는 내가 도착했는데도 얼른 아는 체를 하지 않았다. 어쩜 미안해하는 것 같지도 않았다. 닷새 전뿐만이 아니다. 돌이켜보면 지금까지 계속 수현이의 태도는 늘 나의 생각과는 상반되게 평행선을 그어온 것이 사실이었다. 그는 그날 역시 벽을 향해 앉아 자료를 읽고 있다가 뒤돌아서서는 동굴로 들어오는 나를 향해 생뚱맞은 소리를 해대고 있었다.

"아버지, 오늘 저는 제 삶의 평상적인 굴레에서 벗어나고 싶다고 내내 작정하고 있었던 중입니다. 두 체제의 틈바구니에 끼어 할아버지처럼 어눌한 죽음으로는 생을 마감하고 싶지는 않다고 말입니다. 전 그 구속에서 벗어나서 세상을 확실하게 살고 싶거든요."

나는 수현이의 말에 좀 화가 났다. 먼저 제 아비에게 고맙다거나, 죄송하다고 말을 하는 것이 의례적인 수순이고 화법이었다. 그런데 그게 아니었다. 그날따라 내가 예민해 있었던 탓인지 속이 많이 뒤틀리는 것이었다. 그래서 수현이를 향해 심한 질책을 했다.

"네 애비에게 하는 그 말이 인사냐? 이 녀석아, 누가 네 삶을 속박이라도 했어?"

그는 그제서야 자리에서 벌떡 일어서서 쭈뼛대며 머리를 긁어댔다.

"아버지, 죄송합니다. 우리 모임에서 연구한 문서에 취해 골똘하다가 그만……."

"그려? 누가 너희를 구속했다는 거여?"

나는 잠시 후 감정을 누그러뜨리면서 음성을 낮추었다.

"예. 그렇습니다. 아버지, 저는 늘 속박된 삶을 살아왔거든요. 전그 속박에서 벗어나 영원한 자유를 누리고 싶습니다. 민족의 자존을지키고 싶기 때문입니다."

수현이의 말에 나의 가슴이 또 와르르 내려앉을 수밖에 없었다. 제 아비에게 인사도 잊고 이념의 덫에 갇힌 그를 바라보노라니 슬펐다. 그런데도 아들은 내게 말을 계속하려 했다.

"아버지."

"응? 왜 그래. 넌 지금 나에게 또 무슨 말을 하고 싶은 거냐?"

나는, 화가 났던 나는, 다시 조마조마한 가슴이 되어 아이의 입에서 터져 나올 말을 기다려야 했다. 그건 그런 아들을 둔 부모의 업보였다.

"아버지, 저 유대인 족인 지저스 크라이스트가 로마법 안에서 순하게 백 년의 삶을 향유했다면 지금처럼 인류의 가슴을 적시면서 영원을 살 수 있었을까요? 물론 유다가 한몫을 해주어 가능했습니다만……."

"글쎄다."

나는 아이의 의도를 몰라 오히려 눈을 껌벅일 수밖에 없었다. 좀 황당했다.

"아버지, 전 그렇지 않다고 봅니다. 서른세 살을 살다 간 그이 말고도 영원을 살려고 속박에서 벗어난 이들이 더 많은 자유와 평등에 대한 신념의 속죄양들이 있었기 때문에 인류가 오늘날 자유나 평등 그리고 그 이상의 가치 있는 의미를 창출하고 있다고 봅니다. 저도 그들처럼 모든 속박에서 벗어나고 싶습니다."

나는 그 말을 듣고 나서야 좌정을 하고서는 강하게 대응하기 시작했다.

"그래? 물론이다. 수현이 네가 그 말을 하고 싶었던 거여? 그건 네 말이 맞다. 나는 너의 말에 긍정한다. 하지만 소크라테스는 악법도 법은 법이라고 순응하며 그 법안에서 사약을 받아먹고 스스로 죽음을 택하지 않았니? 그래도 그는 우리 가슴 속에서 진리로 영원을 살고 있지. 너도 법에 순응하는 자가 될 수는 없겠어?"

나는 이때다 싶어 수현이를 진지하게 설득해야 하겠다고 마음을 다잡은 것이다. 그러나 그날 수현이는 여전히 초지일관으로 자기 생각만을 피력했다.

수현이가 지금 하산하면서도 그 의식이 아직도 변하지 않고 있다면 그건 정말 큰일이라고 생각한다. 많이 걱정이 된다. 그렇게 확고한 신념을 가졌다면 수현이는 하산했다 해도 내게 약속한대로 제 발로 파출소에 걸어 들어가 자수를 할까? 그렇다. 혹시……? 이 애비의 염원이 공염불로……? 불길하다. 나는 머리를 흔든다. 아들이 자수를 한다는 약속은 허위고, 다만 제 애비의 염려를 덜어 주려는 눈

속임이 아닐까 하고 생각하니 가슴이 다시 내려앉는다. 전화를 할수도 없다. 위치 추적을 당하기 때문에 나는 전화도 마음대로 못하고 가슴만 태운다. 저희들끼리도 휴대전화를 통한 의사소통이 엄격하게 규제되고 있음을 알기 때문이다.

'수현이는 지금쯤 어디에 가 있을까? 수현이가 지금 이 순간, 자기들이 정해 놓은 어느 후미진 안가에서나 또 전처럼 갈대숲 속으로 들어가서 몸을 의탁하고 있는 것은 아닐까? 언제인가 사천골 갈대숲에 숨어 있을 때처럼……'

그 생각에 미치자 나의 몸이 절절히 떨린다. 그렇다면 그를 찾아가서 다시 만나야 한다. 얼른 가서 그의 자수를 도와주어야 한다. 역시 내가 함께 내려가야 하는 거였는데……. 수현이를 믿고 혼자 내려 보낸 것을 나는 후회하기 시작한다.

지금 생각하니 조금 전의 아들의 태도는 믿기지 않을 만큼 너무 순종적이었다. 전혀 전과 같지 않았었다.

"수현아, 지금은 여름의 끝이다. 이제는 네가 켜들었던 촛불을 끄렴. 찬바람이 불기 전에 이제 더 방황하지 말고 이쯤해서 네가 신봉하는 이념에서부터 자유로워지는 것이 어떻겠니? 평범한 삶으로 돌아올 수 없겠어? 이 애비의 소원이다. 애야, 제발 이제는 네가 킨 촛불을 끄자꾸나."

내가 그렇게 간절하게 말했을 때 그는 의외로, 정말 의외로 순순하게 고개를 끄덕였다. 처음에 난 고개를 갸웃했었다. 그의 심경이 변한 이유를 찾고 싶었다. 그러면서도 나의 긴− 설득이, 제 어머니

198

의 간절한 기도가 이제야 아들의 마음을 움직이는 거라고 생각하며
쾌재를 외쳤었다.

"그래, 너 참 잘 생각했다."

나는 하산하는 수현이의 등을 토닥이며 용기를 북돋아주기까지
했었다.

수현이 걘 어제까지만 해도 그렇지 않았었다.

"이제 이 세상으로 나오는 것이 어떻겠니?"

내가 권했을 때 그는 들은 체도 하지 않고 있었다.

"저도 아버지처럼 여기서 할아버지별을 세고 싶습니다. 그렇게 한
가로운 세상에서 살고 싶습니다. 하지만 아직 이 세상은 그렇게 한
가하지 못합니다."

그는 어제 그렇게 딴청을 부리고 있었는데, 오늘은 예상 밖으로
고개를 끄덕인 것이다.

그동안 수현이를 설득시키는 일은 정말 쉽지 않았었다. 그래서
어제는 정말 그의 심중을 한 번 꿰뚫어 보고 싶었었다. 난 속속들이
파헤치고 싶은 마음으로 추궁하듯 말했다.

"수현아, 그렇다면 네가 지향하는 목표가 무엇이냐? 아니 지금 네
가 종국적으로 서게 될 내밀한 자리는 어디냐? 이제는 더는 그 자리
에 머물면서 헤매지 말고 세상으로 나올 수는 없겠니?"

그 말에 아들은 정색을 했다.

"아버지, 저는 멀리 있지 않습니다. 지금 바로 아버지 눈앞인 이
자리, 동굴 속에 앉아 있지 않습니까? 지구 위에 위치한 작은 지표

면인, 지정학적 위치로 보면 대륙과 해양의 세력이 지나가면서 상충하다 잠시 멈추는, 아니 바람이 스쳐 가다 잠시 멈추는 길목인 이 패시지 스테이션. 그래요, 사다리 국가 대한민국 고향 마을 뒷산입니다. 제가 여기서 어떻게 벗어날 수 있겠습니까? 그러나 분단국가에서 사는 우리로서는, 해이한 마음으로 이 자리에만 안주하고 있어서는 결코 안 됩니다. 단단히 마음을 동여매고 주위를 의식해야 합니다."

수현이는 길게 대답했다. 엉뚱했다. 이건 범위가 넓어도 너무 넓었다. 내 생각으로는 아들이 갑자기 외연을 지나치게 확대하는 것 같았다. 그래서 다시 물었다.

"그렇다면 수현아, 네가 살다가는 그 자리에 어떤 흔적을 남기고 싶다는 거냐? 이 분단된 작은 땅에서 미미하게 선 우리로서……?"

그러자 그는 언성을 높였다.

"아버지, 작은 땅이라니요? 그렇습니다. 아버지 말씀이 맞습니다. 그러나 전 이 작은 땅에서 영원을 살고 싶습니다. 이 분단된 지표면 위에 흔적을 남기고 싶습니다. 아버지는 우리나라가 작은 땅이고 여기가 미미한 자리라고 말씀하지만 저는 지금 지구의 중심축에 서 있는 사람입니다. 왜냐고요? 지구가 둥글기 때문입니다. 제가 선 이 자리가 바로 지구의 중심축입니다. 지구의 중심축에 서 있는 저는, 늘 변두리에 있는 거로 착각하면서 의식 없이 서성거리고 있는 저들처럼 그대로 머물면서 사소한 삶을 살아서는 안 된다고 생각합니다. 자신의 의지를 펴야 합니다. 그래야 우리를 구속하는 이웃 세력에게서 벗어날 수가 있습니다. 통합과 상생을 못 하고 늘 쪼개지고 피 터지는 땅이 전 싫습니다."

그는 분명하게 대답했다. 어제까지만 해도 그는 그렇게 당당했었다. 나 또한 어제 그를 계속 설득시켜야 하겠다고 생각하면 마음을 다잡았었고…….

"얘야, 수현아, 우리 평범하게 살자. 우리가 살았던 흔적이란 것은 없다. 결국 땅속에 묻히게 마련이다. 이름을 남긴다는 게 무어냐? 의미를 창출한다는 것이 무어냐? 자유를 누린다는 것이 무어냐? 모두가 허허로울 뿐이다. 넌 전도서 첫 장 첫 절의 말씀을 기억하고 있잖니? 모든 게 허무할 뿐이란다. 우리 보통 사람이 되어 보통사람이 누리는 소박한 행복을 추구하자. 네 아비처럼 말이다. 그게 제일 큰 행복이야. 그게 이승에서의 삶을 지혜롭게 사는 방법이야."

하긴 나는 수현이를 향해 언제인가는 나에게 순치될 걸 기대하면서 늘 그렇게 권했었다. 그런 마음으로 어젠 정말로 많은 이야기를 나눈 셈이다. 내가 직업군인이 되고 싶다고 말했을 때, 백부가 나를 오래도록 달랬듯이……. 그러나 내 아이는 아예 눈빛까지 예사롭지 않을 만큼 달라져 있었다.

"아닙니다. 전 아닙니다. 비록 사소한 삶이라 해도 일단은 체제로부터 자유로워져야합니다. 그리고 외세에도 초연하게 대처할 수 있어야 합니다. 누구도 우리의 사유의 세계를 구속할 수는 없습니다. 그러기 위해서라도 진정한 의미를 창출해야 합니다."

수현이는 끝내 뜻을 굽히지 않고 있었다.

"누가? 너를 구속했는데?"

나는 당황하며 물었다.

"이념입니다."

"이념?"

"그렇습니다."

"남북을 가르는 두 이념……?"

"예. 그렇습니다. 동서를 가르는 두 이념도 포함됩니다만……."

아들은 다시 장황한 논리를 펴고 있었다.

"그럼 누가 너에게 그 사유의 세계를 속박했는데?"

"기득권자들입니다. 지금도 지명수배를 풀지 않고 저를 구속하려
고 하는 저 기득권자들입니다."

그는 끝까지 뜻을 굽히지 않았다. 그러나 나는 아들에게 지지 말
아야 했다. 음습한 동굴에 칩거하고 있는 그를 향해 여름 내내 포기
하지 않고 간절히 기도하는 마음으로 지금까지 아들을 달래 왔지 않
은가! 아니, 꾸준히 회유했었지. 진심으로 수현이를 보편타당한 사
유의 소유자가 되게 하기 위해 정말 지속적으로 설득해 왔다. 눈물
로서…….

그러나 수현이는 적어도 어제까지 제 본마음을 끝내 내게 드러내
지는 않았다. 참으로 힘들었던 하루였다.

"얘야, 수현아. 우리 그러지 말고 지금부터는 너와 내가 존재하는
이유를 곰곰이 생각해보자. 네가 대학을 매듭짓지 못하고 이렇게 방
황하는 것이, 자유를 획득하는 거냐? 그게 존재의 이유는 아니잖니?
그것만이 의미를 창출하는 일은 결코 아니잖니? 우리 자연인으로
남아 순순하게 살자꾸나. 법에 순종하는 소크라테스가 되자꾸나."

나는 애원하듯이 말했다. 하지만 나의 말에 수현이는 헛기침을 해

대며 버릇인 양 일단 하늘을 우러러보았다. 그러고는 말을 이어갔다.

"아버지의 견해로만 치면 그게 존재하는 이유일지 몰라도 저는 아닙니다. 그저 저의 생물학적 존재는 조부님이 존재했기에 아버지가 존재하고, 제가 존재하니까 이 땅에서 다시 제 아들이 존재하는 겁니다. 이 존재는 제 손자로 이어지겠지요. 그것뿐입니다. 그게 평범하고 소박하게 살라는 아버지의 권고입니다. 그러나 제겐 그런 생물학적 존재의 의미는 애당초 없습니다. 따라서 제가 말하는 존재 의미라 함은 저를 포함한 온 우리 민족이 자존과 함께 확실한 자유를 획득하는 데 있습니다. 그렇습니다. 민족자존을 지키는 데 있습니다. 그동안 우리의 역사는 이웃 나라에게 지배를 당한 역사를 가지고 비통하게 살아오지 않았습니까? 강한 중국이, 강한 일본이, 더 강한 미국이 약한 우리를 제멋대로 부리지 않았습니까? 나라끼리 지배와 피지배의 구별 없는 세상을 만드는 것이 우리 모임이 추구하는 세상입니다. 우리는 그런 세상을 원하고 있습니다. 세상을 변하게 할 수 있는 소수의 엘리트가 되어 해양과 대륙 세력의 충돌에서 영원히 벗어나는 코리아를 만들고자 하는 모임이 우리 역사연구회입니다. 주변국의 영향력에서 벗어나 스스로 설 수 있는 대한민국이, 우리가 추구하는 모델입니다."

수현이는 점점 더 열변을 토하고 있었다. 아비인 나를 설득하기 위한 열변이었다. 그의 신념은 늘 그렇게 확고했다. 견고했다. 바윗덩어리였다.

"애야, 잘됐다. 그럼 우선은 네가 자수를 하고 그들 앞에서 그 논리를 펼 수는 없겠니? 아버지에게처럼……."

나는 아들을 간곡하게 회유하기 시작했다. 아니 호소했다. 그러나 수현이는 시큰둥했다.

"그들요? 그 빈 돌대가리들에게요? 역사 연구를 한다는 것만으로 좌파로 모는 치졸한 자들에게요?"

아들은 고개를 설레설레 흔들어대고 있었다.

"하지만 애야, 너희는 반미를 하고 있는 것은 사실이잖니."

나는 가슴이 조마조마해졌다. 아들의 반응이 궁금했다.

"반미요? 아버지께서는 미국을 믿습니까? 그건 아버지께서 더 잘 아시잖습니까?"

수현이는 다시 머리를 흔든다.

"하지만 우리가 기댈 곳은……?"

"그렇습니다. 그러나 나라와 나라 사이의 신뢰는 애초부터 없습니다. 그건 허상일 뿐이지요. 다만 국익이 있을 뿐입니다. 미국은 그들의 국익을 위해 언제나 일본을 벨트라인으로 설정한 후에 우리나라를 차 순위로 놓고 동북아 정책을 펴고 있지 않습니까? 그들에게는 그들의 국익이 있을 뿐입니다. 그렇기 때문에 우리 역사연구회는 미국을 절대로 믿지 않습니다. 그게 반미입니까?"

수현이는 나를 몰아붙이고 있었다.

"수현아, 그쯤은 나도 안다. 하지만……."

나는 수현이의 논리에 밀려 주저거리고 있었다.

"물론 잘 아시리라 생각합니다. 그렇다면 아버지는 베트남식 통일을 원하십니까? 독일식 통일을 원하십니까?"

수현이는 몸을 바짝 웅크리며 눈을 빛내며 화두를 돌리고 있었다.

하지만 그건 대답하기 쉬운 질문이었다. 나는 빙긋이 웃는다.

"그야 당연히 독일식 통일이지."

나는 갑자기 마음이 가벼워지는 듯해 얼른 대답을 했다.

"그래요? 이중성이 강한 쪽바리 새끼들은 그렇다 치고 양키들이 독일식 통일에 동의할까요?"

나는 아들의 말에 이때다 싶어 치고 나갔다.

"그야 당연히 미국이 우리 손을 들어주면서 적극적으로 나설 거다."

나는 확신하는 사람처럼 대답했다.

"그래요? 독일이 통일될 때 누가 마지막으로 고개를 끄덕였습니까? 미국만 가지고 되겠습니까?"

나는 그 물음에 얼른 러시아를 떠올린다.

"누가 고개를 끄덕여? 그렇지. 마지막으로 동의한 이는 고르바초프가 아니었더냐?"

나는 쉽게 대답했다.

"예, 맞습니다. 미국의 힘도 한계가 있습니다. 미국이 월남에서의 전쟁을 마무리 짓지 않고 철수를 하는 바람에 공산화된 베트남이 되었지요. 사이공 시티가 호치민 시티가 되었고요. 그런 작태를 벌이면서 실리를 챙기려는 미국의 실체를 심도 있게 연구하자는 것이 우리 모임의 성격입니다. 그런데도 기득권자는 우리를, 진정한 애국자인 우리를 운동권자로 아니, 좌파로 몰아붙이고 있습니다."

수현이는 분노하고 있었다.

"하지만 수현아, 그건 미국 탓만은 아니잖니? 자국민들 탓이 더 크지."

나는 수현이의 생각이 혹시나 한 쪽으로만 치우치는 아닌가 하여 노심초사하며 다시 설득했다.

"예. 물론입니다. 그래서 우리는 종북 세력이 아니라는 사실입니다. 우리도 월남식 통일을 원하지는 않습니다. 아버지께 분명히 밝히지만 우리 모임에는 좌도 우도 없습니다. 하늘나라에 계신 조부께서도 아마 지금쯤은 좌 편향 이념을 바꾸셨을 거예요. 좌우나 동서의 간섭이 없이 우리 민족만의 자주독립을 원하고 있는 이 손주의 편이 되어 응원해 주실 거예요. 아! 아버지, 그런데 지금 북녘에서는 또 비행기를 이륙시키고 있군요. 저 북녘에서는……."

수현이는 지금까지의 논리에서 선회를 하며 갑자기 미친 듯이 절규하고 있었다. 그건 외마디 소리였다. 나는 아들의 환청에 찢어지는 가슴이 된다. 동시에 그가 너무너무 가여워진다.

수현이는 어제도 그 환청에 시달리면서 절규하고 있었다.

"아! 아버지, 비행기 소리가 들립니다. 이럴 때 저는 당황스럽습니다."

그것은 단말마적인 외마디였고, 가슴을 후려치는 절규였다.

"아버지, 그들의 비밀 언어가 들립니다."

수현이는 한참 만에 자기의 감정을 간신히 조절하며 다시 혼잣말로 중얼거렸다. 북녘의 비행기 이착륙, 잠수함의 출항은 수현이에게 시시때때로 찾아오는 고통이었다. 그는 그렇게 환청으로 고통을 받고 있었다. 어떤 때는 멍한 채로 우두커니가 되어 있었다. 아들은 전역 직후에 그 고통을 더 자주 호소하곤 했다. 그럴 때의 수현이가 가여웠다. 나는 수현이가 30개월 공군으로서 근무를 마치는 동안에 그가 실족할까 봐, 남다른 의식을 가진 그가 돌연히 잘못될까 봐 가슴이 조마조마했었다.

대학교의 전공 때문인지 그렇지 않으면 신원조회를 무사히 통과했는지 수현이는 입대 후 서부 전선 ××산 ○○기지. 해발 800m 고지에 배치되었다. 밥만 먹으면 특별 정보부대의 일원으로서 2년 반 이상 청음을 해야 했다. 이어폰을 끼고 살아야 했다. 북녘에서의 비행기의 이륙, 그리고 착륙, 그 외에도 잠수함의 이동 상황이 그가 가진 수신기에 청취 되어야 했다. 아들 수현이의 임무 중 핵심이었다. ××도에서, ××기지에서 청취된 내용과 일치해야 하고, 또 다른 ○○기지에서 청취된 기록들과도 일치해야 한다. 그래야 그 정보를 취합 분석해 상부에 보고할 수 있다.

"제군들, 우리는 국가의 간성이다. 적을 확실히 알아야 승리할 수 있다. 우리는 민주주의 최첨단에 서서 대한민국을 사수하고 있다. 알았는가?"

아들은 그곳에서 상급자의 그 명령에 복종하고 있었고, 한 체제를 유지하게 하기 위해 역할 수행을 충실히 해야 하는 첨병이었다.

아들이 예편하고 얼마 후 언젠가 그는 내게 딱 한번 질문을 한 적이 있었다.

"아버지, 할아버지께서는 애국열사 김사국의 영향을 얼마나 많이 받았을까요?"

그러니까 수현이가 스스로 김사국 열사에 대해 물은 것은 처음 있는 일이었다. 나는 그 물음에 갑자기 뒤통수를 얻어맞은 듯 띵했었다.

가슴까지 철렁했다.

"글쎄다. 조부는 김사국 열사의 영향을 얼마나 받았을까? 그건 아비인 나도 모르는 일이지."

나는 수현이를 향해 고개를 살래살래 흔들었다.

수현이는 그렇게 물었지만 나 역시 지금껏 한 번도 그 점에 대해 백모에게 질문한 적이 없었다. 백모도 그에 대한 이야기를 한마디도 해준 적은 없었다. 다만 백모는 당시 어린 나에게도 여러 번 아주 여러 번, 민족주의자로서 친정부모가 당당하게 독립운동을 한 이야기를 들려주었을 뿐이었다. 백모는 연변으로, 러시아로 바람처럼 오가면서 독립운동을 했던 친정 부모님의 영웅담을 들려주었을 뿐이다. 김좌진 장군의 청산리 싸움과 함께……. 그래서 김사국 열사 부부는 나에게도 전설 속의 인물이었다. 그러니 선친도 어쩌면 나처럼 자기 형수의 말을 들으면서 가랑비에 옷이 촉촉하게 젖듯이 김사국 열사에게 그렇게 젖어 좌경화돼버렸을 지도 모를 일이다.

그 후 나도 어느 날인가 딱 한 번 더 아들에게 조심스럽게 물은 적이 있다.

"네가 복학하고 나서 더욱더 자유를 획득하고 싶다고 하는 것은, 민족자존을 외치는 것은, 역사 연구회와 그렇게도 단단히 뭉치는 것은, 네가 군무를 필하는 동안에 알게 된 좌우의 극한적인 대립상황을 인식한 때문이냐? 그렇지 않으면 김사국 열사의 영향으로 인해 민족주의자로서 좌경화됐을 지도 모른다는 네 할아버지의 행적 때문이냐?"

그러나 그 물음에 대해서 수현이는 끝내 노코멘트였었다.

하긴 나 역시도 한때 대학 입시를 앞두고 직업군인이 되려는 것을 꿈으로 정하고 지금 수현이처럼 의지를 폈을 때가 있었잖은가! 자유와 민족자존이라는 의지를 붙들고 자기 신념을 관철하려는 수현이의 그것과 색깔이 많이 달랐지만, 그리고 내 뜻은 결국은 넘지 못하는 산이 되었지만 말이다.

나는 그때 나의 진로를 결정하기 위해 백부 앞으로 갔었다. 이미 조모는 세상을 뜬 후라서 백부가 유일한 의논 대상일 수밖에 없었다.

"백부님, 전 군인이 되고 싶습니다. 장교가 되어 부하들을 통솔하고 싶습니다. 제 체질에 맞는 것 같아요. 가능하다면 사관학교로 진학하고 싶어요. 저의 꿈은 별을 단 장군이거든요."

맞다. 난 그때, 선친이 숨어 있었던 바로 그 동굴에서 전쟁놀이를 하던 날들의 기억을 떠올렸었다. 별을 단 장군이 되면 좋겠다고 상상하며 초등학교 시절 동굴에서 꿈꾸었던 장래 희망, 그 기억을 상기시키며 백부에게 말씀을 올렸다. 당시 나의 사고(思考)는 남쪽 체계에 맞게 아주 건전한 것이었다. 난 그날 북쪽의 침략만 없었으면 아버지가 시대의 제물은 되지 않았을 거라는 아픔을 가슴에 숨기면서 백부에게 장래 진로에 대해 말씀을 드렸었다.

그러나 아버지에 대한 그리움을 달래며 별을 바라봤든 이로서의 그 요구는 선친이 품었던 좌 편향 이념에 대한 배반이었다. 좌와 대치한 상황에서 극우의 선방에서 북녘의 군대와 맞서는 남쪽의 직업군인이 된다는 것은, 바로 전쟁 중 북쪽의 생각으로 기울다가 종말을 고한 이를 아버지로 갖고 있었던 아들의 슬픈 역발상이고 아이러니였으니까 말이다. 그뿐만이 아니었다. 좌파 아버지가 전쟁 중 세상을 뜰 수밖에 없었던 덕에 병역법이 지정한 단대독자가 되어 결국은 군역 면죄를 받은 것 또한 아이러니 중의 아이러니였다고나 할까?

그날, 백부는 무척이나 당황한 표정이었다. 내말에 오히려 의외라는 표정을 지으면서 나를 극구 말렸다.

"군인? 네가 군인이 된다고?"

백부는 손사래를 쳤다.

"예. 그렇습니다."

"아니? 류충렬, 너 정신 차려. 우리 집안에 낙인이 찍혀 있다는 사실을 모르고 그러는 거여? 그런데 직업군인? 장교? 절대로 안 돼. 당국에서 널 받아주지도 않는다. 그리고 넌 국가에서 병역 혜택을 주고 있잖니? 그런데 군인이 된다고……?"

"예."

그러나 백부는 나의 뜻에 전혀 동의하지 않았다.

"너 생각 접어라. 우리 평범하게 살도록 하자. 군대에 가지 않아도 될 네가 이 나라에서, 한 번 찍힌 낙인은 회복하기 어려운 이 나라에서 군이 직업군인이 된다? 그건 네 장래를 위해서 권하고 싶지 않구나. 설혹 군에 간다 해도 네겐 희망이 보이지 않아."

백부의 설득에도 나는 계속 혈기로 고집을 부렸다.

"백부님, 전 애당초 병역을 면죄 받고 싶지도 않고요. 그 낙인요? 아버지에게 찍혔다는 낙인요? 그 낙인이라면 지금 우리를 다스리고 있는 최고의 권력자인 통치자 그 분도 우리처럼 한 때 낙인이 찍혔던 분이었잖아요. 그걸 우리 학교 윤리선생님이 가르쳐주셨거든요."

나는 그때 폭탄선언을 함께 한 셈이었다.

"윤리선생님이? 아니! 얘야. 너 지금 무슨 엉뚱한 소리를 하는 거야?"

백부는 나의 말에 하얗게 질려 버렸다. 그러나 나는 멈추지 않았다.

"백부님 그분은 지금 두 체제 중 한 체제의 통수권자로서 원대한 목표를 세우고 나라를 경영하고 있잖습니까? 사람은 과거보다 현재가 더 중요합니다. 현재를 어떻게 사느냐 하는 것이……. 저도 상황 윤리에 맞게 적응력이 뛰어난 사람이 되고 싶거든요. 기독교 교리에서도 저지른 잘못을 뉘우치고 회개하면 용서를 받고 다시 거듭날 수 있다고 하지 않습니까?"

나는 당돌했다.

"너 멈추지 못하겠어?"

언성을 높이던 백부는 아예 사색이 되고 있었다. 그러나 나는 계속했다.

"백부님, 제 말을 막지 마셔요. 허용만 된다면 대한민국의 고급장교가 되어서 아버지가 진 빚을 갚고 싶어요. 그 낙인을 지우고 싶어요."

그 말에 백부는 손을 설레설레 내두르더니 아예 내 입을 틀어막았다.

"너 지금 무슨 소리를 하는 거여? 네가 적응력이 높아? 너 일부러 삐뚤어진 소리를 하는 거여? 어깃장을 놓는 거여? 네가 타고난 명대로 살고 싶기는 한 거여? 논의할 대상을 바로 정하고 건드려야지. 너 말여. 아예 딴 소리 말고 그냥 평범하게 살아. 분수에 맞게 살란 말여."

백부는 전혀 나의 심중에 담긴 뜻의 진위를 가리려고도 하지 않았다. 한참 만에야 백부는 평정을 되찾지만 이후로 나의 말에 침묵으로 일관했다. 아니, 결국은 며칠 후에 나를 따로 불러 자조 섞인 말로 나에게 간곡하게 타일렀다.

　"충렬아, 산은 넘을 산이 있고, 넘지 못할 산이 있는 거여. 네 마음을 접어야 네가 행복해지고, 우리 집안이 평온해지는 거여."

　결국 난 움츠러들며 백부에게 순응할 수밖에 없었다. 그래서 나는 그 후 군인의 뜻을 접고 평범한 엔지니어가 된 것이었다. 그랬다. 나는 병역법의 혜택을 받은 것이다. 그렇게 보면 나는 어쩜 연좌제라는 틀 속에서도 단대독자가 되어 대한민국 남자는 다 수행해야 하는 그 막중한 임무를 오히려 용케도 빠져나와 보통사람으로 행복을 추구해 온 셈이다. 결국 넘지 못할 높은 산을 포기하고는 평범한 사람으로서 시대 상황에 맞게 적응했던 그 방식을 나는 지금 수현이에게 제시하고 있는지도 모른다.

　그러나 지금까지 지속적인 나의 설득에도 불구하고 수현이는 씨가 먹히지 않았던 것은 사실이었다. 내가 백부에게 순종한 것과는 전혀 달랐다. 아들은 나의 설득에 늘 거리를 두어 왔다. 그는 환청 속에서 고통을 받고 있었지만 자신의 이념을 곧추세우는 데는 제 아비보다 열 배, 스무 배 강한 의지를 보이고 있는 것이다. 자기 뜻을 굽히질 않으며 어제도 분명하게 말했었다.

　"아버지, 다시 말씀드리지만 제가 할아버지를 닮고 싶다는 말은 아닙니다. 오히려 정반대입니다. 우선은 두 기존의 질서가 만든 틀에서 벗어나 자유롭게 살고 싶을 따름입니다. 누구도 제가 추구하는 정신적 사유에 대해 속박당하지 않고 싶습니다. 우리 역사연구회는 그런 뜻으로 모인 동지들입니다."

"동지?"

나는 동지라는 말에 저항감을 느꼈지만 반대로 아들의 눈에서는 서기가 일고 있었다.

"예. 우리 동지들은 통일이라지만 국토 대부분을 상실한 슬픈 삼 국통일의 역사와 임진왜란 직전의 국론 분열 상황, 그리고 조선의 그 말도 안 되는 외척 세력의 활거와 사색 당쟁, 광복 전후의 어수선 함과 한국전쟁의 과정 등의 몇 역사적 사안에 대해 외세와 연관하여 심도 있게 연구하면서, 다시는 이민족에게 시달리지 말고 민족자존 을 지켜야 한다는 연구를 하고 있을 뿐입니다."

"연구라?"

"예. 촛불을 들었지만 우린 순수해요."

"순수하다?"

나는 나도 모르게 어느새 아들에게 흡수되고 있음을 느꼈다.

"그럼요. 순수하지요. 우리가 촛불을 켰다는 이유만으로 왜 기득 권자들에게 지명수배를 받아야 합니까? 왜 우리가 빨갱이 세력입니 까? 역시 그들은 돌대가리들입니다. 아버지, 지금은 맑은 시냇가에 유영하는 피라미가 흰 비늘을 하얗게 드러내놓듯이 밝아진 세상임 을 잘 알지 않습니까? 우리의 정체는 투명합니다. 다시 말씀드리지 만 우리의 지명수배 그건 모순입니다."

수현이는 내가 제 말에 빨려 들어가는 낌새를 알아차렸는지 더욱 열정을 보이고 있었다.

"모순?"

"예. 김사국 열사도 분명 민족자존을 위해 독립을 외친 좌파였습니다. 그러나 그분은 이미 체제에서 자유로워진 분이 아닙니까? 그는 복권되었습니다. 훈장 애족장을 받았습니다. 그이처럼 정의로운 자세와 올곧은 신념으로 살면 어느 때인가는 면죄가 됩니다. 나는 그걸 믿습니다."

아들의 논리는 점점 진화되고 있었다. 나는 수현이의 말이 끝날 때까지 경청을 했다. 설득하려는 내가 설득을 당하고 있었다.

그랬던 수현이가 자수를 하겠다고 어둡기 전에 하산한 것이다. 내가 지금 노심초사하고는 있지만 수현이가 가벼운 아이가 아님을 잘 알고 있다. 수현이는 결코 아비를 속이는 가벼운 아이는 아니다. 자기 말에 책임을 질 아이이다. 그건 아들에 대한 나의 신뢰이다. 그렇게 생각하면 할수록 그의 하산은 정말 믿을 수가 없었다. 그렇게 견고했던 수현이에게 갑자기 심경변화를 오게 한 것은 뭘까? 역사연구회에서 수현이를 제 아비에게서 분리시키라는 지령이 떨어진 걸까? 그렇다면 나의 설득에 아들이 순순하게 응했던 고개 끄덕임은 허위인가?

나는 두 손을 모은다. 그리고 간절히 기도를 드린다. 언제 끝날지 모르는 이 불운한 시대에 태어난 내 아들 수현이를 위해, 하늘에 있는 선친을 위해, 그리고 나를 위해……. 동시에 수현이가 바라는 그런 세상이 되는 날, 그 날을 위해…….

이제는 밤도 점점 깊어지고 있었다. 산도 잠을 자려나보다. 사위가 이렇게 조용해지는 걸 보니……. 산새소리도 들리지 않는다. 적막감만이 감돈다.

'그런데 수현이가 정말 자수할까? 또 다른 제3의 장소로 가 모략을 시작하려는 건 아니겠지. 그래서는 안 되는데……. 아녀, 아녀. 수현이는 자기가 한 말을 그냥 흘리는 아이는 아니여. 꼭 자수할거여. 그럴 거여.'

난 그 말을 혼자서 몇 번이고 되풀이한다. 그러면서 이 동굴 앞에서 영원히 떠나지 않을 사람처럼 붙박이가 되어 앉아 있다. 멀리 밤하늘을 응시하면서……. 아버지별이 빛난다. 저 빛나는 별은 아버지별. 그렇다. 아! 아버지별이 지금 내리꽂힐 듯이 나를 향해 쏟아지고 있다.

우리의
산타클로스

　어머니는 말끝을 좀 흐리긴 했으나 정말 오랜만에 '아버지'라는 말을 스스로 먼저 입에 올리고 있었다. 하지만 자세는 역시 흐트러지지 않았다. 다만 목소리의 톤이 팍 가라앉아 있었다. 순간 어머니의 허전하게 비어있을 마음이 내게 찌르르 전율이 되어 전달되었다.

1

크리스마스가 다가오면 어김없이 찾아와주는 두리 벙어리. 마을 사람들은 모두 그를 좋아했다. 마을에서는 그를 '산타클로스'로 아니, 기쁨을 안겨주는 '아기 예수'로 환영했다. 그가 마을에 머무는 동안 그중에서도 우리 또래들은 그와 함께 있기를 바랐다. 그뿐만이 아니다. 우리 중 대부분은 그 아기 예수가 살고 있다는 두리 마을에 가보고도 싶어 했다.

하지만 한 번도 그는 우리에게 두리 마을로 함께 가자고 말한 적은 없었다. 물론 그의 어눌한 말투 때문에 의사소통을 잘할 수는 없었다. 그는 말하는 것을 아주 힘들어했다. 그럴수록 그가 산다는 두리 마을은 어떤 곳인지 우리에게는 아주 궁금하기만 했다. 나 역시 매우 궁금했다. 가능하다면 난 기회를 만들어 그곳엘 한 번 꼭 가보고 싶다.

이번 겨울에도 어김없이 우리는 그를 맞았다. 하지만 예년과 달리 아쉽게 작별을 했다. 나는 이번 겨울에 아기 예수, 그를 처음 맞이한 사람이다. 우리 중에 두리 마을에서 온 아기 예수를 처음 맞이한 사람이 겨우내 그를 차지하는 것으로 되어 있었다. 그것은 우리의 약속이었다. 그러나 그가 다른 해에 비해 크리스마스를 하루 앞두고 왔다가 이튿날 아침 휑하니 떠났기 때문에 참으로 아쉬웠고, 서운했다. 특히 나에게는……

이제, 그는 다시 겨울이 돌아와야 우리에게 나타날 것이다. 물론 다음 겨울에도 틀림없이 예전과 똑같은 모습으로 우리 마을에 올 산타클로스지만, 겨울이 되려면 아직 멀었다. 일 년을 기다려야 한다. 그런데도 나는 지금부터 그를 기다린다. 이번 겨울처럼 우리 마을 사람들 중에서 그를 처음 맞이하는 행운이 오길 바라면서 말이다.

크리스마스를 하루 앞뒀던 열흘 전이었다. 새해가 지났으니 지난해라고 해야 맞는다. 나는 그날 운 좋게 그를 만났다. 이른 아침이었다. 마침 그날은 겨울 방학이 시작되는 날이었다. 게다가 크리스마스 축하 연극 공연 마지막 리허설에 마음이 마냥 들떠 있었던 난 아침을 먹은 후에 서둘러 골목길을 빠져나와 성당으로 가고 있었다. 마침 눈발이 희끗희끗 휘날렸기 때문에 마냥 마음이 설레고 있었다.

화이트 크리스마스라는 기대감으로 들뜬 내가 성당으로 가는 지름길을 놔두고 마을을 한 바퀴 일부러 휘- 돌아 막 병옥이네 담 모퉁이를 돌아섰을 때였다. 불쑥 시야에 들어온 두리 벙어리의 모습, 바로 그였다. 이맘때면 어김없이 아기 예수로 나타나는 그였다. 크리스마스 무렵에 우리 가난한 마을에 산타클로스로 나타나 마을 사람들 가슴 가슴마다에 아기 예수를 안겨주고 선물까지도 아낌없이 듬뿍 내놓는 그였다. 그는 병옥이네 짚더미 위에서 자신이 들고 왔을 큰 검은색 보따리 곁에 동그마니 앉아 있었다. 아기 예수, 그는 날 바라보면서 환한 웃음을 던졌다. 그 웃음은 나의 마음을 밝게 했고, 천진한 아이가 갖는 동심으로 돌아가게 했다. 그를 처음 대하는 순간 나는 그대로 볏짚 더미로 뛰어가 우리의 '아기 예수'를 얼싸안고 싶었다. 그러나 참았다. 소스라치는 놀라움보다는 의당 와주어야 하는 아주 당연한 손님으로 조용히 받아들여야 했기 때문이다. 그래서 나는 살며시 다가가 그의 손을 잡았다. 그런데도 그는 오히려 얼른 일어나 나를 양팔로 감싸 안았다. 잠시 후에는 포옹을 풀더니 내 손목을 꼭 잡기까지 했다. 말없이 씩 웃으면서…….

천진스러운 웃음이다. 그의 웃음은 희끗희끗 내리는 눈보다도 나를 더 즐겁고 행복하게 했다. 하긴 그를 만나기 전에도 오늘의 눈 내림이 그대로 이어져 화이트 크리스마스가 될 수 있을 거라는 기대로 마음이 부풀어 있기는 했었다. 하지만 아기 예수의 나타남으로 인해 일렁이는 기쁨은, 흰 눈에 대한 설렘보다 한층 더한 들뜸으로 내게 다가왔다.

우리는 그의 나이도 이름도 모른다. 그가 두리 마을에서 왔다는 것밖에 아무것도 모른다. 다만 조금도 늙지 않는 그의 모습에 우리는 신기해했을 뿐이다. 벌써 오래전부터 우리 마을에 드나들고 있는 그였지만 늘 젊게 아니, 그냥 천진한 아이로 다가왔다. 우리 모두는 지금도 그가 어쩌면 먼 훗날까지 오래오래 젊고 천진한 모습 그대로 아기 예수가 되어 다가올 것이라 믿고 있다.

그것은 우리 마을 어른들에게도 마찬가지였다. 어머니에게 물어

봐도 그의 나이를 알지 못한다니 말이다. 어머니가 결혼 후에 친정에서 우리 마을, 할머니가 사는 시댁으로 왔던 그때나 지금이나 변함없이 동안(童顔)이라서 그의 나이를 측량할 길이 없다고 했다. 다만 그가 어쩌면 뽀얀 얼굴을 소유한 부자 회사 회장님의 말 못할 사연을 지닌 아들일지도 모른다는 소문도 함께 해마다 파다하게 전해졌을 뿐이다.

그러나 우리는 굳이 그의 나이나 이름을 알려고 하지는 않았다. 그의 정체는 상관없이 그냥 친구면 되었다. 즐거우면 되었다. 언제나 흘려주는 천진스러운 웃음, 그리고 어른들이 흔히 갖는 지나친 욕심 같은 것이 조금도 엿보이지 않는 얼굴, 그런 것들이 우리를 기쁘게 하고 있었으니 말이다.

그렇게 생각하면서도 그에 대해 사실은 우리 모두 궁금해했다. 나도 궁금했다. 이번 겨울에도 그는 전과 다름없이 싱싱하게 지금 내 앞에 서 있다. 그러니 그의 나이를 알아맞히기란 어려움이 따를 수밖에 없다. 더구나 반벙어리인 그는 거의 말을 하지 않으려 했다. 따라서 그에 대해 뭔가를 캐낸다는 것은 한마디로 어려웠다.

"언제 왔어? 아침은?"

내가 그에게 던진 첫말이었다. 우리에게 정말 다행인 것은 두리 벙어리의 귀가 꽉 막히지 않고 반쯤 뚫려 있다는 점이다. 그는 고개를 흔들었다. 내 말을 알아듣는 것은 확실했다. 그러나 역시 입을 열지는 않았다. 하지만 그가 어젯밤에 우리 마을로 들어온 것만은 확실해 보였다. 잠자리를 보면 단박에 지난밤을 이곳에 보낸 것을 알 수 있었다. 그가 보금자리를 폈던 짚더미 안에서는 아직도 온기가 모락모락 피어오르는 듯한 느낌이 들었으니까 말이다.

"밥을 갖다 줄까?"

그는 그 말에도 대답을 하지 않고 고개만 흔들어 댔다. 역시 반벙어리다웠다. 빙그레 웃기만 하더니 다시 나의 손목을 꼭 잡았다. 그의 손이 따뜻했다. 혹한이 이어지는 이 한데서 겨울밤을 지낸 사람 같지가 않았다. 믿기지 않았다. 나라면 이 추위에 당장에라도 꽁꽁 몸이 얼어붙을 것 같은데 그는 오히려 얼굴까지도 불콰하니 말이다.

나도 그의 손을 꼭 잡았다. 따뜻한 체온이 내 가슴속까지 전달되는 듯했다. 당장에라도 집에 가 김이 모락모락 나는 이밥을 갖다 주고 싶었다. 그가 원한다면 어머니도 즐거운 마음으로 허락할 것이다. 어머니뿐만 아니다. 우리 마을 사람이라면 누구도 그를 싫다 할 사람은 없다. 모두 환영이다.

어쩜 세 해 전, 세상을 떠나신 아버지도 하늘나라에서 그를 돌보고 싶어 할지도 모른다. 아버지 역시 생전에 그를 무척, 아주 무척 환영했으니까. 맞다. 나의 아버지께서도 그를 늘 보호하고 아꼈을 만큼, 특히 그는 우리 집에서 존재감이 확실한 사람이었다. 그러니 내가 그를 좋아하는 것은 아주 당연했다.

어쩌면 그는 늘 풋풋한 오이를 깨물었을 때와 같은 신선함과 함께 천진함을 우리 마을에 뿌려주고 있는 사람이라는 걸 누구나 인정할 정도였다고나 할까? 따라서 그가 몇 날 며칠을 얼굴을 닦지 않고 다닌다든지 양치질을 않을지도 모른다는 염려를 할 필요는 없었다. 그는 그러한 예사로운 속박에서 이미 벗어난 사람이기 때문이다.

"밥 먹었어? 시장하지 않아?"

"……."

그는 내 물음에 여전히 아무 말도 하지 않고 머리만 흔들었다.

"이제 조금만 있으면 아이들이 떼 지어 나올 텐데……. 뭘 좀 먹어야 함께 놀 수 있잖아?"

그제야 그는 대답 대신 천천히 자기 짐 꾸러미를 가리켰다. 그 속에 먹을 것이 있다는 뜻인지 그렇지 않으면 해마다 그래 왔듯이 우리에게 나누어 줄 선물이 있다는 뜻인지 알 수가 없었다. 하기사 예전대로라면 그의 아침 식사는 간단했다. 청솔잎 두어 웅큼에 무 반토막. 그렇지 않으면 사과 한 개 정도에 그쳤다. 어쩌면 보따리 속에는 그게 많은 선물과 함께 들어 있을 것이 확실하다.

역시 그는 내가 예상한 대로 털썩 제자리에 주저앉더니 이내 그 검은색 보따리를 끄르기 시작했다. 그리곤 늘 그랬던 것처럼 청솔잎을 꺼내어 질경질경 씹기 시작했다. 그는 시다거나 떫다거나 그런 표정도 없이 히죽히죽 웃는 얼굴로 맛있게 먹고 있었다. 그의 불과한 얼굴, 서기가 서린 둥그런 눈, 그리고 우뚝 솟은 콧날이 함께 어우러지며 히죽거리고 있었다.

"맛있어?"

나는 그의 입장에서 보면 어리석게 물은 셈이다. 하지만 나의 어리석은 물음과는 달리 그는 고개를 크게 끄덕이며 벙글벙글 웃어댔다. 청솔잎이 맛이 있을 리가 없었다. 나도 시큼하고 떫디떫은 청솔잎을 깨물어 본 적이 있었다. 언젠가 칡뿌리를 캐러 산에 올라갔을 때 문득 두리 벙어리 생각이 나서 솔잎 서너 개를 따 질경질경 씹은

적이 있었다. 그런데도 그는 아주 맛이 있다는 듯이 솔잎을 씹기 시
작한 것이다.

어느새 희끗희끗 내리던 눈발이 점점 더 굵어지고 있었다. 굵어진
눈발은 두리 벙어리의 덥수룩한 머리칼 위로 쏟아지듯 내리고 있었
다. 그의 머리가 온통 하얀색이다. 그는 그 눈송이들을 그대로 떠받
아 머리에 이고 서서 청솔잎을 계속 씹어대고 있었다. 여전히 눈가
에 웃음을 띤 채였다. 그러더니 불쑥 사과 한 알을 자기 짐 속에서
꺼내어 내 앞에 내밀었다. 나는 고개를 흔들었다. 사과를 받지는 않
았다.

"머……억……어."

그의 첫마디였다. 그게 나에게 한 첫 말이다. 음질이 아주 투박했
다. 그가 말을 하지 않으려는 걸 우리는 잘 안다. 그는 말보다 언제
나 먼저 행동으로 우리에게 자기의 본모습을 드러내는 사람이었다.
예쁘면 두 손을 활짝 벌려 안았고, 즐거우면 먼저 아이처럼 깡충깡
충 뛰었다. 그가 말을 하기가 얼마나 어려운지를 잘 알기 때문에, 우
리는 원하지도 않았다. 그런데도 그는 마침내 입을 뗀 것이었다. 기
뻤다.

'맞아, 나에 대한 반가움의 표시일 거야. 아냐, 우리 중에 나를 대
장으로 받들겠다는 뜻일 거야.'

내가 아전인수 격으로 그렇게 생각하고 있는데 그는 어느새 다시
사과를 하나 더 꺼냈다. 먼저 자기가 콱 베어 물었다.

"머……어……ㄱ……으라니까."

그는 다시 내게 먹기를 권했다. 나는 고개를 여전히 살래살래 내저었다. 그의 아침 식사를 나눠 먹고 싶지 않아 사양했다. 그러고는 이내 뒤돌아섰다. 조금 전까지 나의 계획은 성당에 가는 것이었다. 하지만 난 갑자기 나타난 그 때문에 마음이 흔들리고 있었다.

그는 역시 우리에게는 베들레헴 마구간의 아기 예수로 영접할 만한 그런 사람이었다. 적어도 우리 마을 사람들에게만은 그랬다. 기쁨을 안겨주었기 때문이다. 우리 어머니도 그를 늘 긍휼히 여겼다. 그랬다. 심장마비로 거짓말처럼 하늘나라에 가시기 전까지, 아버지 역시도 두리 벙어리가 나타날 때마다 그에게 향하는 관심은 정말 각별했었다. 아버지는 우리 마을에서 아이들 말고 어른 중에는 그와 제일 가까운 편이었다. 일 년 사이로 할아버지와 아버지를 연이여 잃은 외로운 나에게 그날 아침은 엄청난 행운을 맞은 셈이었다. 그의 출현은 세상을 떠나신 아버지에 대한 그리움이 되어 다가왔다고 할 만큼 반가웠다. 게다가 나는 그의 주인이 되었잖은가! 어쩜 이번 겨울을 두리 벙어리와 어울려 신 나게 보내라고 배려하는, 하늘나라 아버지의 돌보심 때문인지도 모른다. 그렇지 않고서야 나는 두 해 전에 이어 다시 그에 대한 기득권을 얻을 수는 없다고 생각했다.

그를 처음 만난 사람이 그의 주인이 되는 것은 우리 사이에 맺은 오래전의 언약이자 묵계였다. 따라서 이번 겨울은 우리의 대장이 바로 나일 수밖에 없다는 사실이다. 지난해 대장이었던 병옥이가 있긴 하지만 그가 대장 자리를 내놓으리라 나는 믿는다.

두리 마을에서 온 벙어리 천사인 그는 이렇게 우리에게 절대적인 권리까지도 행사하게 했다. 그런 뜻에서도 우리는 그를 아주 많이 사랑해야 한다. 그도 우릴 좋아했다. 나이를 먹었지만, 그는 우리와 늘 다정한 친구였다. 때로는 부하였다. 그는 우리가 하라는 대로 했기 때문이다. 어떤 때는 자상한 형님이었고, 충실한 부하일 수도 있었다.

나는 제일 먼저 이 소식을 어머니에게 알리고 싶었다. 아이들이 좀 걸리기는 했지만 어차피 그가 병옥이네 집 누리에서 자리를 잡았으니 우리 마을을 떠나기 전까지는 다른 곳으로 옮기지는 않을 것이다. 자연히 우리의 본부도 이곳으로 정해질 수밖에 없었다.

난 성당에 가는 걸 잊은 사람처럼 마지막 리허설 점검에 참여해야 하는 것도 뒤로 한 채, 한 걸음에 집으로 돌아왔다. 다른 때 같으면 친구들에게 알려야 했었다. 하지만 오늘따라 그가 나타난 사실을 어머니에게 먼저 알리고 싶었다.

"어머니, 어머니!"

나는 대문을 박차고 마당으로 들어서자마자 호들갑스럽게 어머니를 불러재꼈다.

"웬일이니? 욱아, 무슨 급한 일이라도 있어? 성당에 간다더니? 어휴, 저 머리 좀 봐. 어서 눈을 좀 털으렴."

어머니는 들떠 있는 날 바라보며 고개를 갸웃했다. 어머니는 화롯가에 앉아 손뜨개질을 하면서 다른 한편으로는 밤을 굽고 있었다. 방안을 가득 채운 고소한 냄새가 내 콧속을 자극했다. 나에게 줄 밤이었다. 어머니는 겨울이 되면 앞산에서 주워온 밤을 구워 나에게 주는 것이 손뜨개질과 함께하는 일과 중의 하나였다. 어쩜 밤을 구우면서 아버지를 그리워하고 있는지도 모른다. 아버지는 할아버지와 함께 아주 오래전부터 마을 뒤편에 있는 허 씨네 종산을 빌어 밤농사를 지었었다. 지금은 농사지을 권리가 다른 사람에게 넘어갔지만 나도 그 추억을 떠올리면서 밤 산에 올라가 가을 내내 떨어진 알밤을 주워왔다. 어머니도 시간이 날 때는 더러 밤을 주웠다. 아직도 그곳에는 우리에게 허락된 밤나무 지분이 몇 그루 있었다. 그곳에 가면 밤이 지천으로 깔려있었다.

"어머니, 나타났어요!"

나는 손뜨개질하는 어머니를 잠시 바라보면서 들뜬 목소리로 호들갑을 떨었다.

"나타나다니? 누가 나타났다는 거야? 덤벙거리지 말고 찬찬히 말해보렴."

"아기 예수가 나타났어요."

"오, 그래? 아기 예수? 올해도 어김없이 그가 온 모양이구나."

어머니는 아주 반가워했다. 어머니는 두리 벙어리, 그를 간절히 기다리기나 했다는 듯이 순간적으로 손뜨개질하던 대바늘을 놓고는 갑자기 허공을 향해 성호를 그었다. 아버지가 하늘나라로 가시고부터는 더욱 천주님께 의지하는 어머니였다. 신앙심으로 다져진 어머니의 표정은 아주 엄숙했다. 문득 어머니의 그 모습은 거룩해 보이기까지 했다. 전에는 느끼지 못했던 분위기였다. 나도 그 분위기에 금방 휩싸여 어머니처럼 얼른 성호를 그었다.

"그가 우리에게 화이트 크리스마스가 되라고 흰 눈을 몰아주는구나. 아니, 화이트 크리스마스는 그를 통해 주시는 예정된 천주님의 축복이었구나."

어머니는 창밖을 내다보며 조용히, 아주 조용히 중얼거리듯 말했다. 어머니는 조금은 감격스런 모습을 내게 연출하고 있었다.

"그래요. 맞아요. 이미 온 세상은 화이트 크리스마스가 되어버렸는걸요."

나는 신이 나 밖을 바라보았다. 눈은 이제 아예 함박눈이었다. 펑펑 쏟아지고 있었다. 어머니도 한동안 말을 잃은 사람처럼 그 함박눈만을 바라보고 있었다. 그런 모습의 어머니에게 나는 조용히 입을 열었다.

"어머니, 그에게 아침을 갖다 주고 싶어요."

"그래? 그가 밥을 달래던?"

"아니에요. 그냥 예전처럼 청솔잎을 씹다가 과일을 먹고 있었어요."

"그는 여전하구나. 하긴 우리 마을 사람 중에 아무도 그가 이밥을 먹는 걸 본 사람은 없었으니까."

"그랬어요. 역시 지난해와 같았어요."

"그럴 테지."

어머니는 다시 성호를 그었다. 두리 벙어리가 가엾다는 뜻인지 어머니 자신의 영혼을 위해 기도한다는 뜻인지 나는 알 수 없었다. 그렇지 않으면 그가 나타난 크리스마스 전날, 문득 당신의 남편인 나의 아버지를 향한 그리움이 더욱 샘솟는다는 표시인지 알 수 없었다. 평소에 어머니는 내게 아버지에 대해 거의 속마음을 드러내지 않는 분이었다. 그러면서도 지난해에도, 저 지난해에도 두리에서 온 반벙어리 천사에게 주는 어머니의 정만은 늘 따뜻했다.

2

그가 나타났다는 소식이 온 마을에 전해진 것은 채 한나절도 걸리지 않았다. 마침 겨울방학이 시작된 날이라서 우리는 두리 벙어리 곁으로 일시에 모일 수 있었다. 처음에는 하나둘씩 오더니 점심 무렵에는 마을 전체 아이들이 다 몰려올 듯이 떼 지어 오고 있었다. 위뜸, 아래뜸 친구들까지 다 왔다. 내 또래 중학생들이 대부분이었지만 우리보다 서너 살 어린 초등학교 아이들이나 아주 작은 조무래기들도 몰려들어 왁자지껄했다.

계속 희끗희끗 뿌려대는 눈발 속에서도 우리는 모두 그의 둘레에 모여들어 웅성거렸다. 가난한 마을에서 사는 우리 중에는 더러 두리 벙어리에게 푸짐한 선물을 받아가고 싶어 했다. 그걸 바라는 이들도 있었다. 하지만 나와 같은 몇 친구들은 선물보다는 오히려 그와 더 가까워지면서 놀고 싶어 했다. 그걸 더 원했다. 물론 나도 그랬다.

자기를 환영하는 이들이 점점 몰려들어 붐비자 두리 벙어리는 더욱 싱글벙글했다. 그는 아이들이 나타날 때마다 양말과 털장갑을 하나하나 선물했다. 꼬마들에게 줄 아기곰 인형도 있었다. 할아버지와 할머니께 드리라고 알사탕을 내놓기도 했다. 바로 그게 우리에게 풀리지 않는 수수께끼였다.

'그는 어디서 이렇게 푸짐한 선물을 준비해 오는 걸까? 그의 정체는 무엇일까?'

말도 제대로 하지 못하는 주제에 분에 넘치는 선물이었다. 그는 일 년을 이 며칠을 위해 열심히 사는 것인지도 모른다. 내가 생각해

봐도 오히려 우리가 그를 도와주어야 할 형편이다. 그런데 영 딴판이다. 어쩌면 정말로 그는 소문대로 두리 마을에 사는 큰 부자의 아들인지도 모른다.

그가 사는 두리 마을은 어떤 곳인지 다시 궁금해진다. 나도 저지난해부터 그곳에 정말 한번 가보고 싶었다.

'반벙어리 천사 두리 벙어리는 일 년 내내 거기서 무엇을 할까? 그의 부모님은 그에게 가난한 마을의 가난한 아이들에게 적선을 허락하고 있는 걸까? 하지만……. 설혹 그가 나를 두리 마을로 데리고 간다고 하면 우리 어머니는 허락을 하실까?'

그것도 걱정된다. 난 선물 받느라 웅성거리는 꼬맹이들을 바라보며 골똘히 생각에 잠겼다. 그러면서도 그의 표정을 놓치지 않았다. 그는 여전히 즐거운 표정으로 선물을 나눠 주고 있었다. 그의 짐 꾸러미는 정말 산타클로스가 가지고 다니면서 특별히 만들어 낸 요술 주머니라도 되는지 바닥이 드러나지 않고 있었다.

그는 역시 우리의 아기 예수였고, 산타클로스이기에 충분했다. 크리스마스를 불과 하루 앞두고 극적으로 나타난 것도 그렇지만 그가 천진스럽게 웃는 얼굴을 보고 있노라면 정말 우리의 마음까지 착해지는 것 같은 기분이 들었기 때문이다. 하지만 다른 한편으로는 그를 거의 일 년 동안 잊고 있다가 크리스마스가 될 무렵에서야 우리 가슴에 담게 되는 것이 조금쯤 미안하기도 했다. 어쩌면 그는 우리에게 기쁨을 주기 위해서 태어난 사람인데…….

내가 정신을 홀딱 그에게 빼앗기고 있을 무렵, 내 앞에 불쑥 나타난 것은 병옥이었다. 자기 집 볏 누리인데도 평소와는 달리 그의 출현은 늦은 셈이다. 그는 오자마자 한마디를 했다.

"우리 지금부터 눈싸움을 하자. 이기는 쪽이 아기 예수를 차지하는 거다?"

병옥이는 내게 싱글거리며 다가들었다.

"무슨 소리를 하는 거야?"

순간 나의 두 눈이 치켜 올라갔다. 그 제안에 결코 응할 수가 없었다. 적어도 그는 내 몫이기 때문이다. 그를 부릴 수 있는 것은 나였다. 그것은 우리의 오래된 언약이었다.

"그냥 한 번 해본 소리야."

내가 강력하게 나오자 병옥이가 내 기세에 몰려 목을 움츠리고 기어들어갔다. 꼬리를 내렸다.

"눈싸움은 눈싸움이고, 아기 예수는 아기 예수잖아."

나는 더욱 강력하게 주장했다. 기정사실하기 위해서였다.

"그것은 욱이의 말이 맞아. 아기 예수는 욱이의 몫이야."

정수가 옆에서 판가름을 해주듯 역성을 들었다. 정수의 판단에 병옥이는 더는 아무 말을 하지 못했다. 난 우리의 언약을 깨뜨리려는 병옥이가 못마땅했다.

"너희들 그러지 말고 이왕 이야기가 나왔으니 눈싸움이나 하자."

정수가 분위기를 수습하려는 듯이 나섰다.

"그래, 어차피 오늘 눈은 우리의 아기 예수가 몰고 온 눈이니까. 눈싸움도 의미가 있을 것 같네."

"맞아. 화이트 크리스마스 만세! 아기 예수 만세!"

옆에서 또 다른 아이가 큰 소리로 외쳤다. 아이들이 그 말에 모두 동의했다.

"좋다. 그럼 아기 예수가 욱이의 몫이라는 걸 확인시켜 주자."

병옥이가 그때야 나의 기득권을 인정한다는 듯이 확실하게 고개를 끄덕였다. 그러고는 이내 눈을 뭉치기 시작했다. 다른 아이들도 따라서 눈을 뭉쳤다. 홍석이, 명준이, 남구, 태석이 등 모두 앉아 눈을 뭉쳤다. 아이들은 모두 즐거움으로 들떠 있었다. 그러나 아직 푸슬푸슬 해 잘 뭉쳐지지 않았다. 눈은 반쯤 녹을 때가 제일 단단하게 뭉쳐지는 법이다. 그런데도 아이들 몇몇은 아기 예수가 준 털장갑을 끼고 눈을 뭉치기 시작했다. 우리가 눈을 뭉치자 아기 예수인 두리 벙어리도 싱글거리며 눈을 뭉쳤다. 모두 열심히 눈을 뭉쳤다. 우리는 낱알이 다 떨어진 짚단 위에 뭉친 눈덩이를 차곡차곡 쌓았다.

이제는 편을 갈라야 했다. 그러나 모두 아기 예수와 한편이 되고 싶어 했다.

'그러면 싸울 상대가 누구인가?'

금방 눈싸움이 시들해지려고 한다.

'이러면 안 되는데 그는 누구의 편도 아닌데.'

나는 조금 실망했다. 바로 그때 우리의 아기 예수가 나섰다. 말보다 행동이 늘 앞서 몸짓부터 보여주는 그가 우리 모두를 향해 자기에게 덤비라고 소리를 쳤다.

"더……ㅁ……비……여."

순간 아이들이 함성을 질렀다. 눈덩이가 그에게 날아가기 시작했다. 한 덩이 두 덩이가 아니었다. 수없이 많은 눈덩이가 그를 향해 던져졌다. 그는 눈덩이를 다 맞으면서 웃고 있었다. 웃으며 우리에게 눈덩이를 던졌다. 한꺼번에 세 개, 네 개씩 던졌다. 그러면서도 계속 웃어댔다.

아기 예수는 아이들이 한꺼번에 던진 눈덩이를 용하게도 되받아 던졌다. 그는 마치 삼손이라도 된 것처럼 버티고 서 있었다. 그의 우악스럽게 큰손은 우리를 질리게 했다. 하지만 나는 그의 주인이기 때문에 혹시라도 그의 몸이 상할까가 염려되었다.

"자, 그만 멈춰. 잠시 휴전이다."

나는 그의 앞에 버티고 서서 그를 가로막아 주었다.

"욱이 너 저리 비켜. 아기 예수는 눈을 좋아한단 말이야. 그에게 눈 폭탄을 선물할 테야."

병옥이가 나를 아기 예수로부터 떼어놓으려 했다. 그러자 아기 예수, 그는 나에게 아무 염려를 안 해도 된다는 표정으로 나를 향해 환하게 웃었다. 그러고는 내 앞으로 나와 눈덩이를 다시 던지기 시작했다. 자연스럽게 2차전이 시작되었다. 아이들은 살금살금 그에게 대들었다. 우리의 머리통만 한 눈덩이를 들고 그를 쳐부수기 위해 살금살금 대들었다. 하지만 그는 움쩍도 하지 않았다. 눈덩이를 든 채 그냥 버티고 서 있었다.

아이들의 공격이 시작되었다. 그는 아이들에게 받은 눈덩이 세례에다 아직도 펑펑 쏟아지는 눈 속에 갇힌 채로 헝클어진 머리칼부터 온몸이 하얗게 덮여 버렸다. 그는 눈사람이었다. 흰 눈사람이었다. 그를 향해 던질 눈덩이가 그의 어디를 맞추어야 할지 과녁을 찾기가 힘들 정도였다. 그의 몸 모두가 하얗기 때문이었다. 그래도 아이들은 멈추지 않고 그에게 점점 다가들었다. 그를 에워싸고 들어왔다. 하지만 이제는 누구도 눈덩이를 던지지 않았다. 그냥 대들기만 했다.

　그때쯤해서 아기 예수인 그가 드디어 두 손을 번쩍 치켜 올렸다. 아이들이 약속이나 한 것처럼 와와 함성을 질렀다. 그러다가는 일시에 달려들었다. 그의 어깻죽지, 다리 가랑이, 그러고는 짚더미 위로 올라가 들어 올린 팔뚝에까지 매달렸다. 계속 소리쳐대기도 했다. 그는 꿈쩍하지 않았다. 힘이 센 그였다. 아이들을 뿌리치지 않고 그대로 매달고 있었다. 그러면서 그는 웃었다. 난 웃는 그를 바라보며 생각했다.

　'우리의 아기 예수는 얼마나 힘들까?'

　나는 그가 갑자기 안쓰러워보였다. 그래서 아이들 앞으로 한 발짝 나왔다.

　"자, 너희들 물러나."

　나는 소리를 질렀다. 하지만 아이들은 나의 말을 듣지 않았다. 오히려 더욱 몰려들었다. 드디어 그의 몸이 기울기 시작했다. 팔이 내려가는가 싶더니 짚더미 위에 벌렁 나자빠졌다. 그래도 그는 웃었다. 그의 웃음은 싱글벙글하는 정도가 아니었다. 짚더미를 무너뜨릴 만큼 우렁찼다. 나는 그의 팔을 잡아 일으켰다. 순간 그가 나의 손을 꼭 잡았다. 그는 아이들 틈을 용케 빠져나오면서 나를 번쩍 들어 올리면서 껄껄껄 신 나게 웃어대는 것이었다.

　"만세! 만세! 욱이 만세. 우리 대장 만세."

　그 모습을 바라보면서 홍석이가 제일 먼저 소리를 질렀다.

"만세, 만세. 아기 예수 만세."

아이들이 연이어 짚더미 위에서 일어서며 따라 외쳐댔다.

"자, 이제 더 날이 저물기 전에 우리의 서약을 하자."

그때 정수가 크게 소리쳤다. 그 말에 병옥이도 동의했다. 그는 일어서서 눈덩이를 집어던지며 말했다.

"그래, 맞아. 오늘부터 우리의 본부는 이곳이다. 그리고 우리의 대장은 욱이다. 우리 이 겨울을 아기 예수와 함께 보내기 위해 약속을 하는 것이다."

나는 병옥이의 말에 와와 거리는 아이들을 바라보며 그의 품 안에서 조용히 떨어져 나왔다. 나를 바라보면서 다시 병옥이가 확인 사살을 해주었다.

"두리 벙어리가 언제 우리 마을을 떠날지 몰라도 그는 전에도 그랬던 것처럼 우리에게는 영원한 산타클로스이다. 욱이는 그를 부리는 대신 잘 보살펴 주어야 한다. 나는 지난해에 내가 가졌던 그 권리를 욱이에게 넘겨준다."

병옥이는 언제나 우리를 이끌어 가는 친구였다. 힘도 셌고, 판단력도 우리보다 앞서는 아이였다. 그러나 병옥이의 선언으로 인하여 적어도 아기 예수인 그가 우리 마을을 떠나기 전까지 내가 그를 이끌어 나갈 수 있게 되었다.

두리 벙어리, 아니 우리의 아기 예수이며, 산타클로스인 그는 해마다 나타나 이렇게 우리를 한데 묶을 수 있는 역할까지 했다. 소도시의 변두리 빈촌에 사는 우리는 기껏해야 전자오락실이나 만화방 그렇지 않으면 논바닥에 물을 대 만든 스케이트장에서 한겨울을 보내야 했다. 그런 우리에게 푸짐한 선물까지 들고 나타나서 우리를 즐겁게 해주는 그는, 우리의 다정한 친구였다. 떼를 써도 받아 주고, 춤을 추며 우릴 웃겨도 주었다. 그날부터 나는 그를 차지하면서 그가 산다는 두리 마을에 갈 수 있을지도 모른다는 기대까지도 할 수 있게 되었다.

물론 그가 어디서부터 어떻게 살다 우리 마을로 오는지를 나 말고도 우리 모두 파헤치고 싶어 했다. 그중에서도 나는 특히 그가 이 무렵에 우리 마을을 다녀가야 하는 이유를 꼭 알고 싶었다. 그것이 비록 어렵겠지만 그를 부리면서 이 겨울에 기회를 잡아 보고 싶었다.

"그럼 오늘은 이만 집으로 돌아가는 거야?"

그때 병옥이가 나의 어깨를 잡으며 물었다. 아이들도 우리 둘 주위로 몰려들었다.

"이제부터는 네 명령에 따라야 해. 우리는……."

나는 병옥이의 말에 기분이 우쭐했다. 그 기분으로 나는 아이들 앞으로 썩 나갔다. 그러고는 입을 열었다.

"자, 오늘은 이만 끝이다. 이제 집으로 돌아가도 좋다."

아이들은 내 말에 모두 흩어지기 시작했다. 이제는 두리 벙어리 곁에 나밖에 없었다. 지금부터 이곳에 더는 머무를 사람은 없다. 그는 별과 함께 이 추운 겨울밤을 혼자서 보낼 것이다. 이 추운 밤을 혼자 아기별과 이야기하면서 웅크리고 있을 것이다.

나는 그가 안쓰러워 아이들이 떠난 후에도 그 자리에 한참을 더 남아 있었다. 하지만 그는 여전히 싱글벙글하고 있었다.

'내가 가고 나도 그는 지금처럼 싱글벙글하며 이 밤을 맞을까?'

아니다. 그는 어쩜 쓸쓸한 모습으로 청솔잎을 씹으며, 사과 한 조각을 삼킬 것이다. 그러나 할 수 없다. 나는 집으로 돌아가야 한다. 아기 예수만 이곳에 남겨 놓고 말이다.

나는 그를 두세 번 뒤돌아보며 집을 향해 천천히 발걸음을 옮기기 시작했다. 그러나 마음은 그에게 가 있었다. 나는 다시 돌아섰다. 하지만 그에게 다가가지는 않았다. 다만 '성부와 성자 그리고 성신님, 그를 지켜주시옵소서.' 하고 빌며 성호를 그었을 뿐이다. 크리스마스이브의 연극 공연을 위해서는 서둘러 집으로 돌아가 저녁을 먹어야 했기 때문에 더는 시간을 지체할 수가 없었다.

3

성당에서의 크리스마스이브 축하 연극 공연을 마쳤을 때는 이미 밤이 이슥한 시간이었다. 물론 우리의 산타크로스이자 아기 예수인 그도 맨 앞자리에 앉아 연극 공연을 감상하고 돌아갔다. 그는 짝짝짝 손뼉을 치면서 열심히 구경하다가 순서가 다 끝나자마자 웬일인지는 몰라도 휑하니 사라져버렸다. 내가 연극에서 썼던 소도구를 챙기는 동안에 없어진 것이다. 돌아오는 길에 일부러 병옥이네 짚더미 쪽으로 돌아서 왔지만 그곳에도 그는 없었다. 그래서 일단은 그를 포기하고 집으로 돌아올 수밖에 없었다.

집에 와서도 나는 우리의 아기 예수가 염려되었다. 우리의 산타클로스인 그가 많이 걱정되었다. 아직도 흰 눈은 펑펑 쏟아지고 있었다.

나는 그가 눈 오는 밤을 어떻게 지새울지 마음이 놓이지 않았다. 다행히도 밤이 되면서 날씨가 좀 누그러지고는 있었다. 하지만 포근하게 눈이 내린다 해도 겨울은 겨울이다. 혹독한 추위가 아니라고 해도 자꾸만 그가 염려되었다. 걱정하니 잠도 오지 않았다. 아침에 그가 나를 향해 히죽이 웃어대던 얼굴이 자꾸 떠오르는 것이다.

'지금 아기 예수는 집 더미 속에 파묻혀 싱글벙글 웃고 있을까? 밤사이 눈이 내리면 그 흰 눈이 아예 그의 머리부터 발끝까지 하얗게 덮어버릴 텐데. 그러면 얼어 죽을지도 모르는데……?'

나는 자꾸 몸을 뒤척였다. 잠이 오지 않았다. 대장으로서 그를 부릴 수 있는 권리와 함께 돌볼 의무가 내게 있는 것이다. 어깨가 무거워졌다. 저지난해 내가 대장을 했을 그때는 느끼지 못했던 부담감이었다. 난 밤이 늦도록 몸을 자꾸 뒤척일 수밖에 없었다.

어머니는 낮에 이어 내 곁에서 밤늦도록 손뜨개질을 하고 있었다. 이웃 큰 도시에 있는 백화점에 납품할 니트였다. 손뜨개질은 어머니의 유일한 취미 중 하나였는데, 아버지가 세상을 뜨시면서부터 어쩌면 그 일은 생활 수단이었다. 어머니의 손뜨개질은 시집오기 전부터 시작한 일이었다는데 지금은 아주 대단한 솜씨였다. 니트뿐만 아니라 목도리, 모자 등 다양했다. 백화점에서도 그 수제품은 아주 인기가 있다고 했다.

"욱아. 넌 지금도 그 두리 벙어리를 생각하고 있니?"

어머니는 손뜨개질을 하다가 잠시 멈추고는 잠을 이루지 못하는 내 모습에 눈길을 주면서 입을 열었다

"예, 어머니. 두리 벙어리, 그가 이 추운 겨울밤을 어떻게 지새울까요?"

"너무 걱정하지 마라. 그는 늘 이렇게 겨울을 보내왔으니까. 다행히 날씨가 조금은 누그러들었잖니."

역시 어머니는 담담해했다.

"그래도 매우 춥겠지요?"

"네가 너무 염려하는 것 같구나. 그는 늘 우리 곁에 그런 모습으로 다가왔는데……?"

어머니는 여전히 흐트러지지 않는 차분한 모습이었다.

"그런데 어머니, 정확히 그가 우리 마을에 오기 시작한 것은 언제부터였어요?"

나는 이번 기회에 궁금증을 몽땅 다 풀어내기라도 할 듯이 작정을 하면서 어머니에게 물었다.

"글쎄다. 한 15년도쯤 됐다. 너를 낳던 해부터였으니까."

어머니 말씀은 사실이었다. 겨울만 되면 그것도 크리스마스가 될 무렵, 그가 우리 마을에 나타나기 시작한 것이 언제부터인지 난 알 수 없었다. 내가 태어나던 해부터라니 그게 당연했다. 시장터 벌전 쪽에서, 더러는 미루나무가 서 있는 들판 빈 가옥에서, 어느 해는 성당이 있는 언덕배기 쉼터인 팔각정 정자에서 그는 해마다 머물다 가곤 했었다.

가난한 이곳 사람들에게 그는 왜 선물을 꼭 주려는 걸까? 그는 도대체 누구일까? 그리고 우리 마을과 어떤 인연이 닿아 그가 겨울에 따뜻한 마음으로 한 아름 선물을 가지고 우리 마을로 오는 것일까?

나는 또 그게 궁금해지기 시작한다. 가난한 우리 마을에 들렀다가는 이유를 알려면 역시 그가 사는 곳을 가서 직접 확인해야 할 것 같았다. 아무래도 우리 마을과 아주 특별한 인연이 있을 것 같았다. 그래서 나는 나의 궁금증을 전하기 위해서는 바로 지금이 어머니에게 간청할 때라고 생각하며 입을 열었다.

"어머니."

"응?"

어머니는 손뜨개질을 다시 잠시 멈추고는 자애로운 눈빛을 내게로 쏟았다.

"이번 기회에 그가 사는 두리 마을에 꼭 한번 가보고 싶어요. 허락해 주셔요."

"그가 가자든?"

지난해에도 내가 요청했던 요구였지만, 어머니는 그날도 역시 내 간절한 마음과는 달리 지나는 말처럼 대수롭지 않게 또 스쳐 지나가려 했다.

"아니에요."

나는 고개를 흔들 수밖에 없었다. 하긴 두리 벙어리, 그가 우리를 향해 그 누구에게도 두리 마을에 가자고 한 적은 단 한 번도 없었으니까…….

"욱아, 내가 생각하기에는 두리 마을이란 곳은 아마도 이 세상 어디에도 없는 곳일 게다."

"그렇다면 어머니는……? 그가 일 년 내내 어디에서 어떻게 살면서 털장갑과 양말, 곰 인형을 마련하는 걸까요? 그게 영 의문스럽고 이해가 가질 않아요."

나는 어머니께 말씀을 드리면서도 고개를 갸우뚱했다.

"……."

그러나 어머니는 그쯤에서 더는 대답이 없었다. 말이 없는 어머니를 향해 나는 채근하듯이 다시 물었다.

"어머니, 세상에 없는 마을이라면 그럼 두리 마을은 어디에 있는 마을이라는 거예요? 먼, 아주 먼 나라에 있는 마을이라는 말씀인가요? 그도 아니면 아버지가 계신 하늘나라 아니, 별나라보다 먼 곳일까요?"

나는 생각도 없이 어머니에게 말해서는 안 되는 '아버지' 라는 호칭을 꺼내고 말았다.

"음……. 그건 나도 모르지. 하늘나라에 계신 아버지……. 하지만 그건 너무 심한 상상인데 ……?"

어머니는 내가 아버지라는 말을 꺼냈는데도 아무렇지도 않게 대답을 했다. 그렇다고 빙그레 웃는 것도 아니었다. 순간적으로 눈을 아래로 깔았을 뿐이었다. 역시 아버지에 대한 감정을 나에게 드러내지 않는 어머니였다. 평소에도 냉철함을 소유한 어머니라는 걸 잘 알고 있는 나였다. 나는 머쓱해져 입을 다물었다. 어머니에게 좀 죄송했다.

하지만 나는 잠시 아버지와 생전에 앞산에 올라 밤을 털던 생각을 떠올리다가 두리 벙어리에게 다시 빠지기 시작했다. 역시 난 그날 밤 두리 벙어리의 주인이라는 멍에에 부담을 느끼고 있었다고 봐야 했다. 그래서인지 영 잠이 오지 않았었다. 청솔 잎을 자근자근 깨물며 어느 낯선 도시의 지하도 입구에서 하루 종일 오가는 사람들이 던져 준 동전으로 산 선물일까 하는 상상을 했을 뿐이다. 그러면서도 열심히, 아니다. 거지는 아니다. 그렇지는 않을 것이다 하고 부인을 했다. 맞다. 그의 얼굴에서 풍기는 밝은 미소, 꾸밈이 없는 표정, 천진스러운 모습이 그렇지 않다고 스스로 변명을 해주었다. 그는 정말 우리가 상상한 대로 회사 회장님이거나 아주 큰 부자의 아들인지도 모른다. 그가 이 세상의 가장 낮은 바닥에서 몸을 함부로 굴렸다면 우리에게 그런 의연한 모습을 보여줄 수는 없다. 나는 그를 자꾸 부자의 아들일 거라고 마음속으로 변명을 하다가, 다시 어머니를 불렀다.

"어머니."

"왜? 왜 불러?"

"그럼 지금이라도 잠깐 가서 그가 잘 있는지 확인하고 싶어요. 허락해주세요. 아까 그는 크리스마스 연극 공연을 마치자마자 어디론가 사라져 버렸거든요. 아무래도……."

"아니다. 내버려두래도……."

"얼어 죽을 것 같아요."

"얼어 죽다니? 괜찮다. 그는 내일 아침이면 아마 우리보다 먼저 일어나 아기 예수가 오심을 기뻐하며 마을을 깨울 테니까."

"그럴까요?"

"그렇대도."

어머니는 역시 크게 걱정을 하지는 않았다. 그럴수록 나만 애가

탔다.

"아무래도 날이 너무 추울 것 같아서요."

"아니다. 욱아, 사랑이 넘치시는 우리 천주님께서 그를 보호하실 거다. 할아버지께서 세상을 뜨시고 나서 어느 날 갑자기 너의 아버지마저 불러갔지만 우리는 천주님의 돌보심에 힘입어 이 세상에서 이렇게 살아가고 있잖니……."

어머니는 말끝을 좀 흐리긴 했으나 정말 오랜만에 '아버지'라는 말을 스스로 먼저 입에 올리고 있었다. 그러나 자세는 역시 흐트러지지 않았다. 다만 목소리의 톤이 팍 가라앉아 있었을 뿐이다. 순간 어머니의 허전하게 비어있을 마음이 내게 찌르르 전율이 되어 전달되었다. 그러면서도 한편으로 나는 계속 우리의 산타클로스인 아기 예수가 걱정이 되는 것은 어쩔 수가 없었다.

지금 생각해도 역시 나는 그날 어머니의 심정을 헤아리지 못한 것 같았다. 어머니께 매우 죄송하다. 또한 그날 그에게 지나치게 골몰한 것에 대해서도 하늘나라에 계신 아버지에게도 지금은 좀 미안하다. 아버지께 사과를 드리고 싶다. 역시 나는 그날 밤 아기 예수에게 너무 빠졌었다고 보아야 한다. 그를 내가 보호해야 하는데, 나만 따뜻한 이불을 덮고 잔다 생각하니 미안하단 단순한 생각에 빠져 있어서 그랬었다.

어떻든 그날 밤 나는 손뜨개질을 하던 어머니가 당신의 방으로 들어가고도 한참을 더 뒤척여야 했다. 얼마 후, 하늘나라에 계신 아버지의 돌보심에 힘입어 이번 겨울에 운 좋게도 아기 예수의 주인이 되었을 거라 생각하며, 내일부터는 더욱 그를 잘 돌봐야겠다고 스스로 다짐을 하고 나서야 난 겨우 잠이 들었다.

그 이튿날 잠에서 깨자마자 나는 창밖을 바라보았다. 창밖으로 보이는 광경은 어제보다 훨씬 하얀 세상이었다. 아직 어둠으로 갇혀 있는 세상이었지만 눈빛으로, 반짝이는 흰 눈빛으로 세상은 하얀 융단을 깐 듯 했다. 순결한 아침이었다.

"어머니, 어서 새벽 미사를 드리러 가야지요."

내가 눈을 떴을 때 사실은 어머니가 나보다 먼저 깨어 있었다. 나는 어머니와 서둘러 밖으로 나왔다. 아기 예수가 염려되어 뒤척이다 잠이 늦게 든 바람에 어머니보다 기상이 좀 늦어진 것이다. 하지만 밖은 아직 어둠이 깔린 새벽이었다. 희미해진 채였지만 별 몇 개가 아직도 뜨문뜨문 별이 빛나고 있는 새벽이었다.

"그래. 욱아, 어서 가자."

나는 급히 어머니를 따라 성당으로 향했다. 그러나 마음 한편으로는 여전히 두리 벙어리, 아니 아기 예수가 마음에 걸렸다. 그래서 어머니에게 제안을 했다.

"어머니, 병옥이네 짚더미 쪽으로 돌아갈까요? 아직 그가 거기 있을 지도 모르니까요."

"그럴까? 그럼 그러자꾸나."

어머니는 순순히 내 뜻에 따라 주었다. 전날 아침처럼 나는 어머니와 함께 성당으로 가는 지름길을 놔두고, 그가 자고 있을 병옥이네 집 모퉁이로 돌아갔다. 나는 급히 짚더미 쪽으로 달려갔다. 그곳 역시 눈이 하얗게 덮여 있었다.

'그는 지금 이 눈 속에 묻혀 있을까?'

나는 그가 드러누웠을 짚자리로 살금살금 다가가 주위를 살폈다. 그러나 그곳에는 아무도 없었다. 그의 그 큰 짐 보따리도 없었다. 나는 고개를 갸웃했다. 어머니도 어젯밤 천주님이 보호하실 거라고 말씀은 하셨지만 그 빈자리가 궁금한 표정이었다. 나는 후회되었다. 어젯밤 그의 곁으로 나가 돌보았어야 하는 건데 하고 말이다.

"어머니, 우리의 산타클로스는 어디로 갔을까요?"

"글쎄다. 어젯밤에 너랑 얘기했다만 그는 지금쯤 아마 성당에 가 있지 않겠니?"

어머니가 침착하게 말했다. 그 말씀에 나는 일단은 동의할 수밖에 없었다. 사실 그곳 말고는 그가 갈 데도 없었다.

"맞아요. 그럴 것 같아요. 우리보다 한걸음 앞서 틀림없이 성당으로 갔을 거예요."

"그래? 그럼, 서둘러 가자꾸나."

나는 어머니와 함께 성당 쪽으로 급히 발길을 향했다. 우리뿐만 아니라 많은 사람이 아기 예수의 탄생을 축하하는 새벽 미사를 드리려고 부지런히 언덕배기 쪽으로 오르고 있었다. 나는 어머니보다 한 걸음 앞서 먼저 성당에 올랐다. 아, 그는 역시 그곳에 있었다. 우리의 아기 예수는 나를 보더니 히죽이 웃었다. 나는 그에게 먼저 인사를 건넸다.

"메리 크리스마스."

동시에 나는 그에게 따뜻한 미소도 던졌다.

"메이리 그리이스……마아아스."

그도 나를 향해 활짝 웃었다. 그의 손에는 아이들에게 나눠주고
남았는지 선물이 아직도 몇 가지 더 들려 있었다. 그는 늦게 오는 이
들에게 마지막 선물을 나눠주고 있었다. 나는 얼른 그의 곁으로 가
함께 올라오는 사람들에게 함께 선물을 나눠주었다. 그러자 그는 만
족한 듯이 웃었다. 그의 천진한 웃음은 나의 마음을 평안하게 해주
었다.

확실히 그는 예사 사람이 아니었다. 그렇다면, 그렇다면……. 또
다시 의문이 인다.

'그는 어디서 무엇을 하며 살다가 우리 마을 사람들에게 조건 없
는 자선을 베푸는 걸까?'

오래전부터 내내 궁금했던 일이지만 난 그 의문에서 여전히 헤어
날 수가 없었다. 이제는 더는 두리 마을에 가는 걸 망설여서는 안 된
다고 마음으로 다짐했다. 나는 멍하니 서서 그의 얼굴을 바라보았
다. 참 풀 수 없는 수수께끼 같은 우리의 아기 예수였다. 그는…….

4

새벽 미사는 그렇게 길지 않았다. 성당에서 미사를 올린 후 어머
니와 집으로 향했다. 마침 머지않아 아침 해가 떠오르려는 지 동녘
을 벌겋게 물들이고 있는 새벽의 여명이 어머니의 얼굴을 다른 날보
다 환하게 하고 있었다. 신부님께서 집전해주신 아기 예수 탄생을

축하하는 새벽 미사가 어머니의 마음을 위로해준 것 같았다. 나도 물론 아기 예수의 탄생을 축하하는 미사를 드리고 나니 기분이 들떴다. 게다가 이른 아침인데도 겨울 날씨답지 않게 포근하기까지 했다.

나는 이때다 싶어 집에 도착하기 전 내 뜻을 다시 어머니에게 밝히기로 했다. 우리의 산타클로스인 그가 마을을 떠날 때, 허락을 받아내 꼭 그와 동행을 하고 싶은 마음이 점점 굳어져 가고 있었기 때문이다. 아무래도 그를 따라가 그 아기 예수가 사는 마을을 한 번쯤 확인하고 와야 할 것만 같았다.

"어머니."

"으응. 왜?"

어머니는 아직도 새벽 미사에서 받은 은혜의 충만함이 가라앉지 않은 모습이었다. 어머니는 빙그레 웃으면서 나를 돌아보았다. 새벽 미사 때 신부님께 들은 강론의 내용이 은혜로웠던 게 확실했다. 어머니의 얼굴은 아주 평화로워 보였다. 기쁨이 일렁이는 얼굴이었다. 참으로 오랜만에 보는 어머니의 모습이었다.

"어머니, 이번에 아기 예수가 마을을 떠날 때, 저는 정말 그를 따라갔다 오고 싶어요. 허락해 주세요."

"아니! 또 너 그 소리구나. 두리 마을은 찾을 수 없는 마을이라니까. 그 마을은 천주님만 아는 곳이라니까. 넌 왜 자꾸 고집을 부리는 거야?"

어머니는 걸음을 멈추고는 내 말을 막으면서 정색을 하셨다. 그러면서도 마음을 추스르듯이 조용한 모습으로 뒤돌아서서 다시 버릇처럼 성호를 그었다. 나도 얼른 어머니를 따라 성호를 그으면서 말을 이었다.

"정말로 그럴까요? 하지만 우리는 모두 그곳, 바로 그곳이 어딘지
가 계속 의문이라니까요. 우리 중에는 많은 아이가 그를 따라가 보
고 싶어 하는 데요. 이번만은 아이들을 대신해서 꼭 제가 그곳에 다
녀오고 싶거든요. 그래서……."

"그래? 그게 그렇게도 너의 소원이니?"

"그럼요. 전 이제 아이가 아니잖아요. 그가 사는 두리 마을 사람들
은 모두 그처럼 청솔 잎이나 무 나부랭이를 그대로 날로 먹는 신비
한 마을이 아니라면, 그가 사는 집은 부모가 어마어마한 부자일 거
라고도 하잖아요. 그걸 꼭 확인하고 싶어요."

나는 어머니에게 몇 번이나 한 말을 다시 되풀이하고 있었다. 어
머니는 그 말을 들으면서 좀 전 성당에서 나올 때의 모습으로 다시
돌아가 미소를 지었다. 그건 참 다행이었다. 어머니의 미소는 생각
을 바꿀 수도 있다는 표시라고 생각했다. 그러나 뒤이어 나오는 어
머니의 말은 정작 내 기대에 미치지는 못했다.

"아니다. 욱아, 소문과는 모두 다를 거야. 역시 두리 마을은 어쩌
면 우리 마음속에 있는 마을일 뿐이야. 그 마을을 눈으로 확인할 수
는 없다니까. 우린 말이야. 크리스마스를 통해 그를 아기 예수로 맞
이하는 그것만으로 만족하면 되는 거야. 굳이 그 이상은 궁금해하지
마라."

조금 전 긍정적인 웃음과는 달리 어머니의 생각은 오히려 단호하
고 분명했다. 역시 심경의 변화까지는 아니었다. 나는 어머니에게
원망의 눈길을 보냈다.

"어머니, 물론 그걸로 만족할 수도 있지요. 하지만 저는 그곳 사람들을 꼭 만나고 싶어요. 그들은 사람들이 흔히 갖는 욕심이란 것이 없을 것 같거든요. 그냥 늘 착하게 살면서 우리에게 줄 선물을 마련해 두었다가 크리스마스가 되면 한 사람씩 각 마을로 산타클로스로 파견하는 게 아닐까요? 얼마나 아름다운 사람들이 사는 마을이에요."

나는 고집을 꺾지 않았다.

"물론 그럴 수도 있겠지. 하지만 아마도 그것은 너희들 사이에 떠도는 소문일 거야."

그러나 어머니는 끝까지 두리 마을을 인정하지 않고 있었다.

"그럼, 어머니는 제가 두리 벙어리, 아니죠. 아기 예수를 따라가는 걸 끝내 반대하신다는 거군요?"

"그렇다. 그러지 말고 그를 만나는 동안 아니, 그가 떠나기 전에 그를 통해 천주님의 착하고 순결한 마음을 배우렴. 이 세상을 아름답게 바라볼 수 있는……. 그리고 남에게 빚만 지지 말고 네가 크면 남을 위해 베푸는 자가 되는 거야. 너의 아버지도 비록 형편이 넉넉한 것은 아니었는데도 생전에 늘 이웃에게 베풀면서 사셨잖아? 주님의 뜻이 이 세상에 전파되기를 바라면서 말이야. 그런 성품이라 두리에서 온 손님인 그에게도 온정을 주신 거 아니겠니?"

"아버지처럼 베푸는 자요?"

"그렇다. 엄마의 생각은 그렇다. 네 아버지의 넉넉한 마음이 지금은 이 어미를 지켜주는 그리움으로 남아있다만……. 천주님은 그를 통해 세상 사람들의 죄를 대신해서 우리에게 오신 아기 예수를 보여주시려는 거야. 아주 낮은 자세로 임하는 아기 예수님을……. 우리도 그걸 배워야지. 욱아, 우리보다 더 가난한 자, 그리고 몸이 성치 못한 이들과 함께 더불어 살면서 서로 사랑하는 걸 그에게서 배우자꾸나."

"알았어요. 저도 아버지 뜻을 이어받아서 그걸 배우겠어요. 하지만 어머니, 두리에서 온 우리의 산타클로스 자신도 한편으로는 누군가에게 베풀고 싶은 마음이 있어 우리 마을에 나타나는 게 아닐까요? 그래서 천주님은 그런 그를 들어 도구로 삼으시는 거고요."

나도 어머니에게 지지 않으려는 듯이 공격적으로 내 생각을 또박또박 말했다.

"그야 그것도 욕심은 욕심이지. 하지만 모든 사람이 다 제각기 다른 모습으로 살아가는 법인데 그가 착하게 살아가는 방법이 우리를 은혜롭게 하고, 또 감격하게 하고 있구나. 성치 못한 몸인 그를, 우리처럼 외롭고 가난한 이들에게 보내시는 데는 천주님의 뜻이 분명히 있는데 넌 아직도 두리 마을에만 간다고 떼만 쓰고 있구나. 그게 딱하네."

"천주님의 뜻이요? 하지만……."

"그래. 천주님께서는 약하디약한 그를 오히려 들어 올려 하늘의 영광을 위해 이렇게 선한 뜻을 펼치시는 분이라고 이 엄마는 생각한다. 그러니 그의 겉만 궁금해하지 말고 속을 보렴. 우리는 그와 더불어 성탄을 축하하면 그걸로 될 것 같구나."

"그래요? 그럼 어머니, 아기 예수가 우리 마을을 떠나가기 전에 그를 우리 집으로 초대해서 따뜻한 음식을 나누며 그가 사는 마을과 그리고 살아가는 방식이라도 한 번 직접 물어볼까요? 저는 그동안 그의 실체를 확인하면서 우리의 오랜 숙제도 풀어보고 싶거든요. 더구나 이번에는 제가 그의 주인이거든요. 내친김에 그 궁금증을 해결하고 싶어요."

"주인? 네가 그의 주인이라고……?"

어머니는 눈을 크게 떴다. 덩두런해 하는 모습이었다.

"헤헤헤……. 우리 사이에 그런 게 있어요."

나는 헤헤거리며 은근 슬쩍 어머니의 물음을 피해나갔다.

"그게 무슨 소린지 난 모르겠다만 어떻든 얘야, 그럴 필요는 없다. 그는 어차피 아무 말도 하지 않을 테니까."

"어떻게 아세요? 그가 반벙어리라서요?"

"아니다. 그는 여전히 너희들에게 그냥 겸손하고도 아름다운 사람으로 끝까지 남고 싶어 할 테니까. 그래서 다시 하는 말이지만 욱아, 선한 일을 하는 사람은 늘 자기를 낮추기 마련이야. 천주님은 그런 사람을 오히려 사랑하신단다."

어머니는 말을 멈추고는 발걸음을 재촉했다. 어느새 집에 다 도착했기 때문이다. 어머니는 담 모퉁이를 돌아서 사립문을 말고 안으로 들어갔다. 나도 서둘러 어머니를 뒤따라 들어갈 수밖에 없었다. 방안으로 들어오니 아직 화롯불의 불티가 남아 있어 실내는 제법 따끈했다. 어제 먹던 밤도 몇 톨 그대로 화롯가에 남아 있었다. 다른 때 같으면 어머니는 방안으로 들어오면서 버릇처럼 군밤을 화롯불에 묻었을지도 모른다. 나 역시도 철푸덕이 앉아 그걸 챙겨 먹느라 정신이 없어 밖으로 나갈 생각을 하지 않았을 것이다. 어머니는 손뜨개질을 했을 테고…….

하지만 난 아기 예수가 궁금해 바로 뒤돌아 집 누리 쪽으로 나가고 싶었다. 그대로 방에 앉아 있을 수 없었다. 그래서 벌떡 일어섰다. 어머니가 흘끗 내게 눈길을 주었다.

"또 그에게 가려고 그러니? 군밤도 싫어? 낮 미사를 올리려면 어서 아침도 먹어야지."

"예. 하지만 친구들이 모두 나와 있을 텐데요."

나는 급히 대답했다. 정말 군밤보다, 아침밥보다도 두리 벙어리 그에게 마음이 열 배는 더 가 있었다. 아기 예수인 그는 이제 선물도 다 나누어 주고 지금쯤은 볕 누리에서 손바닥만 한 겨울 햇빛을 즐기고 싶어 하며 평안하게 앉아 있을 것 같았다. 이제부터는 그를 부리면서 즐길 일만 남아 있는 셈이다. 나는 서둘렀다.

"욱아, 가야 소용없을 거다."

어머니는 급히 집을 나서는 뒤꽁무니에다 대고 날 말리셨다. 정말 갑작스런 말이었다. 나는 눈이 둥그레졌다.

"소용없다니요? 그게 무슨 말씀이세요?"

나는 휙 뒤돌아서며 어머니께 물었다.

"그가 떠나는 것 같더라."

"예? 그가 떠나다니요? 벌써요? 그가 떠나는 걸 보셨어요?"

나는 어머니의 말에 깜짝 놀랐다. 믿어지지 않았다. 내내 나와 함께 한 어머니였는데 어떻게 그의 행방을 알고 있는지 그게 궁금했다.

"우리에게만 아기 예수가 세상에 온 소식을 알릴 수는 없잖니? 이 엄마 생각으로는 올해부터는 다른 마을에도 그를 기다리는 사람이 생겼기 때문일 거야. 아마도 성탄절이 지나기 전에 갈 곳이 더 있나 보지 뭐. 그도 이제는 예전처럼 한가하지는 않나 보구나. 여기서 오래 머물 만큼……. 세상이 점점 더 어려워지니까."

어머니의 말씀은 그 어느 때보다 확신에 차 있었다. 그러면서도 분명했다.

"두리 벙어리, 우리의 아기 예수가 이렇게 쉽사리 떠난 적은 없었 잖아요?"

그랬다. 지난해까지만 해도 그는 그랬다. 그는 지난해에는 열흘을 마을에서 묵었었다. 아이들과 함께 얼음도 지치고 눈싸움도 했다. 연을 날리기도 했다. 그가 만들어 주는 연은 하늘 높이 올랐었다. 놀라운 솜씨였었다. 아이들 모두에게 연을 만들어 연싸움을 하게 했었다. 그러며 히죽히죽 웃어댔었다. 그가 그리 쉽게 떠났다니? 믿어지지 않았다.

'무엇이 그를 우리 마을에서 쉽게 떠나게 했을까?'

나는 다시 궁금해진다.

'또한 어머니는 어떻게 그가 마을을 떠난 것을 안다는 걸까?'

그것도 의문이었다. 나는 어머니의 얼굴을 뚫어지게 바라보면서도 고개를 살래살래 내저었다.

바로 그때였다. 병옥이가 황급히 우리 집 안으로 들어왔다. 그러고는 급하게 두리 벙어리, 아니 아기 예수의 소식을 내게 전해주었다.

"욱아, 욱아! 두리 벙어리가 떠났어. 우리의 산타클로스가 떠났어. 너 그 사실을 알고 있는 거야?"

병옥이는 어안이 벙벙한 모양이었다. 믿을 수 없다는 표정이었다. 역시 어머니의 말이 맞아 떨어졌다. 나는 이내 병옥이와 밖으로 나왔다. 골목길을 달렸다. 급히 달려 병옥이네 짚더미가 있는 쪽에 도착했을 때는 역시 아기 예수의 흔적은 아무것도 남아 있지 않았다. 그가 오기 전의 모습으로 짚단이 차곡차곡 쌓여 있었다. 물론 검은색 보따리도 없었다. 아주 말끔히 치워져 있었다.

내 또래의 마을 아이들만이 웅성거리고 있다가, 내가 나오자 나의 얼굴에 모두 눈길을 주었다. 그럴 만도 했다. 그는 내 몫이었고, 내가 그를 부리기로 되어 있었기 때문이다. 그러나 그의 떠남을 몰랐으니 오히려 내가 딱할 수밖에 없었다. 그가 떠났으니 누구에게 떠난 이유를 물어볼 수도 없었다. 그의 모습을 다시 보려면 이제 또 일 년을 기다릴 수밖에 없잖은가!

'이번에는 꼭 그를 따라가고 싶었는데……. 수수께끼를 풀고 싶었는데…….'

아주 서운했다. 그러나 나는 마음을 추스르면서 짚 누리에 기대어 서 있을 수밖에 없었다. 두리 벙어리, 그의 모습이 선했다. 그때 마침 저쪽에서 어머니가 자신의 말씀을 확인이라도 하려는 듯이 한 걸음 늦게 뒤따라 병옥이네 짚 누리 쪽으로 다가오고 있었다.

"정말 그가 떠났지? 내 말이 확실하지?"

어머니는 걸어오면서 확인하듯이 두 번을 되풀이하면서 물었다.

"예, 맞아요. 어머니, 그는 떠났어요."

나는 쓸쓸히 대답했다.

"……."

어머니도 말이 없었다. 대신에 고개를 들어 동구 밖 쪽의 먼 하늘을 조용히 우러러 보고 있었다.

'어머니 역시 나처럼 아기 예수가 떠난 것이 서운하신가? 그렇지 않으면 아버지에 대한 그리움을 다독이느라 그러시는 걸까?'

내가 그렇게 생각하며 바라봐서인지 어머니의 눈시울이 촉촉하게 젖는 듯이 보였다. 나 역시 어머니의 눈길을 따라 시선을 하늘 쪽으로 향할 수밖에 없었다. 하늘은 눈이 오던 어제와는 달리 구름 한 점 없이 청명했다.

"그는 어머니 말씀대로 우리 마을만의 산타클로스가 아닌가 봐요. 올해부터는 아기 예수의 탄생을 알릴 곳이 더 늘어난 걸까요?"

나는 정작 마음 깊은 곳에 담겨 있는 어머니의 마음은, 아버지에 대한 그리움으로 가슴을 적시고 있을지도 모른다고 생각했지만 그에 대한 말은 끝내 접었다. 그 대신에 방금 떠난 두리 벙어리에 대한 이야기만 해야 했다. 될 수 있으면 어머니의 가슴에 담겨 있을 외로움이 가슴을 할퀴고 있는 상흔을 건드리지 않으려고 하는 아들로서의 작은 배려였다.

그러나 어머니는 나의 말에 끝내 아무 대꾸도 하지 않고는 그냥 계속 허공을 바라보며 몇 번이고 성호만을 긋고 있었다. 오래도록……. 아침밥도, 이제 곧 정오에 드리는 크리스마스 성탄 축하 미사를 다시 드려야 한다는 생각도 잊은 듯이 말이다. 나도 어머니를 따라 간절한 마음으로 조용히 성호를 그었다.

전화벨
두 번
울리다

나는 거실 벽면 왼쪽의 아트 박스를 바라본다. 추상화된 문양이 섬뜩하게 느껴진다. 맞은편에 남편이 걸작이라며 걸어 놓았던 미인도 한 폭도 마음에 걸린다. 오늘따라 너무도 야릇한 눈빛이 귀신을 금방이라도 불러들일 것만 같다.

나는 지금 딸아이가 추구하는 이 세상 밖의 세상은 어떤 곳일까 생각하며 절망하고 있다. 처음에는 제 어미의 시계(視界) 밖으로 사라지려는 아이의 그 세상이 야속했고, 아주 많이 미웠었다. 그러나 이제는 딸아이가 아예 잠적해 버린 그 세상이 너무나 원망스럽다. 작정하고 휴대전화까지 제 방에 버려두고 잠적한 아이. 제 어미와의 연결 끈까지 끊고 잠적하려고 작정한 아이다. 가슴이 와르르 무너진다. 함몰, 함몰……. 나의 가슴은 지금 슬프고 슬프게 함몰하고 있다.

딸아이가 잠적한 지는 오늘로서 벌써 엿새째였다. 나는 딸아이를 찾긴 찾아야 하는데 현실 속에서는 그 딸아이를 찾기가 힘들다. 그곳은 신선한 바람과 맑은 물과 그리고 돌멩이와 초록색 나뭇잎이 흔들리는 현실 세계가 아니니까 말이다. 딸아이는 지금 저 먼 가상의 공간에 가 있는 것이 분명하다.

나는 전에도 딸아이를 픽션 속에서 찾아왔다. 몇 번인가는 사이버 공간에서 찾아냈다. 딸아이는 지금도 그런 가상현실 안에서 잠적한 것이 틀림없다고 추정한다. 맞다. 딸아이는 그동안 폭력과 선정성이 뒤엉킨 만화가 아니면, 순정 소설의 픽션 속에나 스릴과 서스펜스가 출렁대는 사이버 공간에서의 스토리에 진한 흥미를 느껴왔다. 하지만 전에는 잠깐 동안이었다. 그러나 이번에는 전과 아예 다르다. 그동안은 하루나 길어야 이틀 만에 대여 책방 '나눔'이나 만화방 '짱구'에서 찾으면 됐다. 그렇지 않으면 오락실이나 '인터넷 세상'에 가면 딸아이가 그곳 한 구석에 웅크리고 있었다. 그때마다 딸아이는 얼굴 가득 웃음을 머금은 채로 희희낙락하고 있었다.

뻐꾹 뻐꾹 뻐꾹 뻐꾹. 벽 쪽에서 뻐꾸기가 네 번 운다. 벌써 새벽 네 시다. 그 뻐꾸기 울음소리가 무겁게 눈앞으로 다가든다. 내가 잠깐 졸았나 보다. 실크 벽지의 호들갑스러운 무늬도 흐릿하게 내려앉는다. 그렇다. 딸아이가 한 해 전에 어미인 내 생일을 축하하는 뜻으로 사 놓은 시계이다. 이제 네 시가 되었으니 얼마 후면 뜬눈으로 보낸 밤이 또 새려나 보다. 내 아이는 그때 무슨 마음으로 저 시계를 선물했을까…….

어……? 그런데 바로 이 순간 반갑게도 밖에서 구두 소리가 들려온다. 나는 긴장한다. 분명 똑. 똑. 똑. 구두 소리는 대문 앞 골목길 쪽에서 열린 창문에 엷게 처진 방충망의 미세한 틈을 통해 들려온다. 고요한 새벽이라 더욱 분명한 구두 소리가 내 귓가를 자극한다. 하지만 딸아이가 지금 이 시각에 돌아올 리 없다. 벌써 일주일이 지나고 있는데도 돌아오지 않던 딸이 이 새벽에 갑자기 귀가할 리 만무하다. 만약에 딸아이가 귀가한다면 그것은 정말 신의 은총이다. 그런데도 나는 그 구두 소리에 귀가 솔깃해진다. 역시 아니다. 딸 지수의 구두 발걸음 소리는 분명 아니다. 누굴까? 그래, 종탑이 하늘을 찌를 듯이 우뚝 선 길 건너, 건너편 한마음 아파트 단지 내 교회로 가는 아래뜸의 김 집사가 틀림없다.

이 시각에 이 마을에서 구두 소리를 낼 사람은 청소부와 김 집사밖에 없다. 하지만 청소부 아저씨는 분명 아니다. 청소부 아저씨의 발걸음은 저렇지가 않다. 더구나 비질하는 소리가 들리지 않는 걸 보면 김 집사로 확신해도 좋다. 그리고 청소부 아저씨의 구두 소리는 이렇게 짧고 명쾌하지도 않다. 둔탁하다. 쓱쓱 구두를 끌듯이 걷는 습성이 있다. 그러니 이 구두 소리는 김 집사임이 확실하다. 나는 구두 소리의 주인공을 아예 김 집사로 단정한다.

"아이구! 이 선생님, 뭘 그리 골똘히 생각하며 걸으세요?"

바로 어제저녁 무렵이었다. 나는 시장 입구에서 김 집사를 만났었다. 누가 볼세라 땅만 보고 걷다가 김 집사의 목소리에 나는 정말 깜짝 놀라 고개를 들었었다. 우선 이 선생님이란 말에 퍼뜩 놀랐었다. 맞다. 난 선생이다. 서른다섯 명의 병아리같이 귀여운 제자를 둔 이홍숙 선생이다. 선생이기에 난 아이가 집을 비우면서부터 스스로 세상 사람들의 눈총이 무서워 밖에 나가는 일을 삼갔다. 학교에서 돌아오면 그대로 무너지는 가슴을 힘겹게 붙들어 안고 있다가 어둠이 깊게 내리면 그때야 거리를 헤맸을 뿐이었다.

그러다 보니 어제도 밑반찬 거리가 다 떨어지고 말았다. 할 수 없이 나는 식탁을 채울 찬거리를 몇 가지 들여올 셈으로 집을 나섰었다. 그런 나였기에 도둑이 제 발 저리듯 김 집사에게 속사정을 들킨 것 같아 얼굴이 확 달아올랐다.

나는 얼른 미소 짓는 얼굴로 바꿨다. 그리고 몸을 도사렸다. 내 몸의 어느 부분이 허물어져 보여서는 안 되기 때문이다. 난 시장바구니를 바투 잡았다. 틈을 보여서는 절대 안 된다고 생각하며 단단히 마음을 동여맸다. 내가 머뭇거리고 있자 김 집사가 다시 입을 열었다.

"이 선생님, 무슨 걱정거리가 있어 보여요. 얼굴에 수심이 가득하시네."

김 집사의 말이 가슴에 비수가 되어 꽂혔다. 어둠 속에서도 김 집사는 내 얼굴 속에서 마음을 용케 읽고 있었다. 가로등 불빛 때문인가 보다. 나는 당황했다. 말을 잃을 수밖에 없었다.

"아직도 마음 정하지 않으셨어요? 우리 교회로 오세요. 세상의 무거운 짐 다 버리고 하나님의 집으로 오세요."

"……."

나는 대답 대신에 옅은 미소를 짓는다. 속마음을 들키지 않으려면 어쩔 수 없다.

"이 세상에 수고로운 짐을 지지 않은 사람이 어디 있겠습니까만……."

김 집사의 목소리가 점점 커진다. 그 소리에 내 얼굴이 붉어진다. 얼른 자리를 뜨고 싶은 마음뿐이다. 쥐구멍이라도 들어가고 싶다.

"김 집사님. 고맙습니다. 좀 더 생각한 후에 나갈게요. 요즈음 워낙 바빠서…….".

아이의 가출이 시작되면서 나는 김 집사의 말을 들을 때마다 마음이 흔들린 것은 사실이다. 그러나 아직도 마음을 못 정하고 있었다.

"어휴, 바쁘신 모양이네. 목사님 모시고 한 번 심방할게요. 안녕히 가세요."

김 집사는 그쯤에서 나를 놓아주었다.

"예. 김 집사님도 안녕히 가세요."

나는 그녀와 헤어져 누군가에게 쫓기듯이 시장 쪽으로 달렸다. 나를 만날 때마다 교회에 입문시키려는 김 집사는 어떤 무거운 짐을 지고 주님께 하소연하려고 지금 교회로 가고 있는 것일까? 하지만 나는 지금 교회를 찾는 것보다는 발등에 불이 떨어진 것을 해결하는 게 시급하다고 생각한다. 어서 딸을 찾아 떠나야 한다. 또 허탕을 치더라도 딸아이가 이 시각 어디서인가 묵고 있을 법한 곳으로 나가야 한다.

지금쯤 딸아이는 밤이 없는 '25시'. 그 밤거리를 싸돌아다니고 있을 확률이 높다. 하지만 혹시나 어느 놈에게 덮쳐 험한 짓을 당할지도 모른다. 딸은 이제 사춘기도 지났고 가슴이 울렁거리는 사랑을 알만한 나이다. 그러나 그건 정말 있을 수 없는 일이다. 갑자기 가슴이 답답하다. 아니 가슴이 섬뜩하다.

한 사내가 지수를 넘어뜨린다. 딸아이의 고함. 하지만 내 딸아이도 함께 맞장구치며 성희를 즐기면 어쩌지? 그럴 수도 있다. 열여덟 살이 되었으니까. 가상의 세계 속에서 이루어지는 선정적인 장면에 이미 익숙한 아이니까. 그렇게 의사결정을 스스로 할 수도 있다. 친정 할머니는 열일곱 살에 시집을 오셨다는데……. 그건 딸아이의 선택이다. 나는 눈을 감는다. 귀를 막는다. 가슴이 다시 무너져 내린다. 순간 딸아이가 자지러질 듯이 소리를 지른다. 그 소리에 깜짝 놀라 나는 눈을 번쩍 뜬다.

뻐꾸기가 네 번 울을 때 분명 똑. 똑. 똑. 아스팔트 위로 걷던 김 집사의 발걸음 소리까지 들었었는데……. 그동안 또 잠이 들었던 것일까? 잠을 원망하며 벽 쪽의 시계를 나는 다시 바라본다. 네 시 반이 조금 넘고 있었다. 그동안 30분이 지났다. 지금이라도 거리로 나가야 한다. 그리고 딸아이를 찾아야 한다.

나는 부스스 일어난다. 어쩌면 아이가 집 주위를 빙빙 돌고 있을지도 모른다는 망상에 사로잡힌다. 어제도, 그제도 그 착각 속에서 난 아이의 실체를 찾으려고 애썼다. 나는 방문을 민다. 거실이 운동장처럼 넓다. 평소에도 집 식구에 비해 크게 느끼던 거실이었다. 벌써 이사를 했어야 했는데……. 후회스럽다. 나는 거실 벽면 왼쪽의 아트 박스를 바라본다. 추상화된 문양이 섬뜩하게 느껴진다. 맞은편에 남편이 걸작이라며 걸어 놓았던 미인도 한 폭도 마음에 걸린다. 오늘따라 너무도 야릇한 눈빛이 귀신을 금방이라도 불러들일 것만 같다. 그랬다. 아이가 가출을 처음 시작할 때, 나는 집을 한 번쯤 옮겨야 한다고 생각했었다.

집터가 우리 가족에게, 아니 아이에게 정말 버거운 터였는지도 모르니까. 터가 센 집인데 그걸 내가 무시했나 보다. 아이 방을 가로지르는 수맥이 흐르고 있는 것은 아닐까 하고 다시 생각한다. 나는 현관문을 연다. 아직도 어둠은 걷히지 않고 있었다. 마당만 휑하게 넓다. 정원수 몇 그루가 덩그러니 서 있다. 잘 자란 잔디가 깔린 마당으로 내려선다. 그리고 정원수 둘레를 살핀다. 혹시라도 딸아이가 이 정원수 밑에 놓여 있는 정원석에 걸터앉아 있기를 바라면서……. 정원수 뒤편 그늘 밑에서 서성이고 있을 딸아이를 만날 수 있기를 희망하면서……. 스스로 생각해도 내가 참 황당하다. 그건 이루어지기 어려운 소망일 뿐이다. 난 허허로운 가슴을 쓸어내린다. 그 무너지는 빈 가슴으로 대문을 밀고 밖으로 나간다.

"요즘 명당이 어딘지 알우?"

얼마 전 시내버스 안에서 들은 한 노인의 말 한 마디가 환청이 되어 귓가로 들려온다.

"그걸 내가 어떻게 아우. 도대체 그게 어떤 자리인데?"

옆자리에 있는 노인이 호기심이 이는지 바짝 귀를 기울인다.

"아직도 몰러? 그럼 내 일러주지. 요새 음택, 그러니까 묏자리는 말이유, 자가용에서 바로 내려 성묘를 할 수 있는 산 밑에 닿은 대로변이라우. 그래야 자손의 모습을 더러 볼 거 아니유. 요즈음 애들이 조상을 찾아 높은 산꼭대기에까지 올라가서 절을 하겠어? 자기들끼리 등산은 억세게 하면서도 말이여. 허허허……."

자조적인 노인의 웃음이 버스 안을 채우고 있었다.

"어허, 듣고 보니 그 말이 맞네그려. 그렇다면 양택은 어디가 좋다우?"

맞장구를 치던 노인이 흥미로워한다. 노인은 음택보다는 양택에 더 흥미가 있나 보다. 나도 그들의 말에 피씩 웃으면서도 귀를 기울인다.

"양택? 음택보다 그건 더 쉬운 대답이지 뭐. 흠, 그러니까 뭐 25m, 아니 35m쯤의 대로변이 아니겠어? 그만한 위치의 네거리 모퉁이 집이면 더 좋고……."

"허어, 듣고 보니 그것도 그렇네. 명당도 시대를 따라가는구면."

그 말을 듣고 있던 옆 노인이 머리를 끄덕이며 동의한다. 나는 나도 모르게 고개를 끄덕였다. 그 말이 맞다. 그날 그 말을 들으면서 나는 기분이 그리 나쁘지는 않았다. 그러잖아도 사는 집을 헐고 이곳에 한 5층쯤 되는 빌딩을 올리고 싶었던 나였기 때문이었다. 간선 도로가 개설될 자리를 골라잡아 남편이 구입하여 15년이 넘게 살아온 집이 바로 이 30m, 25m 도로의 각지 우리 집이었다. 막다른 골목 산 밑에 위치해서 그 산 중턱에 구덩이를 파고 애호박을 길러 먹으며 나는 남편과 참을성 있게 기다렸다. 그런데 더딘 개발로 우릴 지치게 하더니 어느 날 갑자기 그 산이 거짓말처럼 하루아침에 무너지고 이제는 아파트 단지도 생겼다. 길도 훤하게 뚫렸는데…….

나는 그 길이 뚫릴 그 무렵 많이 흥분했었다. 하지만 아이의 가출이 시작되면서 이 집에서 너무 오래 버티며 산 것을 후회했다. 새로 지을 구청 자리의 정문 쪽으로 모텔과 호프집과 만화방과 당구장이 경쟁하듯이 서둘러 들어섰다. 서점은 한 곳도 없는 이 거리가 집 둘레로는 음식점과 커피숍뿐인 상권 위주로 뻗어 나가고 있었다. 한마디로 나는 맹모삼천지교를 실천하지 못한 스스로를 지금 후회할 수밖에 없다. 이내 이사를 할 걸 그랬나 보다. 그러니까 일주일 전 아침이었다. 나는 운전 학원에 가는 지수를 배웅해주었다.

"너 연습 열심히 해. 그래야 대학에 입학하기 전에 얼른 면허증을 따지."

나는 딸아이에게 신신당부했다. 딸아이의 마음을 다잡아 주기 위한 배려로 난 운전교습을 권했다. 주위를 환기하고 싶었다. 만화는 아니라고 생각하면서 어떻게 하든지 딸아이의 마음을 돌려놓고 싶은 심정으로 운전을 권했다.

"응. 엄마, 알았어."

내 말에 딸아이는 천연덕스럽게 대답했다.

"그리고 너 말이야. 오늘은 마침 너희 학교 수업이 없는 날이니 집으로 일찍 돌아오렴. 입이 심심하면 네가 좋아하는 부침개를 해서 먹고, 다시 읽기 시작하는 '데미안'을 보면서 소일해라. 잠깐 집 뒤 새로 생긴 동산공원에 올라가 바람을 쏘여도 좋고……. 장을 봐다 주면 더 고맙고 말이야. 엄마가 돌아오기 전에 네가 먼저 와 있어야 한다."

그러나 딸아이는 그 말에 갑자기 입이 뽀로퉁해지고 있었다.

"알았어요. 내가 알아서 할게요. 엄마는 나를 여전히 믿지 못한다는 말씀이군요."

아이는 벌써 저만큼 대문 앞 도로를 건너가면서 갑자기 톤이 높은 뽀족한 마찰음을 내 귀에 꽂고 있었다. 예기치 못한 태도였다. 나는 아이의 그 말에 조금 상처를 입었다. 그러면서도 믿는 마음이 있었기에 아이의 이렇게 긴 잠적까지를 예측하지는 못했었다. 그러나 지수는 어쩌면 그 순간에 세상 밖으로 사라지려고 작정했었는지도 모른다.

지수가 첫 가출을 하던 그 날 밤은 유난히도 길었다. 학기말 시험을 끝내고 친구와 함께 저녁에 영화라도 한 편 감상하는 거겠지. 나는 그렇게 생각했었다. 그러면서도 나는 딸년이 들어오면 그냥 놔두지 않을 거야. 고등학생이 제멋대로 웬 영화야? 머리채를 잡아 흔들어 놓겠어. 그렇게 단단히 별렀다. 더구나 내 상식으로는 순결하기만 할 처녀가 밖에서 밤늦게 나도는 걸 용납할 수 없었다. 밤을 새우는 일은 상상도 할 수 없었다. 내 몸에서 태어난 지수, 딸의 허물은 곧 나의 허물이었다. 그래서 난 더욱 지수의 늦은 귀가를 용서할 수가 없었다. 단단히 화가 나서 씩씩대고 있었다. 하지만 딸아이는 내 생각과는 전혀 상반되게도 그날 밤 끝내 집에 들어오지 않았다.

그날은 장대비까지 쏟아지고 있었다. 난 영화 속에서 불행을 예고하는 암시를 주거나 복선을 깔기 위해 비가 오고 천둥이 치는 것을 더러 본 적이 있다. 그 날도 영화에서처럼 비가 억수같이 쏟아졌다. 나는 그 장대비를 맞으면서 밤샘 영업이 허용되는 열린 책방 '25시'가 있는 거리까지 빌딩과 빌딩 사이를 뒤지다가는 파김치가 다 돼서 집으로 돌아올 수밖에 없었다. 그때 이미 만화에 깊이 빠져 있었다는 걸 알아차리지 못한 것이 내 큰 실수였다. 그날 딸아이가 없는 방, 아이는 없고 아이의 방에는 컴퓨터만이 덩그러니 빈자리를 지키고 있었을 뿐이었다.

"엄마, 인터넷 깔아주세요. 친구들은 벌써 인터넷 깔았대요."

"그래? 인터넷?"

지수가 초등학생 때만 해도 워드프로세서 작업으로 문서를 작성하는 것이 고작이었다. 그러나 중학교 2학년이 되면서부터 인터넷을 연결해 줄 것을 요구했다.

"예. 무한한 정보의 바다 속으로 들어가고 싶어요."

"정보의 바다? 얘야, 현실 속에서 살아야지. 너 처음에는 학교에

제출할 리포트를 작성하려면 필요하다며 워드프로세서용으로 컴퓨터를 사 달랬잖아."

"맞아요. 그러니까 중학교에 들어와서는 인터넷이 필요해요. 인터넷 속에는 과제를 해결할 수 있는 새로운 자료와 정보, 게다가 또 신나는 게임도 있거든요."

"게임이? 그럼 그 속에는 그것 말고 일출도 있니?"

나는 물었다.

"예?"

딸아이는 내 말뜻을 얼른 알아차리지 못했다.

"우리에게 떠오르며 퍼지는 햇살처럼 그렇게 희망을 주는 일출도 있어? 컴퓨터 속에……?"

아이는 그때서야 나의 뜻을 인지했다는 듯이 대답했다.

"희망이요? 호호호. 있지요. 그 속에는 미래를 열어 가는 희망도 물론 있지요."

아! 그런데 이 밤도 내 의지와는 무관하게 또 종막을 고하고 내게는 의미가 없는 일출이 오려나 보다. 딸아이는 어디에도 없고, 다시 또 일출만 반복되려나 보다. 저렇게 동녘의 산봉우리가 붉게 물들고 있는 것을 보면 말이다. 나는 좀 더 걸음을 빨리한다. 새벽의 여명이 내 걸음을 재촉한다. 딸아이는 못 찾고 나는 다시 일상으로 들어가야 했기 때문이다. 그렇다. 나는 사람들이 사는 세상으로 들어가야 했다. 나를 기다리는 아이들이 있지 않은가! 까만 눈이 초롱초롱 빛나는 아이들. 그러니 일단은 그 서른다섯 명의 아이들 곁으로 가야 한다. 그곳이 내 삶의 궤도이고 질서이니 어쩔 수 없다. 내 처지와는 상관없이 그 아이들 앞에 서서 내 일상을 정립해야 한다. 담임인 나로 인해 서른다섯 명 아이의 교육과정과 유년의 꿈이 흐트러져서도 안 된다.

저 앞에서는 아직도 쓰레기를 치우는 청소부 아저씨가 일을 마무리하고 있다. 청소부 아저씨가 부럽다. 집에 들어가면 편안하게 잠을 잘 수 있겠지. 청소부 아저씨는 야광 황토색 덧옷을 허물처럼 벗는다. 그리곤 짙은 청색 잠바로 갈아입는다. 청소부는 마지막으로 대빗자루를 청소용 리어카에 꽂아놓고 손을 턴다. 나하고는 사실 아무 상관도 없는데도 언제부턴가 우리 집 뒷담 밖에서 비질하는 소리를 들으면서부터 청소부에게 연민의 정을 느꼈다. 그랬다. 사거리 모퉁이 집이라서 바람에 온갖 쓰레기가 다 몰려들었다. 날마다 그 쓰레기들을 쓸어내야 하는 청소부 아저씨가 고맙기도 했지만 가여웠는데, 지금은 저 청소부가 오히려 부럽다. 허나 김 집사의 말처럼 세상에 무거운 짐을 지지 않은 사람이 없다니 저 청소부도 무슨 무거운 짐을 지고 있을까? 그게 궁금했다.

청소부를 바라보는 내 눈에서 눈물이 하염없이 흐른다. 그러나 난 이 눈물을 참아야 한다. 하지만 자꾸 눈물이 난다. 그때 마침 솜털이 보송보송하게 보이는 탱탱한 얼굴 가진 여학생이 내 앞으로 걸어오고 있었다. 정갈한 교복 차림으로 길을 걷는 여학생이다. 어린 그녀는 새벽을 헤치면서 내 옆을 총총히 지나간다. 지금 이 시각에 학교로 가는 걸 보면 저 여학생은 고등학교 3학년쯤의 아이인지도 모른다. 하긴 내 아이도 2년 전까지만 해도 최소한 저런 모습으로 새벽

길을 걸었었다. 그랬었는데…….

어쩌면 딸아이가 지금 치한에게 붙잡혀 감금당해 있을지도 모른다고, 나는 다시 험한 상상을 한다. 그렇게 생각하니 또 걱정이다. 가슴이 무너진다. 그렇지 않고야 전화 한 통화도 없이 하루 이틀도 아니고, 일주일 동안이나 잠적할 수는 없다. 가슴이 답답하다. 지수가 휴대전화를 놓고 나갈 때 벌써 걘 작정하고 있던 것이다. 휴대전화만 들고 나갔어도 이렇게 답답한 지경까지는 안 됐을 텐데 말이다. 역시 그 아인 만화 속에 깊이 빠져 그 속에서만 실실대고 있으려고 했음이 확실하다. 다른 데는 정신이 없었던 게 분명하다. 가슴이 다시 와르르 무너지며 탈진된다. 아, 오늘이 딸아이의 그게 시작되는 날인데…….

나는 참담한 심정으로 집에 당도한다. 집안은 썰렁하다. 그 큰 집이 절간처럼 적막하다. 이럴 때는 군에 가 있는 아들 병훈이라도 온다면 얼마나 좋을까 하고 생각한다. 갑자기 아들이 보고 싶어진다. 지금 나는 의지할 데가 없다. 사업에 열중인 남편이 외국 출장 중인데 당장 불러들일 수 있는 형편도 아니다.

'이럴 때 아들이 곁에 있었으면 얼마나 좋을까?'

그랬다. 나는 아들에게라도 위안을 받고 싶다. 아들과 함께 '25시'가 있는 거리를 함께 걸으며 딸아이를 수월하게 찾을 수도 있을 거라고 생각하니 아들이 더 보고 싶어진다. 아들만 있으면 당장 어디서고 지수를 찾아 올 수 있을 것만 같았다.

아이 둘이 아직 유년일 때 나는 남매를 데리고 근처에 있는 산사에 간 적이 있었다. 산을 즐기려는 사람들의 틈을 비집으며 산길을 따라 아들 병훈이, 딸 지수와 걷는 나는 행복했었다. 계곡에서 내려오는 물이 맑았다. 사람들은 계곡을 다 채우고도 길바닥 위까지 남아돌았다. 바글대는 그 사람들 속에서 나도 어느새 산에 푹 취해 있었다.

그러나 행복감도 잠깐이었다. 종종대며 뛰놀던 딸아이 지수가 감쪽같이 사라져버린 것이다. 나는 망연자실한 모습으로 발을 동동 굴렀다. 급히 관리소로 가 안내방송을 부탁했다. 그러나 아이는 돌아오지 않았다. 그때 병훈이는 오히려 당황하지 않았었다. 걘 그저 태연하게 말했다.

"엄마, 지수는 틀림없이 물가로 갔을 거야. 지수는 물에 들어가 텀벙거리는 걸 엄청 좋아하잖아."

"물가?"

"응, 틀림없어. 지수는 물을 너무 좋아하잖아."

"그래 맞다. 네 말이 맞아. 지수는 물을 좋아하지. 얼른 가 보렴."

나는 비로소 마음이 놓였다. 병훈이는 내 말에 팔짝팔짝 뛰어 계곡을 타고 물가로 내려갔다. 그러고는 정말 얼마 후에 제 동생 지수의 손을 잡고 돌아왔다. 그들은 의가 아주 좋았다. 지금도 병훈이가 있다면 당장 오락실이나 PC방, 그렇지 않으면 만화방, 그도 아니면 어느 곳을 뒤져서라도 지수를 찾아올 것만 같았다. 차라리 딸 지수가 어렸을 때처럼 물이 좋아서 제가 좋아하는 첫사랑 연인 오빠와 정답게 바닷가라도 가 있다면……. 숫제 그러면 참 좋을 텐데…….

지금 지구의 자전은 새벽을 긋고 가면서 세상 사람들에게 희망찬 아침을 제시해 주는데, 나만 이렇게 슬프다. 저 밝은 아침 태양을 바라보면서도 희망은커녕 절망의 늪에 빠져야 한다. 그러나 나의 이 절망을 누구도 함께 구해 줄 수도 없다. 그런 채로 나는 제자들에게 가야 한다.

전에는 종종 사소한 일이기는 했지만 내가 낙담할 일이 생겼을 때, 오히려 나의 품에서 삐악 거리는 병아리처럼 그 귀여운 제자들이 나를 그 절망 속에서 구해 준 적이 몇 번 있었다. 세상의 잔 근심 거리를 없애 주던 아이들……. 그들은 늘 나에게 청량제였고, 희망이었다. 그들 속에서 동심에 푹 빠지면, 잃었던 인간의 원초적인 본성을 되찾을 수 있었다. 복잡하게 생각했던 일들이 그들의 천사 같은 모습, 해맑은 미소를 바라보노라면 아주 단순해졌었다. 웬만한 매듭은 풀렸다. 분노도 사위어질 때가 있었다. 그래서도 그랬지만 나는 교직을 천직으로 알고 근무를 해왔다.

그러나 오늘은 출근해 교실에 들어가도 그 아이들이 아무런 역할을 해줄 수가 없을 것 같다. 지수가 나의 등에 올려놓은 짐이 너무 무겁고 고통스러울 뿐이다. 그렇다고 해도 나는 일단 그 제자들에게 가야 한다. 날이 이렇게 밝아오는데……. 그들 앞에 가 서야 한다.

마음은 그러면서도, 나는 얼른 출근 준비를 해야 한다고 생각하면서도 먼산바라기로 앉아 있다. 기력이 없다. 몸도 마음도 축 늘어진다. 그냥 눕고 싶다. 그러나 누워서는 안 된다. 서른다섯 명의 제자들이 기다리니까. 나는 서른다섯 명의 아이들 앞에 아무런 일도 없는 것처럼 다가가야 한다. 교수-학습 방법의 질 개선을 위해 다양한 학습매체를 투입하면서 학습 효과를 극대화해야 한다. 다양한 발문(發問)으로 아이들의 사고력을 증진해 창의적인 인간을 육성하기 위해 수업을 전개해야 한다. 그래야 그들이 불확실한 미래를 열 수 있으니까. 미래사회의 주인공으로 자랄 수 있으니까. 내 아이는 나를 지금 절망하게 하고 있지만 일단 나는 그들에게 가야 한다.

아이들뿐만이 아니다. 그들 말고도 동 학년 담임선생님들과 호호호 웃기도 하고 천연덕스럽게 농담하며, 그 무리에게도 끼어들어야 한다. 그래야 나의 아픔을 그들이 눈치를 채지 못한다. 만에 하나 내 고통을 눈치채면 나는 그날부터 소외될 수밖에 없다. 동정과 연민의 눈길을 받으며 어쩌면 왕따를 당할 수도 있다. 며칠은 애틋한 눈길을 보낼 것이다. 그러나 그건 참을 수 있다. 하지만 동료 선생님들이 안다 한들 누구도 나에게 어떤 도움을 줄 수는 없다. 술 좋아하는 몇몇 남선생들의 안줏거리는 될망정……. 그 이상은 기대할 수도 없다. 그래서 지수를 다시 찾을 때까지 철저하게 보안을 하면서 아무렇지도 않게 내 일상으로 복귀해야 한다.

그날도, 그러니까 그날도 오늘과 같은 이른 아침이었다. 지수가 잠적한지 사흘째가 되는 날이었다. 내 휴대전화의 벨이 울렸다. 지수 것이 아니었다.

아리 아리랑 아리 아리랑 아라리가 났네. 아리 아리랑 아리
아리랑 아라리가 났네.

이틀 밤을 꼬박 새우면서 잠을 이루지 못하고 딸아이를 기다리던 꼭두새벽에 울리는 휴대전화 벨 소리는 반가웠다. 그러나 남편이 아닌 것은 확실했다. 남편은 주로 집 전화를 이용했기 때문이다. 그래서 나는 더욱 긴장하면서 얼른 휴대전화를 들었다.

"여보세요, 거기 박지수 씨 댁인가요?"

내가 휴대전화를 미처 귀에 대지도 않았는데 수화기 속에서 먼저 한 남자가 투박한 목소리로 물어왔다. 역시 남편은 아니었다. 투박한 사내의 낯선 목소리였다. 순간 가슴이 철렁했다. 내 치부를 전화 속의 남자에게 엿보게 한 것 같은 부끄러움으로 얼굴이 확 달아올랐다. 나는 대답을 하지 못하고 주저거렸다. 그러자 다시 전화선을 타고 남자가 확인하듯 묻는다.

"전화를 잘못 걸었나요? 박지수 씨 댁이 아닌가요? 실례했습니다."

전화 속의 남자가 저쪽 휴대전화의 끝에서 통화를 마감하려고 한다. 퇴장하려고 한다. 급박한 상황이다. 사흘 만에 겨우 아이의 행적을 찾는 단초가 잡히려는 찰나에 그마저도 단절되면 안 되는 것은 오히려 내 편이다. 나는 소리치듯 대답한다.

"아, 맞아요. 지수네 집입니다."

나의 목소리는 기어 들어가고 있었다.

"그렇군요. 따님이 맞게 전화번호를 주었군요."

전화 속의 남자의 목소리가 좀 전보다 긴장이 이완되고 있었다. 그 목소리는 나를 아예 지수의 어머니로 단정하고 있는 듯 톤이 금방 누그러들고 있었다.

"왜 그러시죠?"

나는 순간적으로 부끄러운 감정을 누르며 평상을 되찾으려는 목소리로 말했다.

"박지수 씨 좀 바꿔 주실 수 없으세요?"

나는 다시 가슴이 덜컹했다.

"학교에 갔는데요."

나는 얼른 거짓말을 하고 말았다.

"아, 그래요? 박지수 씨가 사흘 전 우리 책방에 들렀었는데……."

나는 아이의 평소 소행을 잘 알고 있었기 때문에 더는 말을 듣지 않아도 상황을 유추할 수 있었다.

"예, 운전 연습을 끝내고 잠시 쉬고 싶어 왔다는 거예요."

전화 속의 남자는 묻지도 않은 말을 술술 잘도 하고 있었다. 그랬다. 지수는 그 날도 버릇처럼 저 세상 밖인 허구의 세계로 빠져들고 싶었던 것이 확실했다. 이번에는 인터넷 세상이 아닌 이야기 마당으로, 그 속의 주인공과 동일시 된 의식으로 훨훨 날아간 셈이다.

"알았어요. 저녁에 돌아오면 우리 아이에게 전화를 드리도록 하겠어요."

나는 안간힘을 쓰며 대답했었다.

"운전 교습을 받으러 올 때, 빌려간 책도 꼭 반환하라고 전해주세요."

"책요? 책도 대여해 갔어요?"

나는 놀란다.

"예. 데미안을 빌려갔거든요."

"데미안요?"

276

왜 아이는 집에도 있는 책을 책방에서 빌려서 세상 밖으로 잠적했을까? 그것이 미스터리였다. 열여덟 해 동안 딸을 키운 어미지만 나는 아이의 가슴속으로 들어갈 수 없었다. 그 후, 지금까지 그 누구에게서도 지수의 정보를 전해주는 연락이 없다. 나는 다시 멍하니 먼 산바라기가 된다. 출근은 해야 하는데 여전히 기력이 없다. 몸이 와르르 내려앉는다.

딩동 딩동, 딩동 딩동.

바로 그때 현관 쪽에서 초인종이 울린다. 보나 마나 한마을에 사는 강 선생이다. 카풀로 함께 차를 탈 파트너가 탑승 시간이 되어도 나오지 않으니 초인종을 눌러대는 것이 확실했다. 나는 서두른다. 내 궤도로 진입하려면 강 선생의 차에 타야 한다. 아주 명랑하고 쾌활한 모습으로 나가야 한다. 강 선생이 눈치를 채지 않게 나가야 한다. 서른다섯 아이의 초롱초롱한 눈빛들과도 만나야 한다. 그런데 어쩌지? 난 아침밥은커녕 화장도 하지 않았다.

나는 얼른 콜드크림으로 얼굴을 씻어낸다. 말끔히 씻어낸다. 내 근심스럽고 고통에 가득 찬 흔적을 박박 문지른다. 나는 서둘러 머리빗을 찾는다. 그리고 머리를 급히 빗는다. 화장대 거울 속에서 내가 급한 모습으로 허둥대고 있다. 그동안에도 계속 초인종은 울려댄다.

"누님, 누님. 어서 나와요."

이제는 강 선생이 아예 소리를 지른다. 붙임성 있는 강 선생은 평소에도 나더러 누님이라 불렀다. 그 호칭이 싫지 않았는데 오늘따라

누님이란 소리가 조금은 생경하다. 버겁다. 하지만 어떻든 얼른 나
가야 한다.

"알았어. 나갈게. 잠깐만 기다려요."

나는 급히 핸드백을 챙겨들고 밖으로 나간다. 휴대전화를 챙긴다.
혹시나 해 지수 것도 챙긴다. 아이와 연결될 생명선이다. 그러니 휴
대전화는 꼭 챙겨야 한다.

"아따, 누님 뭘 하느라 이리 늦는 거요. 안 나오시면 나 혼자 갈라요."

강 선생이 야단을 떨어댄다.

"알았어. 나갈게. 조금만 기다려."

나는 허둥지둥 현관문을 밀고 나온다. 강 선생은 허여멀건 한 얼
굴로 허둥대는 나를 향하여 빈정거린다.

"아니, 늦잠 잤수? 서방님도 안 계신데……. 아침부터 허둥거리는
이유가 뭐요?"

"알았어. 알았으니까 얼른 가자고."

나는 급히 차에 오른다. 강 선생은 나를 차에 태우고는 곧바로 차
량의 홍수 속으로 빠져든다. 나는 차 안에서 립스틱으로 입술을 메
이크업할 수밖에 없었다. 딸아이가 잠적한 세상 속에서 지금 나는
무너지는 가슴속을 엿보이지 않으려고 안간힘을 쓴다. 그러려면 화
려하게 얼굴에 지분을 덧칠해야 한다. 요염한 화장은 아니라도 나이
에 걸맞은 화장이 필요하다. 아무도 나의 아픔을 대신해 줄 리는 없
고, 해결할 수도 없다. 철저히 감추어야 한다. 그러기 위해서는 얼굴
에 드리운 수심을 콤팩트로 박박 문질러 지워야 한다. 적당히 미소
도 흘려야 한다. 강 선생은 내가 화장하는 모습을 백미러로 바라보

며 싱긋싱긋 웃는다.

내가 교실에 들어섰을 때, 아이들은 이미 다 와 있었다. 아이들을 만나니 좀 생기가 돈다. 첫 시간 수업은 국어 쓰기 시간이었다. 나는 아이들에게 글쓰기 지도를 가해야 한다. 하지만 몸이 다시 어지럽다. 그래도 스스로 일상을 깨지는 말아야 한다고 다짐한다. 나는 안간힘을 쓴다. 난 꼿꼿이 몸을 곧추세운다. 아이들은 어제나 다름없이 그런 나를 반갑게 맞아 준다.

"선생님, 오늘 국어시간은 묘사적 표현 공부를 하기로 했어요."

묻지도 않았는데 동석이가 책을 펴면서 외치듯이 말한다.

"맞아요. 이 시간의 학습 문제는 묘사적 글쓰기예요."

똑똑이 윤희도 거들며 보충 발언을 하고 있었다. 수업 목표를 분명히 해서 학습을 하자는 나의 수업 의도를 아이들은 이미 잘 알고 있었고, 그에 따라 이미 수업 훈련도 된 상태였다.

"그랬었지. 어서들 책을 펴요. 과제를 한 것도 내놓고. 지금부터 수업을 시작할까요?"

"선생님, 장면을 설정해서 묘사하는 것이 효과적이라고 하셨지요?"

아이 하나가 벌떡 일어났다. 다부진 모습의 영욱이다.

"맞아. 선생님도 글을 그렇게 써보니 매우 효과적이었어요. 그런 방법으로 표현하면 아주 사실적이라서 진실성이 느껴져요."

아이들이 내 말에 따라 열심히 써온 글을 다듬는다. 잠시 교실이 적막해진다. 갑자기 할 일이 없어지는 기분이다. 나는 교탁으로 향한다. 그러고는 무너지듯이 의자에 주저앉는다. 앉는 순간 긴장이 확 풀린다. 간밤의 피로, 아니 일주일간의 피로가 엄습한다. 전 같으면 궤간을 순시하며 개별지도를 하거나 내 자리에 앉아서, 아이들이 써온 글을 하나씩 붙잡고 가필 정정을 하면서 첨삭지도를 해줘야 했다.

그런데 지금은 기력이 없다. 자꾸 졸려온다. 딸아이가 세상 밖으로 나가 생사가 불분명한데도 잠이 온다. 나는 스르르 눈을 감는다. 뻐꾹 뻐꾹 뻐꾸기도 없는데 벽에서 뻐꾹새가 다시 운다. 아, 아이가 돌아올 시각인 모양이다. 열두 시가 되었다고 뻐꾹 뻐꾹. 뻐꾸기가 열두 번 운다. 밤 열두 시인가 보다. 그런데도 아이는 여전히 집으로 돌아오지 않고, 관광특구 '25시'가 있는 거리를 누비며 다니고 있다. 그 거리의 모퉁이에는 '25시' 말고도 만화방 '글샘'도 위치했다. 이번엔 딸아이가 만화방 '글샘'으로 들어간다. 그 문을 열고 딸아이, 지수가 들어간다. 나도 따라 들어간다.

"선생님, 선생님 말씀대로 장면을 설정해서 쓰니까 제가 경험한 내용이 역시 생생해 지네요."
나는 아이의 외침에 놀라 눈을 번쩍 뜬다. 역시 똑똑이 윤희였다. 순간 만화방은 사라진다. 내가 애타게 찾는 지수도 없다. 교실이다. 스무 평의 교실. 그 교실에는 서른다섯 명의 내 어린 참새들뿐이다. 내게서 묘사하는 글쓰기 표현 방법을 배우는 아이들뿐이다. 그렇다. 나는 오늘 아침 강 선생의 차 안에서 아무도 눈치 채지 못하게, 내 일상에서 일탈하지 않으려고, 콜드크림으로 세수 안한 얼굴을 닦아 냈었다. 콤팩트도 두드려댔다. 붉은 색 립스틱으로 입술을 메이크업 하지 않았던가. 그리고 학교로 왔으니 이곳이 교실일 수밖에 없다.

"그래? 묘사적으로 글을 쓰니 장면이 생생해지는 거야?"

나는 아무 일도 없는 사람처럼 자리에서 일어나 빙긋이 미소까지 던지면서 윤희에게 간다. 걸어가면서도 나는 스스로 지탱하기 위해 안간힘을 쓴다. 그러나 어지럽다. 견디기 힘들다. 나는 겨우 입을 연다.

"어떤 장면을 잡아 썼는데?"

"예. 선생님, 전요 '아침'이라는 제목을 붙여서 오늘 아침에 있었던 일을 장면으로 설정해 썼어요."

윤희가 생글생글 웃는다. 아주 만족한 모습이다. 얼굴 가득 흡족한 즐거움으로 신이나 있다.

"그랬어?"

나는 가슴이 울컥 치민다. 윤희는 오늘 아침 행복했나 보다. 나는 송곳으로 찔리는, 그래서 생채기 난 가슴으로 거리를 헤매었는데……. 내 아이 때문에 가슴이 무너졌었는데……. 아, 다시 억장이 무너진다. 하지만 입은 따로였다.

"윤희 넌 오늘 참 좋은 소재를 얻었구나."

나는 나를 숨기며 윤희에게 속삭이듯 다정하게 말한다. 나의 입은 그렇게 말하며 윤희에게 가는데 눈에선 다시 주르르 눈물이 흐른다. 처참해진다. 얼른 아이들이 눈치를 채지 않게 눈물을 닦는다.

"오늘 새벽 아빠와 약수터에 갔었거든요."

윤희는 싱글벙글한다.

"그랬구나. 윤희는 참 좋았겠네."

나는 빙그레 웃음을 던진다.

"아빠가 나를 업어주었어요. 그러고는 엉덩이를 토닥토닥 두드려
주었어요."

"그랬어? 어휴! 이렇게 다 큰딸을……?"

아이들이 나의 말에 윤희를 쳐다본다. 윤희의 아빠가 윤희에게 베
푼 사랑. 그렇지. 스킨십을 실행한 부드러운 윤희 아빠의 손길…….
분명 그때, 자식을 끔찍하게 생각하는 윤희 아빠의 배려와 짙은 사
랑이 딸인 윤희와 교감하고 있었겠지. 하지만 나는 지수를 키우면서
과연 얼마나 애정 어린 손길로 쓰다듬어 주었는가 하며 순간적으로
반성한다. 남편은 지금도 부재중이지만 잦은 해외 주재로 인해 늘
사업에 바빴고, 나는 학교에서 태반의 삶을 보내는 동안 딸아이는
현실에서 도피하면서 책 속에 빠져 픽션의 세계를 현실로 착각하며,
사이버 공간을 실제 상황으로 알고 살아온 것이 아닐까? 그래. 맞
다. 현실에서 도피하는 게임을 즐기다가 딸아이는 지금 세상 밖으로
아예 잠적했다. 아, 그런데, 잠적해버린 내 딸 지수는 지금 가진 것
이 없다. 입은 옷 한 벌과 운전 교습 중 그리고 책방에서 빌린 데미
안 한 권이 전부이다. 딸아이는 어떻게 끼니를 이어가고 있는 것일
까? 그리고 오늘이 바로 여자로서의 그날이……. 나는 절망 속에서
가슴을 떤다. 딸아이가 밉다. 많이 밉다.

바로 그 순간이었다. 거짓말처럼 벨 소리가 울린다. 이번에도 내
휴대전화다. 지수의 것이 아니다. 나는 긴장한다. 어쩌면 벨 소리는
딸아이와의 끈일 수도 있다고 나는 생각한다. 그렇게 생각하니 반갑
다. 아주 반갑다. 휴대전화가 고맙다.

아리 아리랑 아리 아리랑 아라리가 났네. 아리 아리랑 아리

아리랑 아라리가 났네.

나는 휴대전화가 울리는 핸드백이 있는 쪽으로 황급히 간다. 아이
들의 시선도 모두 휴대전화 쪽으로 쏠린다. 나는 긴장하며 서둘러
휴대전화를 꺼낸다. 수업 시간임에도 나는 전화를 받는다. 받을 수
밖에 없다. 아이들에게 미안해도 할 수 없다. 나는 급히 휴대전화 전
화를 귀에 댄다.

"아, 여보세요……."

그렇다. 나는 내가 서 있는 곳이 교실임을 잊는다. 나의 아기 참새
들과 함께 수업하고 있는 현장임도 잊는다. 다급한 마음뿐이다.

"혹시 지수 어머니이신가요?"

휴대전화에서 들려오는 여자의 목소리. 순간 내 심장이 멈출 듯하
다. 문득 생명줄을 잡은 것 같았다. 갑자기 내 삶이 반전되는 기분이
다. 동시에 가슴도 철렁한다. 이율배반적이다. 혹시 이 휴대전화 속
의 여자가 내게 비수를 꽂을 지도 모르니까.

"예. 맞아요, 제가 지수 엄마인데요?"

나는 조심스럽게 아주 조심스럽게 입을 연다. 전화기 속에서 여자
가 말한다.

"여기는 25시예요."

"예? 결국 25시에……? 그런데 어떻게 제 휴대전화를……?"

나의 가슴이 참담하게 내려앉는다. 결국은 25시였다. 그러나 지수
의 소재에 대한 단초를 잡은 것만으로도 참 다행스럽다고 생각한다.

천만다행이다. 나는 바짝 긴장한다.

"지수가 알려줬어요. 지수 어머니……. 그런데 지수가……."

25시 책방 여주인의 음성은 다시 가라앉고 있었다.

"우리 지수가 지금 그곳에 있나요?"

나의 가슴이 떨린다.

"예. 밤새도록 여기 있었어요."

나는 25시 책방 여주인의 말에 숨이 멎는다.

"……."

가슴이 허물어지고 있어 말을 이을 수가 없다. 그러자 다시 전화기 속에서 재촉하는 음성이 이어지고 있었다.

"어머님, 따님을……. 지수가 아무래도 지금 그 일을 치루고 있는 것 같은데……."

25시 여주인이 여자로서의 직감으로 느꼈을 그녀의 그 말은 나의 심장을 멈추게 한다. 수치감으로 얼굴이 확 달아오른다. 그런데도 아, 그런데도 지수 걔는……. 역시 끝내……. 성숙한 처녀가, 정결해야 할 여자가 이럴 수는 없다. 아! 만화, 만화, 만화……. 정신이 가물가물해진다. 함몰, 함몰. 허구의 늪에 빠진 딸아이가 지금 깔깔댄다. 깔깔대는 지수가 내리찍는 비수가 나의 심장을 아리게 한다.

'내 가슴이 결국 이렇게 비통하게 무너져 내리는구나.'

일주일 동안 버텼던 나의 체력이 와르르 무너지고 있었다. 그 간의 긴장과 아픔이 응축되면서 내 몸을 경련시키고 있었다. 나는 교실 바닥에 고꾸라지듯이 쓰러진다.

"앗, 선생님! 선생님, 왜 그러세요?"

순간 아이들이 소리치며 내게로 몰려든다. 그러나 내 의식은 점점 희미해진다.

"선생님, 선생님! 일어나세요."

아이들이 나를 흔든다. 하지만 점점 정신이 가물가물하다. 최소한 내 일상을 이렇게 허물지는 않으려고 했는데……. 제자 아이들의 목소리가 까마득해진다.

'무거운 짐을 지지 않은 사람이 어디 있겠어요? 일단 교회로 나오세요.'

환청이 들려온다. 김 집사의 말이 들린다.

'오, 하나님…….'

아무래도 다음 주에는 교회에 나가 무릎을 꿇어야 할 것 같다. 저만큼 멀리 남편도 있다. 내가 기둥처럼 믿고 의지하고 있는 병훈이도 보인다. 청소부의 비질 소리도 들린다. 그러나 의식은 점점 더 가물거리고 있다. 얼른 만화방 '25시'에 가서 딸을 찾아와야 하는데……. 어서 빨리 일어서야 하는데……. 그런데 왜 이리도 하늘이 온통 까맣지?

순수를 향한 명상의 미묘한 울림

김현진(소설가·한국문인협회·한국소설가협회 이사)

김영훈 동화작가가 첫 단편소설집 『익명의 섬에 서다』를 내놓았다. 김영훈은 문단경력 30년이 넘는 아동문학가로 그의 명성은 이미 널리 알려져 있다. 그런 그가 이번에 새로 시도한 장르인 단편소설들을 모아 창작집을 발간하는 것은 평소 지칠 줄 모르는 그의 문학에 대한 열정과 용기의 결과이다. 격려와 축하를 받아 마땅하다.

소설집 『익명의 섬에 서다』에는 표제작 포함, 모두 아홉 편의 작품이 실려 있다. 김영훈의 소설을 찬찬히 읽다 보면, 작품마다 조금씩 다르긴 해도 동화적 요소가 다분한 '별'과 '유년'이라는 플롯이 만들어내는 '순수와 명상의 어울림이 주는 미묘한 감동'을 느낄 수 있다. 그가 만들어낸 주인공들은 삶에 필연적으로 따르는 고통에 대한 위안을 성인이나 철학자들의 관념적 아포리즘에 의존하지 않고, 일관되게 유년 시절의 실체적 경험론에 의해 현실의 고통을 치유하면서 희망을 만들어 낸다. 다시 말해, '별'로 상징되는 '유년'이라는 서정적 공간이 절박한 현실을 회피해 찾아가는 어른들의 도피처가 아니라, 그 시공간 자체가 영역을 뛰어넘어 어른들의 현실 세계로 들어와 병든 영혼을 치유하는 주도적인 역할을 하고 있다는 것이다.

어떤 작가에게 있어서 특정 시·공간적 배경이 한 작품에 그치지 않고 여러 작품의 플롯을 통해 독특한 이미지를 창조하고, 작품성을 미학적으로 한 단계 끌어올리는 역할을 하고 있다면, 이는 우연이나 일과성이 아닌 오랜 습작 과정이 낳은 한 작가의 개성으로 이미 자리매김 되었다고 봐야 한다. 따라서 동화적 요소가 서정적 관념으로 머물지 않고, 서사의 구체적인 바탕이 되어 만들어내는 몽환적인 아우라는 김영훈 작가만의 소설 세계라고 해도 과언 아니다.

이런 김영훈의 작품세계를 염두에 두고 소설집 『익명의 섬에 서다』를 읽으면 대략 다음과 같은 몇 가지 공통된 주제를 쉽게 발견하게 된다.

▪ 벗어던질 수 없는 사랑의 굴레, 부모의 자식 걱정
―「내 아들의 통과의례」, 「전화벨 두 번 울리다」

서로 주고받아야 하는 일반적인 사랑과 달리 부모의 자식 사랑은 무조건 주는 사랑이다. 자식이 반항하면 반항할수록, 잘못되면 잘못될수록, 멀리 달아나면 달아날수록, 더욱 짙어지고 애절해지는 사랑이 부모의 자식 사랑이다. 그 지고지순함은 종교를 뛰어넘는다. 그래서 부모 마음은 늘 슬프고 애달프다. 「내 아들의 통과의례」와 「전화벨 두 번 울리다」는 이런 부모의 애처로운 사랑을 절실하게 느끼게 하는 작품이다.

「내 아들의 통과의례」에서는 오토바이 폭주족 아들을 둔 아버지의 고통과 불안 심리를 아프게 그리고 있다. 삐뚤어진 자식의 행동을 보면서 아픔을 꾹꾹 눌러 참는 아버지의 비통함이 언제 어떻게 터져버릴지 몰라 독자의 마음을 졸이게 한다. 속이 말갛게 들여다보일 정도로 팽창한 고무풍선이 탱자나무 가시에 걸려 있는 것처럼 아슬아슬하다. 하지만 목까지 차오른 슬픔과 괴로움을 끝까지 토하지 않고 '유년 시절' 자신이 꿈꾸던 하늘의 '별'과 등치시키면서 영원히 사랑스러운 자식으로 보듬는 아버지의 지순한 애정이 감히 흉내 낼 수 없을 정도로 아름답다.

> 20년 전이었다. 바람이 몹시 불던 날이다. 가랑잎이 뜨락에 뒹굴던 가을밤, 내 아이는 우리 둘에게 별빛이 되어 희망으로 내려왔다. 아들은 나의 분신이었다. 그를 맞던 날, 그 아이에게만은 나의 눈물겹도록 아린 상처와 외로움을 결코 전수하지 않으리라 다짐하고 또 다짐했었다. —본문중에서

「전화벨 두 번 울리다」에서도 부모의 자식 사랑은 여실히 드러난다. 가출한 사춘기 딸의 안위를 걱정하는 어머니의 안타까운 심정이 읽는 사람의 명치끝을 시계 초침처럼 매 순간 콕콕 찌르고 지나간다. 특히 학교에서 아이들을 가르치고 지도하는 교사라서 느끼는 어

머니의 자괴감은 더욱 견디기 힘든 고통이다. 딸의 소재를 알리는 전화를 받고 그 자리에 쓰러져 혼절해버리는 마지막 장면은 그동안 어머니가 얼마나 애간장을 태웠는지를 극명하게 보여준다.

'무거운 짐을 지지 않은 사람이 어디 있겠어요? 일단 교회로 나오세요.'

환청이 들려온다. 김 집사의 말이 들린다.

'오, 하나님······.'

아무래도 다음 주에는 교회에 나가 무릎을 꿇어야 할 것 같다. 저만큼 멀리 남편도 있다. 내가 기둥처럼 믿고 의지하고 있는 병훈이도 보인다. 청소부의 비질 소리도 들린다. 그러나 의식은 점점 더 가물거리고 있다. ―본문 중에서

• 소통 부재의 단절이 가져온 현대인의 고독
―「익명의 섬에 서다」, 「도토리 깍지」

이 두 작품은 격리와 소통단절로 인해 겪게 되는 현대인의 고독이 주제이다. 특히 표제작인 「익명의 섬에 서다」는 작품의 플롯이 특이해 유난히 눈에 띄는 작품이다.

소통 부재로 남편과 가족들로부터 외면당한 한 여자가 역설적으로 자신은 남편과 가족으로부터 사랑을 듬뿍 받는 행복한 여자라고 착각하는 이야기로, 가볍게 읽기에는 조금 난해한 작품이다. 서사의

흐름과 표현기법이 초현실적이고 몽환적일 뿐만 아니라, 안개 속에 가려진 산골짝처럼 작품 속에 숨겨진 작가의 내밀한 의도가 잘 드러나지 않고 있기 때문이다. 하지만 그런 것과 상관없이 주인공이 자처한 소통 부재의 벽은 곳곳에 늘여있다.

> 나는 잠시 호흡을 가다듬고 일출이 지속되는 동안 그 해오름을 우두커니 바라보며 남편이 실종되었는지 내가 남편으로부터 잠적이 되었는지를 계속 꼼꼼히 따져보기로 한다. 판단이 서지 않는다. 사람이 하나도 없어 내 판단에 대해 조언을 구할 수도 없다. —본문중에서

「도토리 깍지」는 이별하는 순간 비로소 사랑을 깨닫는다는 한 사내의 이야기로, 앞의 「익명의 섬에 서다」와 달리 서사와 구성이 단순해 쉽게 읽힌다.

'유년 시절' 헛간 도토리 깍지 더미에서 부둥켜안고 뒹굴며 놀던 여자이자 소꿉친구가 점점 커가면서 남자에게 애정을 느끼고 몇 차례 눈짓을 보냈지만 남자는 그때마다 소통하지 않고 무반응으로 넘겨버린다. 그러다 어느 날, 여자가 결혼 청첩장을 들고 이별을 고하러 오자 남자는 그때야 불현듯 강렬한 애정을 느낀다. 하지만 이미 때는 늦은 것, 여자는 이제 결혼을 앞둔 몸이다. 여자의 약혼자에 대한 질투심, 스스로 차단했던 소통 부재에 대한 자괴심, 자신의 감정조차 깨닫지 못했던 어리석음에 대한 후회 등으로 인한 심적 갈등은 치통이 되어 남자를 괴롭힌다. 그러나 남자는 애써 태연함을 가장하

고 여자를 버스에 태워 보낸다. 그러고 이번에는 갈등과의 단절을
꿈꾼다. 소통 부재에 따른 고통을 상징하는 치통 알레고리가 작품의
신선도를 한껏 높인 작품이다.

> 어느새 버스는 시야에서 멀어진다. 공허하다. 다시 치통이 온다.
> 이를 뽑아버리고 싶다. 이를 뺀 후, 텅 빈 입안의 공허를 맛보고
> 싶다. ─작품 끝부분에서

• 우익과 좌익, 보수와 진보의 시대적 갈등
─「화해론」, 「바람이 스쳐 가는 길목」

「화해론」은 우리 민족 최대 비극인 6·25부터 지금까지 반세기가
넘도록 이어지고 있는 우익과 좌익의 대물림 갈등을 3대인 화자의
시선으로 그려낸 역사의 핏물 흔적이다.

우익인 남 참봉의 아들은 좌익인 화자의 큰할아버지를 마을 동구
밖 느티나무 밑에서 개 패듯 팬 후 당국에 고발했고, 끝내 옥고로 숨
지게 했다. 이후 상황이 바뀌자 화자의 할아버지가 한때 시냇가에서
함께 멱을 감았던 '유년 시절'의 동무인 남 참봉의 아들을 무참하게
개 패듯이 패서 시뻘건 피가 시냇물처럼 흐르게 했다. 그리고 그런
이념 갈등은 화자의 가슴에 원죄가 되어 응어리진다.

> 그 아픈 아버지의 유년을, 내가 원죄로 안고 있어 지금도 그

원죄는 내 핏줄로 흐르고 있다. 그 몽둥이를 들었던 이의 아들의 아들이 나니까. ―본문중에서

  작품에 등장하는 화자의 선대 인물들의 화석화된 이념은 마치 플라톤의 동굴 우화를 반증하는 듯하다.

  「화해론」이 좌익과 우익의 갈등 이야기라면, 「바람이 스쳐 가는 길목」은 보수적인 아버지와 진보적인 아들과의 갈등을 그린 이야기이다. 백부에 의해 평범한 필부로 길든 화자와 의식화된 아들 사이의 이념적 갈등은 곧 한국사회의 고질적 병폐인 탈선한 보수와 박제된 진보의 현주소를 상징적으로 드러낸다. 평범하게 살면서 일상적인 행복을 느끼는 것이 바람직한 삶이라고 여기는 화자는 자유와 민족자존이라는 이념으로 촛불을 들고 민주주의 투쟁에 나서는 대학생 아들을 간곡히 만류한다.

  "얘야, 수현아, 우리 평범하게 살자. 우리가 살았던 흔적이란 것은 결국 땅속에 묻히게 마련이다. 이름을 남긴다는 게 무어냐? 의미를 창출한다는 것이 무어냐? 자유를 누린다는 것이 무어냐? 모두가 허허로울 뿐이다. 넌 전도서 첫 장 첫 절의 말씀을 기억하고 있잖니? 모든 게 허무할 뿐이란다. 우리 보통 사람이 되어 보통사람이 누리는 소박한 행복을 추구하자. 네 아비처럼 말이다. 그게 제일 큰 행복이야. 그게 이승에서의 삶을 지혜롭게 사는 방법이야." ―본문중에서

그러나 아들은 이런 아버지의 만류에 단호한 의지로 돌아선다.

"아닙니다. 전 아닙니다. 비록 사소한 삶이라 해도 일단은 체
제로부터 자유로워져야합니다. 그리고 외세에도 초연하게 대처
할 수 있어야 합니다. 누구도 우리의 사유의 세계를 구속할 수
는 없습니다. 그러기 위해서라도 진정한 의미를 창출해야 합니
다." —본문 중에서

▪ 신앙과 어우러진 아름답고 평화로운 삶의 현장
―「달섬에 닻을 내린 배」, 「우리의 산타클로스」

소설 「달섬에 닻을 내린 배」와 「우리의 산타클로스」는 신앙심과
함께하는 아름답고 평화로운 세상을 소년의 눈으로 그려낸 청소년
소설로, 김영훈 작가 특유의 순수함이 물씬 풍기는 아름다운 작품
이다.

작품 「달섬에 닻을 내린 배」는 요한 바오르2세의 한국 방문에 타
이밍을 맞춰서 순교자의 이야기를 다룬 액자소설이다. 이 작품은 풍
어를 빌며 출항한 달섬을 배경으로 해 펼쳐진다. 바닷가 언덕에 위
치한 천주교회에서 교황 방문을 설렘으로 준비하는 동안 순교의 역
사가 함께 담겨지게 되는 이야이이다.

사방으로 바다가 내려다보이는 언덕에 아름다운 성당이 있고, 마
을 사람들 모두가 천주를 믿으며 고기를 잡고 사는 평화로운 섬, 달

섬. 그러나 이 섬에는 백오십여 년 전만 하여도 달섬댁과 그의 아들 용구만 사는 외로운 섬이었다. 그런 버려진 섬에 서양선교사가 커다란 배를 타고 와 닻을 내리면서 제일 먼저 달섬댁 모자가 천주를 받아들여 세례를 받고 에스텔과 요셉이 된다. 그러나 당시 조선은 서양귀신이라며 천주교를 배척하던 시절. 달섬댁 모자는 모진 고문 끝에 옥사하게 되고, 이후 순교자로 추앙받게 된다. 모자의 순교를 기리는 성당이 언덕 위에 건립되고 마을 사람들이 하나둘 늘어나 지금과 같은 평화로운 섬이 되는 과정을 천진한 아이들의 눈으로 잘 그려내고 있다.

> 이제 정말 어둠은 우리를 삼키고 있었고 별들만 초롱초롱 빛나고 있었다. 돌과 바위를 부셔댈 듯 파도소리만이 아주 가깝게 들리면서 수녀님의 이야기를 한층 돋궈주는 효과음이 되고 있을 뿐이었다. 우리의 영혼은 이미 수녀님의 이야기 속으로 빠져들고 있었고, 시간이 갈수록 하나하나 모두가 아예 테레사 수녀님이 말하는 그 에스텔 님 이야기의 속의 인물, 아니 주인공으로 변해 동일시되어 가고 있었다. —본문중에서

「우리의 산타클로스」 또한 소설 속에서 청소년들에게만 있을 수 있는 산타클로스 이야기에 머물지 않고, 어른들에게 베풂과 사랑의 의미를 되새기게 하는 작품이다. 즉, 이 소설을 읽을 때 주목해야 할 점은 이 작품이 비단 소년들이 우리의 산타클로스인 두리 벙어리를 맞는 이야기에 그치지 않고 있다. 화자인 아들의 어머니를 통해 천

주교 신자로서의 진정한 신앙과 구원의식을 함께 다루고 있다는 데 까지 확장했다는 점이다.

> "천주님은 그를 통해 세상 사람들의 죄를 대신해서 우리에게
> 오신 아기 예수를 보여주시려는 거야. 아주 낮은 자세로 임하는
> 아기 예수님을……. 우리도 그걸 배워야지. 욱아, 우리보다 더
> 가난한 자, 그리고 몸이 성치 못한 이들과 함께 더불어 살면서
> 서로 사랑하는 걸 그에게서 배우자꾸나." —본문중에서

▪ 복원해야 할 공동체, 함께 사는 이상향
—「오르라의 왕초」

「오르라의 왕초」에서 화자는 함께 행복한 삶을 가꾸는 공동체 '오르라'를 운영하는 사장을 왕초라 부르며 숭배한다. 그러나 왕초는 공동체를 해산하고 수하들을 자립하게 한 후에, 화자와 함께 오르라 사육장을 열고, 사업에 성공해 많은 돈을 번다. 화자는 그런 왕초한테서 새로운 모습을 발견하고 그것이 곧 현실에서의 왕초의 참모습으로 알고 사업에 열중한다. 그러나 왕초는 돈이 어느 정도 모이자 다시 옛 공동체에 대한 꿈을 이루기 위해 오르라사육장을 화자한테 맡기고 떠난다. 기실 왕초는 어린 시절 꿈꾸던 자신의 '별'을 찾기 위해 공동체를 운영했던 것. 하지만 지금은 자신의 별을 찾기보다 별을 찾는 가난하고 외로운 이들과 함께하기 위해 떠난다. 그런 왕

초를 모르고 한때 이기심에 빠져 오해했던 화자는 비로소 새로운 눈으로 왕초를 숭배하게 된다.

> "그들이 마음 놓고 유년 시절의 별을 바라볼 수 있는, 한가하고도 청정한 지역으로 갈 때가 되었단 말이지. 이제 자주 이곳을 비울 수밖에 없으니 내 자리를 맡게나. 그래, 김 상무 자네가 사장이 되어 영묵이와 함께 지켜줘야 하겠어. 세상이 잘살게 된 것 같지만 우리의 손이 필요한 이들이 많아. 지금 이렇게 내가 떠날 수 있는 것은 다 김 상무가 열심히 일해준 덕이지만……."
>
> ─본문 중에서

이상으로 김영훈 작품집에 실린 아홉 편의 소설을 주제별로 대략 훑어보았다. 어른들의 눈에 동화적 요소는 얼핏 유치하게 보인다. 하지만 역설적으로 이 유치함에 어른들은 감탄한다. 유치함이 곧 순수 그 자체이고, 순수가 곧 유치함 그 자체이기 때문이다. 김영훈은 이런 어른들의 감정을 마술사처럼 다루고 있다.

김영훈 작가는 이번 작품집으로 아동문학가로서 뿐만 아니라 소설가로서도 뛰어난 능력을 모두에게 보여주었다. 문학에 대한 그의 끊임없는 열정이 이루어낸 또 하나의 업적이 아닐 수 없다. 김영훈 소설을 읽게 되어 기쁘다.

양쪽 날을 잡고 선 올곧은 문학정신

이진우(소설가·대전대학교 명예교수)

올해의 호서문학상 선정 모임은 출발부터 아주 색다른 합의가 이루어졌다. 무엇보다도 유사한 상들이 연출하고 있는 상식에서 벗어나 보자는 것이다. 즉, 사람과 사람 사이의 친소(親疎)나 고정관념에 치우치지 말고, '상' 이라는 절차의 격려를 통해 당사자의 작품 활동에 기를 불어넣는 것을 최우선으로 하자는 합의가 아주 명료하게 매듭지어졌다는 사실이다.

여기에 해당하는 몇몇 분의 작가·시인·평론가·수필가 이름과 추천 작품을 놓고 의견을 나누던 중 '김영훈' 선생의 성함에 당도하자 문득 논의가 멈추어졌고, 자연스럽게 올해의 수상자로는 이 분이 적합하다는 쪽으로 결론이 내려졌다.

그런데 이번 심사에서 벌어진 특이한 일 중의 하나는, 심사위원 5인이 모두 김영훈 선생이 동화작가라는 걸 알고는 있었지만 소설을 쓰고 있다는 걸 잘 모르고 단지 그간의 발표한 작품에만 염두에 두고 집중적으로 심사에 임했다는 점이다. 그러나 수상자가 환갑을 넘긴 대전 시내 일선 초등학교의 현직 교장 선생님이며, 수십 년간 작품 활동을 해왔을 뿐만 아니라, 현재 문인협회 기관지인 〈월간문학〉의 아동문학 월평을 담당하고 있으며, 늦은 나이에 박사학위까지 취득하는 등, 문학과 학문까지 전 방위적 정통파라는 점에서 비로소 안도할 정도로 엄정했던 것이다.

김영훈 선생은 아동문학분과 소속이지만 이미 〈호서문학〉에 단편소설 「오르라의 왕초」, 〈문학시대〉에 단편소설 「내 아들의 통과의례」 등을 발표하여 근래 문학정신의 가열이 녹록지 않음을 보여 준 바가 있다. 오랜 교육 경력을 쌓은 끝에 마침내 일선 학교장의 지위에 오른 이들의 특징은 현실 안주의 휴지(休止) 성향을 보이건만, 그는 달랐다.

그뿐만 아니라 김영훈 선생은 1983년 〈아동문예〉를 통해 등단했고, 그 이후 아동문학에 정진해 온 것이 사실이다. 『꿈을 파는 가게』, 『솔뫼마을에 부는 바람』 등을 비롯한 『꿀벌이 들려 준 동화』까지 10권이 넘는 작품집을 간행했으며, 한국아동문학회 부회장과 대전·충남 아동문학회장 등 관련 단체의 일에도 헌신적이었고, 해강 아동문학상, 한국아동문학작가상, 대전시문화상 등 많은 상을 받아 문학인으로서의 위상을 든든하게 축조해왔다.

그러나 수상자가 아동문학과 함께 소설에서도 내공을 분출하는 것은, 결코 심심파적의 여기(餘技)가 아니었다. 수상자는 일찍이 1968년 공주교대 문학상에서 소설부문으로 당선했던 전력이 있을 뿐만 아니라, 한국 단편소설의 명편인 「포인트」의 작가 최상규 선생으로부터 재능을 인정받은 문학청년으로서의 저력이 아직도 펄펄 살아 있는 작가다. 앞에서 말했지만 이미 의욕적인 단편소설 「오르라의 왕초」, 「내 아들의 통과의례」 등 여러 편을 발표했고, 이번에 수상작으로 다시 단편소설 「화해론」을 수록하는 것만으로도, 지치지 않는 문학정신의 올곧은 기상을 유감없이 보여주고 있는 셈이다.

지금까지의 경위에서 드러난 바와 같이 우리 심사위원들은 올해의 수상자인 김영훈 선생이 아동문학과 소설 창작의 양안(兩岸)을 함께 걸어온 의욕을 치하함과 함께 장차 문학적 도정에 응원을 보낸다는 데에 기쁜 마음으로 의견을 모았다. 수상자가 앞으로 아동문학과 소설 부문 양쪽에서 더욱 심화된 진경을 이루기를 진심으로 기원한다.

〈심사위원: 최송석, 김용재, 정상순, 홍순갑, 이진우(글)〉

소설집『익명의 섬에 서다』를 펴내며
「포인트」의 작가 최상규를 잠시 말한다

내가 소설가 최상규를 만난 것은 퍽 오래전이었다. 그러니까 나는 1967년 대학 시절에 공주교육대학교에서 '소설가 최상규'를 은사로 만났다. 그 만남은 청년 시절을 소설 습작을 하면서 문학 공부에 열중했던 당시, 나에게 다가온 큰 기쁨이었다. 최상규 소설가는 그때 대학에서 영어 교육과에 재직하고 계셨다. 학생들에게 대학에서 문학교육이 아닌 영어강독을 담당하셨다.

그 당시에 공주교육대학교에는 평론가 박철희, 수필가 원종린, 시인 한상각 등 젊은 나이에 문학적으로 자기 세계를 펼치기 시작한 교수님들이 재직하고 계셔서 나는 그분들의 문하에서 가르침을 받기도 했다. 그중에서도 최상규 소설가를 은사로 만난다는 것은 나에게 행운이었다. 난 이미 고등학교 시절 월간 〈현대문학〉을 통해 소설가 최상규를, 그의 작품을 통해 자주 만나고 있었다.

그런데 실제의 최상규 교수님에 대한 첫인상은 드라이했다. 짧고, 긴박한 그의 문장과 비슷한 분위기였다. 깡마른 편이었고, 감정을 얼굴에 잘 드러내지 않는 분이었다. 그가 내 작품을 우연한 기회에 읽고 나서 "글이 좋구먼, 내 문체를 닮고 싶은 거야? 쓰면 될 것 같아." 라고 건조한 한마디를 던지셨다.

나는 최 교수님의 칭찬과 격려에 고무되지 않을 수 없었다. 소설가 최상규는 그 무렵 '현대문학신인상' 을 수상한 작가였다. 그 상은 등단 신인이 아닌 기성작가에게 주는 대단한 것이었는데 당시 최상규 소설가는 그 상을 받은 작가였다. 그런 인연이 있어서 인지 잘 모르지만 나는 대학에서 공모하는 문예작품 소설 공모 부문에서 소설 「도토리 깍지」가 최 교수님 심사로 당선되는 영광을 안을 수 있었다.

대학을 졸업하고서도 난 이따금 최상규 교수님을 뵐 수 있었는데 뵐 때마다 식사를 하자고 하면 두세 번을 사양하다가 응하셨다. 그분은 언제나 중국집에서 자장면 한 그릇과 중국 고량주(속칭 빼갈) 한 병만을 고집하셨다. 그러나 나와 최 교수님과의 인연은 한동안 끊어졌다. 그것은 참으로 아쉬운 일이었다. 계속 끈이 연결되었다면 아마 나는 지금쯤 더욱 열심히 소설을 발표했을지도 모른다.

그 후로 내가 소설가 최상규 교수님을 다시 만난 것은 대전으로 근무처를 옮긴 80년대 초반이었다. 이미 내가 아동소설로 문단에 얼굴을 내민 후였다. 공주교육대학교에서 사직한 최상규 은사님은 당시에 대전 변두리인 학하리에 거주하고 계셨다. 사모님이 목회하고 있는 교회의 사택이었던 걸로 기억된다. 그때 최 교수님은 목원대학교 등에 출강하며, 창작에만 전념하고 있었다. 하지만 독자에게 아부하지 않는 창작 태도는 여전히 변함이 없었다. 최상규 소설가는 처음부터 독자에게 알랑거리는 작가가 아니었다.

나는 오랜만에, 아주 오랜만에 인사를 드린 후, 최상규 은사님께 동화를 쓰고 있다고 말씀드렸다. 그분은 나를 바라보며 싱긋 웃으셨다. 그러고는 짧게, 아주 짧게 한마디 하셨다. "그래? 동화는 한 편의 시(詩)지." 그게 전부였다. 나는 그때 그 말 속에 어떤 뜻이 함유된 건지 알 수 없어 한동안 멍하니 먼 산만을 바라보았다. 그러다가 스스로 결심했다. 다시 소설을 써보자고……

그 후, 최상규 교수님은 병을 얻어 결국 1994년에 만으로 육십을 살다가 세상을 뜨셨다. 지나친 음주 때문에 간이 안 좋아지셨다고 했다. 나는 슬프게 을지병원에서 마지막 임종을 했다. 영정사진을 확대하느라 사진관에 들리기도 하면서 슬프게 은사님을 떠나보내 드렸다. 한국 문학사에 남을 좋은 작품을 쓰셨던 「포인트」의 작가는 그렇게 애석하게도 우리 곁을 떠나 영면하셨다.

그 후로도 나는 여전히 동화와 아동소설, 청소년소설을 썼지만 원고를 탈고할 때마다 "그래? 동화는 한 편의 시(詩)지." 하던 최 교수님의 말씀과 함께 그분이 짓던 미소가 하얗게 떠올랐다. 그때마다 나는 간간이 소설을 썼다. 그리고 지면에 소설을 발표하기 시작했다. 「오르라의 왕초」, 「내 아들의 통과의례」, 「바람이 스쳐 가는 길목」, 「익명의 섬에 서다」 등이었다. 그러던 차에 소설 「화해론」으로 2008년에는 제13회 호서문학상을 받게 되었다.

지금도 소설로 문학을 시작한 향수 때문에, 그리고 최 교수님의 하얀 미소 때문에 많이 부족한 소설을 더러 발표하고 있다. 하지만 지금 나는 소설 속에 나의 영혼을 분명하게 담아내고 싶다. 지금 이 순간도 소설을 더욱 열심히 써야 하겠다고 다짐하며 다시 한 번 소설가 최상규 은사님의 명복을 빈다. 또한, 그분의 문학정신을 그리고 '하얀 미소'를 가슴 속에 품어 본다. 이번에 첫 소설집을 '청어'에서 간행하는 것도 그러한 맥락의 일환이다.

그런 중에도 참으로 고마운 것은, 최근 문을 연 시립 대전문학관 상설관에 최상규 소설가가 살아오신 흔적이 전시되고 있다는 점이다. 대전 출신의 정훈 시인, 한성기 시인, 박용래 시인, 권선근 소설가와 함께 자료가 전시되고 있어 최상규가 다시 살아나고 있다. 유족인 안명숙 사모님께서 간직했던 유품인 최상규 소설가에 관한 모든자료와 천 장이 넘는 클래식 음반 자료를 대전문학관에 기증해 주신 덕이다. 최상규 작가 자신에게나 그를 사랑했던 많은 이들 모두에게 정말, 정말로 다행스러운 일이다. 🐟

익명의
섬에
서다